고스트 인 러브

GHOST IN LOVE

by Marc Levy

ⓒ Marc Levy/Versilio, 2019

Korean translation copyrights ⓒ Jakkajungsin publishing Co., 2021

This Korean edition was published by arrangement with Marc Levy in conjunction

with Susanna Lea Associates through Sibylle Books Literary Agency, Seoul

마르크 레비 장편소설

GHOST IN LOVE

고스트 인 러브

이원희 옮김

작가
정신

내 아버지께 바친다

내 음악이 내 안의 유령들을 깨우는 것이 좋다.

– 데이비드 보위

네가 여덟 살 때였지. 너는 책가방을 싸고, 나는 그사이 아침을 준비하고 있었어. 주방으로 들어오는 발소리에 돌아보니까 그 큰 눈으로 나를 빤히 쳐다보면서 네가 물었지. "아빠, 아버지가 뭐야?"

나는 침묵을 지키고 있다가 물었어. "달걀 먹을래?" 네가 기다리는 그 간단한 해답을 어디에서 찾아야 할지 몰라서. 그 해답은 너에게 보내는 나의 미소 속에, 나의 눈빛 속에, 맛있는 음식을 해주고 싶은 나의 마음속에 있었는데. 아침 식사뿐만 아니라 점심 식사, 저녁 식사 그리고 미래의 모든 날을 위한 식사까지도. 아마도 아버지라는 건 그런 것일 텐데 그 순간에는 어떻게 말해줘야 할지 몰랐어. 너에게 차려준 한 번의 아침과 우리의 나이 차 40년. 너를 보면서 생각했어. 내 젊음의 에고이즘을 좀 더 일찍 포기했더라면, 네 어머니를 더 일찍 만나서 너를 좀 더 일찍 가졌더라면 좋았을 거라고. 나이 차가 덜 났다면 우리는 더 가까워졌을까? 네 질문에 어떻게 대답해야 할지 몰랐지만 끊임없이 나 자신에게 물었어. 나는 사라질 필요가 있었던 거야. 우리가 함께한 순간들과 우리가 나눈 대화의 보물 같은 결실을 너 스스로 찾아내도록, 네가 공책들을 챙겨서 책가방에 넣듯 잠들어 있는 그 추억들을 모아서 마침내 서로를 알고 싶어지도록 말이야. 오늘 나를 이승으로 돌아오게 한 이 이상한 인생의 장난은 마침내 우리를 다시 맺어주기 위한 것일까? 이제 너는 내 아들이라기보다 어엿한 남자가 되었으니.

1

살 플레엘 콘서트홀은 텅 비어 있었다. 소심해진 겨울이 물러간 뒤 바깥은 봄 햇살에 훈훈해지고 있었고, 어둠을 비집고 내려온 한 줄기 조명 빛이 먼지가 떠다니는 무대 위에 덩그러니 놓인 피아노를 비추고 있었다.

라흐마니노프의 〈피아노 협주곡 2번〉은 난해한 곡이다. 뛰어난 재능만으로는 연주하기 부족한 곡 중 하나다. 토마는 이 곡을 연주할 때마다 확실하다고 믿어온 모든 것에 의문이 들었다. 이 곡을 연주한다는 것은 보이지 않는 것을 찾기 위해 어릴 적부터 경험한 감정들을 기억 속에서 모두 끄집어내고 고양시켜야 한다는 점에서 엄청난 기량이 필요했다. 내일 이 콘서트홀에는 천 명의 청중이 그의 연주를 들으러 올 것이고, 음감이 예리한 비평가들은 탐색하듯 그의 연주에 귀를 기울일 것이다. 마지막 화음을 치고 연주를 끝냈을 때 조명이 세

번 깜박였다. 조명감독 마르셀이 재촉하는 신호였다.

"알았어요. 거의 끝나가니까 딱 한 번만 더, 그러고 나서 나 갈게요." 토마가 소리쳤다.

"완벽했어요, 내 말 믿어요." 무대 뒤에서 목소리가 대꾸했다.

토마는 마르셀이 던지는 말을 가볍게 넘길 수도 있지만 그의 귀를 신뢰하고 있었다. 마르셀은 토마보다 훨씬 더 많은 연주회에 참여했고, 전 세계에서 온 오케스트라단 공연의 조명을 담당한 사람인 만큼 최종 리허설에 참석도 안 한 오케스트라 지휘자보다 그를 신뢰하지 못할 이유가 없었다.

"토마 씨, 이제 나는 집에 가야 하는데 그렇다고 당신을 여기에 가두고 갈 수는 없어요. 만족하지 않을 줄 알지만 그만 갑시다. 당신 나이에는 여기서 밤을 새는 것보다 그만 가는 게 훨씬 나아요."

후덕한 성품 못지않게 배가 불룩한 조명감독이 드디어 무대에 모습을 드러냈다.

"완벽했다니까요. 천국에 있는 라흐마니노프가 당신을 보면서 흡족해할 게 틀림없어요. 나를 믿어요."

"라흐마니노프가 내 연주를 듣는다면 정말 좋겠네요." 토마는 피아노 뚜껑을 닫으면서 말했다. "그리고 이렇게 난해한 곡을 만든 괴물이 천국에 있다고 누가 그래요?"

"따지기는……." 조명감독이 토마를 아티스트 전용 출구쪽으로 이끌면서 대답했다. "라흐마니노프가 당신의 연주를 듣고 있다고 치자고요. 그리고 조명실에서 당신이 연주하는 모습을 지켜본 나를 믿어요. 당신은 눈으로도 곡을 연주하던데, 눈을 감고 있을 때조차. 지금처럼만 연주하면 내일은 대성공이에요."

"너무 고마워요, 마르셀."

"어색하게 무슨 그런 말을. 당치도 않아요! 이제 빨리 가요." 조명감독이 토마를 문 쪽으로 떠밀면서 소리쳤다. "아내가 날 기다리고 있는데 오늘 또 늦게 들어가면 진짜 쫓겨납니다. 당신은 나가서 애인을 만나든, 하고 싶은 걸 하고 해요. 그리고 아무 도움 안 되니까 그렇게 너무 속 태우지 마요. 내일 내가 한 시간 일찍 올게요, 꼭 그렇게 한 번 더 연습해야겠다면."

피아니스트의 고독은 아티스트 전용 출구에서부터 나타난다. 토마는 악기를 가지고 다닐 수 있는 플루티스트, 바이올리니스트, 콘트라베이시스트가 늘 부러웠다. 그는 재킷 주머니에 두 손을 찔러 넣고 다루 거리를 걸으면서 시간을 어떻게 보낼지 생각했다. 단짝 친구에게 전화해서 저녁을 먹자고 할 수도 있겠지만, 이혼한 지 얼마 안 된 세르주의 푸념을 들을 생각을 하니 벌써 피곤했다. 이런 때는 필리프랑 있으면 딱인데. 하지만 그 친구는 폴란드와 헝가리 사이 어딘가에서 광고 영상을 찍고 있었다. 프랑수아의 갤러리가 멀지 않은 곳에 있다. 걸어서 갈 수 있는 거리지만 지난주의 일이 기억났다. 피아노 연습을 핑계 삼아 친구의 초대전에 가지 않았으니 프랑수아가 복수할 게 뻔했다. 소피는 얼마 전에 보낸 문자메시지에 아직 답이 없었다. 그녀는 가끔 메시지나 주고받으면서 필요할 때만 본인을 찾는 토마와의 잠자리를 단호히 거부했다. 이번에는 진짜로 토마와 끝낼 작정을 했는지도 모른다. 다른 남자가 생겼을 수도 있지만 그 만남이 오래가지 않는다면 어느 날 밤 연락을 해 올 것이다.

토마는 라로렌 브라세리 식당 앞을 지나가면서 테이블에 마주 앉은 한 커플을 관찰했다. 테른광장의 정경에 감탄하는 걸 보면 관광객이거나 만난 지 얼마 안 된 연인일 가능성이 있었다. 토마는 찻길을 건너 원형교차로 중앙광장에 열린 꽃 시장으로 향했다. 향이 진한 프리지아와 재스민 한 다발을 샀다. 별 모양 순백의 재스민꽃은 어머니가 가장 좋아하는 꽃이었다.

토마는 꽃다발을 들고 43번 버스에 올라 창가 자리에 앉았다. 횡단보도 앞에 행인들이 몰려들고 있었다. 신호등에 빨간불이 켜지며 버스가 멈추는 순간, 눈에 띄는 용모의 여자가 자전거를 타고 나타났다. 그녀는 페달에서 발을 내리지 않으려는 듯 손으로 버스 유리창을 짚으면서 토마에게 미소를 보냈다. 버스가 출발했고, 토마는 고개를 돌려 몽소 거리의 차들 사이로 사라지는 여자를 바라봤다.

문득 스무 살 때 아버지와 덴마크 거장의 특별초대전에 갔던 기억이 떠올랐다. 토마는 자크마르 앙드레 박물관을 나온 뒤 오스만 대로에서 그들 쪽으로 걸어오는 한 여자를 봤다. 그녀는 그들을 지나쳐서 계속 걸어갔다. 그 여자와 눈짓을 주고받다 들킨 아버지는 그 거리가 모든 가능성이 이뤄지는 곳이며 무한한 만남의 장소라고 굳이 설명했었다. 수작 걸기 좋기로는 술집도 있고, 멍청한 인간들이 모여 앉아 시답잖은 애기를 지껄이기 좋기로는 시끌벅적한 클럽이나 인기 있는 레스토랑도 얼마든지 있는데. 부끄러움이 많아 어딜 가면 쭈뼛거리는 탓에 친구들에게 자주 놀림받는 아들과는 정반대인 호색가 아버지 레몽의 입에서 나오는 말치고는 옹색했다.

토마는 오스만 미로메닐 정류장에서 내려 트레이야르 거리로 향했다. 그는 한 건물의 대문을 밀고 들어가 5층의 초인종을 눌렀다.

"열쇠 없니?" 실내복 차림의 잔이 문을 열어주면서 물었다.

"10년 전에 열쇠 돌려드렸잖아요."

"엄마한테 다정하게 말하면 어디가 덧나는지, 넌 참 한결같구나. 그 꽃은 나를 위한 선물이니, 아니면 저녁을 얻어먹기 위한 뇌물이니?"

"냉장고 안에 먹을 만한 게 있긴 하고요?" 토마는 현관으로 들어서면서 물었다.

"그럼 이 꽃은 나를 위한 거구나." 잔이 꽃다발을 낚아채면서 응수했다. "음, 향이 강하네." 그녀는 주방으로 가면서 덧붙였다.

"그냥 고맙다는 말 한마디면 될걸." 토마가 받아쳤다.

"여자에게 꽃을 선물할 때는 고맙다는 말을 기대할 게 아니라, 여자가 꽃을 정성스럽게 화병에 담는지를 살펴보는 거야. 네 아버지는 그런 것도 안 가르쳐줬니?"

토마는 냉장고를 열고 어머니를 돌아봤다.

"접시에 담긴 햄 먹어도 돼요?"

"참 로맨틱하게도 말하는구나. 오늘 저녁은 너 혼자 먹으니 좋겠다. 나는 혼자서 말도 잘하고 잘 먹기 때문에 하는 말이야. 외출하려던 참인데 플랜은 바꾸지 않을 거거든. 하지만 네가 온 건 환영이니까 원하는 만큼 있어. 여기서 자도 되고."

토마는 식탁에 접시를 내려놓고 어머니를 포옹했다.

"무슨 안 좋은 일 있어요?" 토마가 다정한 목소리로 물었다.

"숨 막히잖니, 간지럽고." 잔은 싫지 않은 얼굴로 아들의 품을 벗어나면서 대답했다. "너 무슨 일 있는 거 아니지?"

잔은 까치발을 하고 선반에서 화병을 꺼냈다.

"연주회 때문에 그래? 늘 하던 대로 하자. 무대공포증 극복엔 도움이 안 될 테니 나는 안 가기로 하고. 어차피 엄마한테 맨 앞좌석도 예약해주지 않는 배은망덕한 아들인데, 가더라도 눈에 띄지 않게 콘서트홀 구석에 쭈그리고 있겠지."

맨날 똑같은 잔소리에 신물이 나면서도 마음이 통했다는 듯, 토마는 호주머니에서 티켓 두 장을 꺼냈다.

"한 장은 엄마, 또 한 장은 콜레트 대모 거예요. 하지만 대모에게 악장이 끝날 때마다 제발 박수는 치지 말라고 당부해주세요, 부담스러우니까."

"최선을 다하마." 잔이 약속했다.

잔은 티켓을 받아서 실내복 주머니에 넣었다.

"이렇게 멋진 꽃다발을 가져온 이유가 뭘까, 너 아직 말 안 했다." 잔은 화병에 꽃을 꽂으면서 말했다. "향이 너무 강해서 침실에 안 두는 거니까 서운해하지는 말고."

"아빠가 우리를 떠난 지 5년이에요. 엄마가 기억하는지 모르겠지만 오늘은 엄마 곁에 있는 게 좋을 것⋯⋯."

"아들아, 너를 떠난 건 5년 전이지만 나를 버린 건 훨씬 오래전이었어. 그래서 네 아버지 기일은 나한테 별 의미가 없구나."

"옷 갈아입어야 하는 거 아니에요?" 토마가 말했다. "엄마의 '플랜'이 뭔지는 모르지만 시계가 똑딱똑딱 가고 있는데."

"내 말 듣기 싫으면 어서 저녁이나 먹어." 잔이 일축하면서 주방을 나갔다.

토마는 자신이 살던 오스만양식 아파트의 복도로 사라지는 어머니를 바라봤다. 그는 혼자 있는 김에 햄을 먹으면서 문자메시지를 확인했다. 필리프는 촬영장 소식을 전하면서 그곳에 눈이 많이 내린 것과 프랑스어를 한마디도 못하는 데다 영어도 안 되는 스태프와 일하는 어려움에 대해 불평을 늘어놓으면서도 바르샤바는 멋진 도시며, 폴란드인들은 그보다 훨씬 더 멋지다고 적었다. 토마도 그렇게 생각했다. 작년에 필하모니 오케스트라의 초청을 받고 공연한 연주회가 좋은 기억으로 남았다. 호텔은 별로였지만. 그는 순회공연을 좋아했다. 세계를 돌면서 다양한 악기의 연주자들과 가까이 지낼 수 있다는 이점이 있었다. 독주자로 활동한다고 사생활에 지장이 있는 건 아니었다. 2년 전 이탈리아 순회공연 때 만난 시칠리아 출신의 바이올리니스트 안나와는 6개월 동안 뜨거운 관계였다. 12월에 베를린에서 주말을 보낸 것은 쇼스타코비치 덕분이었고, 3월의 어느 목요일 저녁을 밀라노에서 보낸 것은 바흐 덕분이었다. 5월의 어느 금요일에는 스톡홀름에서 브람스의 〈피아노 협주곡 1번 라단조〉를 함께 연주한 뒤 브람스의 음악처럼 열정을 불살랐다. 피아니스트든 바이올리니스트든 브람스의 협주곡에 맞춰 사랑을 나누는 것이 얼마나 경이로운지는 의심의 여지가 없었다. 그러다 6월에 멀어졌고 7월에는 더 멀어졌다. 이윽고 9월, 그리그의 아름다운 피아노 협주곡으로도 사랑의 불씨를 되살리기는 힘들었다. 그곳이 빈이었는데도. 그 뒤로 토마는 브람스의 〈피아노 협주곡 1번〉을 연주한 적이 없었다. 오케스트라 지휘자가 아다지오에 대한 토마의 해석을 자제해달라고 당부한 것도 아니었지만.

"여기 있을 거니?" 어머니가 문턱에서 물었다.

토마는 접시를 들고 일어났다.

"그냥 둬, 나중에 내가 할 거니까. 설거지는 네가 간 뒤에 하고 싶어. 그러면 네가 아직 여기 살고 있는 느낌이 들거든."

"내 집으로 갈 거예요." 토마가 대답했다. "내일 컨디션을 위해 자야 해요."

"내가 잘못 봤나? 좌석이 8열이던데."

"거기가 제일 좋은 자리예요."

"네 눈에 내가 안 보일 걸 확신하는 자리가 아니고?"

"이유를 잘 아시네요."

"한 번, 딱 한 번이었는데, 네가 말했어. 내가 네 연주를 좋게 보지 않는다고. 내 눈에서 그걸 읽었다고 생각한다면서. 그때는 네가 열여섯 살이었고, 아직 음악학교에서 공부하고 있을 때였으니까 그냥 조언이었다고 생각하면 안 되니?"

"읽었다고 생각한 게 아니라 똑똑히 봤어요. 엄마 때문에 콩쿠르를 망쳤고요."

"아마 내 눈이 거짓말을 못하기 때문이겠지. 그리고 너는 그 콩쿠르에서 시작부터 음을 놓쳤어. 내 기억에 그 뒤로는 잘 만회했지만."

"아이는 어른의 빚이라는 말도 있잖아요."

"아들아, 그래서 너는 나의 영원한 채무자야. 아무튼 원하는 만큼 있다가 가렴."

"혹시 집에 담배 있어요?"

"담배 끊은 걸로 아는데?"

"그러니까 담배를 안 가지고 있죠."

"네 아버지의 옛 서재에 있을 거야. 콜레트가 토요일마다 우리 집에서 저녁 먹을 때 몰래 피우거든. 그 나이에 청승맞게. 아무튼 책상 오른쪽 서랍, 아니 어떤 때는 왼쪽 서랍에 넣어두기도 하던데, 다음에 와서 피우려고 말이야. 그런데 내 옷차림에 대해 아무 말도 안 해주는구나. 나 아직 괜찮지?"

토마는 어머니가 입은 검은색 타이트스커트와 흰색 블라우스를 관찰했다. 세월을 비껴갔는지 어머니의 실루엣은 여전히 세련되고 고혹적이었다.

"엄마의 남자가 몇 살인지에 따라 다르겠죠." 토마는 시큰둥하게 대답했다.

"아들이란 놈이 말하는 것 하고는!" 잔은 화를 내는 척하면서 탄식했다. "너에게 내 조언이 필요할 때 내가 꼭 복수할 거다. 이제 가야겠네. 늦겠어. 그렇다고 너무 좋아하진 말고."

잔이 사라지면서 부르는 콧노래는 어떻게 하면 아들이 약 올라 하는지를 잘 알고 있다는 방증이었다. 토마는 서재로 가서 서랍 두 개를 뒤지다 메모지철 밑에서 발견한 담뱃갑을 열어보고 깜짝 놀랐다. 담배가 아니라 능숙한 솜씨로 말아놓은 마리화나 여섯 대가 들어 있었다.

토마는 딱 한 번 마리화나를 피워본 적이 있었다. 십 대 초반에 토마의 아버지는 청소년의 뇌 발달에 환각제가 얼마나 해로운지 설명하면서 겁을 준 적이 있다. 사진과 관련 보고서까지 보여주며 금지약물을 복용하면 신경체계가 영원히 손상되고, 연주자가 되는 희망을 빼앗길 수도 있다는 증거를 들이댔다. 아버지가 외과 의사라는 것이 늘 좋지만은 않았다. 하지만 토마는 일탈도 인생 공부나 다름없다고 생각하면서 모험을 감행했다. 딱 한 번이었다. 디데이는 노르망디에서 주말을 보낼 때였다. 전날 마리화나를 피운 친구들이 신경장애증상을 보이지 않는 걸 확인하고 이틀째 저녁에 대마초를 피우기로 했다. 그는 세르주와 프랑수아에게 다리 묶고 뛰기, 과자 따 먹기, 다트 던지기 같은 것들을 시키며 테스트를 해봤고, 친구들은 첫 도전을 하는 토마를 위해 마리화나 양을 조금 줄여주었다. 토마는 그 효과에 감탄하면서 저택의 마구간에 누워 밤새 행복한 미소를 지었다.

그런데 이날 저녁, 토마는 다시 한번 마리화나를 피우고 싶은 충동을 억제할 수 없었다. 손에 들고 있는 마리화나는 얼마 전에 일흔 살 생일을 맞은 어머니의 절친 콜레트의 것이기 때문에 그리 독하지 않을 것 같았다. 기껏해야 한두 모금 빨아볼 생각이었다.

토마가 라이터로 불을 붙이자 종이 부분이 오그라들었다. 담배를 완전히 끊은 건 아니었기에 한 모금을 깊이 빨아들였다가 기분 좋게 연기를 내뿜었다. 두 번째로 빨아들이자 꼭 필요한 평온함이 찾아왔고, 마지막이라고 다짐한 세 번째를 지나 네 번째 모금까지 빨아들이게 되었다. 그 순간 그는 머리가 핑 도는 걸 느끼고 꽁초를 재떨이에 비벼 껐다. 창문을 열기 위해 비틀거리면서 일어났다.

토마가 창문 손잡이를 잡을 때였다. 그런 상태로 발코니에 몸을 숙이면 안 된다고 말하는 목소리가 등 뒤에서 들려왔다. 피가 얼어붙는 기분이었다. 아버지의 목소리라는 걸 대번에 알았기 때문이다.

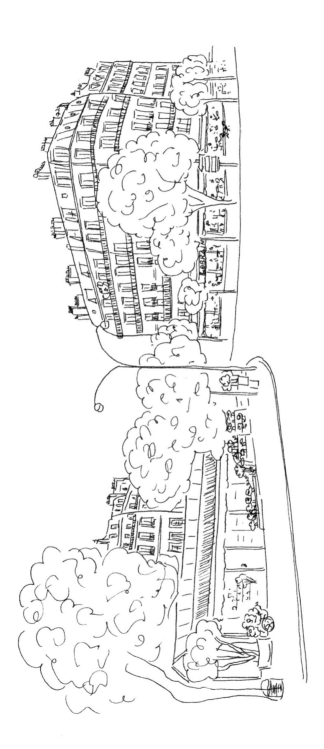

2

단순한 현기증을 넘어 눈앞이 핑핑 도는 느낌, 이것은 마인드컨트롤이 필수인 사람에게는, 그리고 직업상 정확한 손놀림이 생명인 피아니스트, 더 나아가 방금 저승에서 불쑥 존재를 드러낸 외과 의사 출신의 아버지에게는 끔찍한 것이었다.

유리창에 딱 달라붙은 토마는 현기증이 가라앉길 바라면서 맞은편 아파트의 발코니에 시선을 고정했다.

"창문 손잡이는 그만 놔도 돼. 닫혀 있는 창문에서 추락하는 일은 없으니까." 목소리가 너스레를 떨었다.

"나한테 경고했었잖아요." 얼떨결에 대답해놓고 토마는 헐떡거렸다. "내가 뭐라는 거야? 이 담배 안에 뭐가 들어 있는지는 몰라도 내 신경세포를 망가뜨린 거 맞네!"

"토마, 제발 정신 차려." 목소리가 꾸짖었다. "마리화나 피웠잖아, 이번이 처음도 아니고. 그래, 내 경고가 좀 과했다는 건 인정하마. 하지만 그때 너는 청소년이었고, 시험해본답시고 독한 걸 피울까 봐 걱정돼서 그랬던 거야. 그리고 오늘 저녁 내 목소리가 들리는 것과는 아무 상관 없어."

"아무 상관이 없어요?" 토마는 얼굴을 유리창에 딱 붙이고 되물었다. "내 아버지의 환영이 하는 말이 들리는데! 오, 하느님, 어지러워, 이렇게 죽나 봅니다."

"하느님 타령 하지 말고. 환영이라고 말해줘서 고맙구나, 아주 마음에 드는 표현이야. 너는 불안에 의한 발작 증세를 보이는 거고, 상황에 비추어 있을 수 있는 일이야. 내가 가르쳐준 무대에 오르기 전 스트레스에서 벗어나는 방법을 기억하니? 두 손을 입에 대고 숨을 내쉬고 깊이 들이마시면 이산화탄소 배출 효과가 나타나면서 기분이 한결 나아질 거야. 너를 부축해줄 수 있으면 좋으련만 나한테 그런 능력은 없구나. 너와 대화하는 것만으로도 이미 쾌거를 이룬지라."

토마의 다리가 후들거리면서 몸이 창문을 따라 미끄러졌다. 그는 바닥에 쭈그리고 앉아서 무릎 사이에 머리를 묻었다.

"토마, 어린애처럼 굴지 마. 그냥 마리화나였어."

"처음으로 소들이 날아가는 걸 봤고, 이제는 유령 아버지의 목소리가 들린다고요. 남들은 끄떡없는데 나는 왜 이렇게 유난스러운 거죠? 술을 마시면 향유고래처럼 배가 빵빵해지고, 취하면 금방 죽을 것 같고. 왜 그러는 거냐고요?"

"표현 한번 기괴하구나. 누구나 과한 것에는 그만한 대가를 치루지. 그걸 시인하는 사람과 허세를 부리는 사람, 두 부류가 있을 뿐이야."

"그 목소리, 제발 그 입 좀 다물어요!" 토마는 귀를 틀어막으면서 소리쳤다.

"너를 안심시키려고 하는 말이니까 그렇게 기분 나빠할 것 없어."

하지만 죽은 사람의 목소리가 마치 한방에 있는 것처럼 들리는데 안심이 될 리가 있을까.

"고개를 들고 네 감각이 잘못되었는지 직접 확인해보든가." 다시 목소리가 말했다.

토마는 심호흡을 한 후 고개를 들었다. 어스름한 빛 속, 아버지가 늘 앉아서 책을 읽던 검정 가죽 안락의자에서 낯익은 실루엣이 따뜻한 눈으로 그를 쳐다보고 있었다. 그 순간 머리에 스친 한마디가 목구멍에 걸렸다. 아빠?

아버지의 기일, 연주회 스트레스, 누적된 피로, 피우지 말았어야 했던 마리화나. 이런 것만으로도 없던 감각이 생기기에 충분하지 않을까.

"하룻밤 푹 자고 내일 일어나면 정상으로 돌아올 거야." 토마가 중얼거렸다.

"네가 '정상'이라고 하는 것에 대한 정의를 말해봐. 예를 들어 네 나이의 소년, 아니지, 자기 아버지를 꼭 닮아서 잘생긴데다 잘나가는 피아니스트가 다른 날도 아니고 연주회 전날 어머니 집에서 혼자 저녁 시간을 보내는 건 뭐라고 하니? 네가 말하는 정상이 그런 거라면 쭉 그렇게 생각하든가. 그런데 너를 가까이에서 볼 수 있게 이쪽으로 오면 안 되겠니?"

하지만 토마는 섬뜩하면서 혼란을 주는 실루엣 때문에 꼼짝도 할 수 없었다.

"괜찮다면 내가 네 옆으로 가보겠지만 아직 이동은 좀 불안정해. 노력은 해보는데, 아마 시간 문제일 거다. 지금의 나에게는 시간 개념이 예전과 똑같지도 않고."

토마는 아버지의 실루엣이 안락의자에서 벽난로 쪽으로 이동하다 맞은편 벽을 향해 미끄러져서 책상 귀퉁이에 내려앉는 걸 보고 눈이 동그래졌다.

"와, 드디어 내가 해냈다!" 아버지가 기뻐하면서 탄성을 질렀다. "말도 안 된다고 생각하겠지만 너는 환각 상태에 빠진 게 아니야, 내가 진짜로 여기에 있는 게 맞으니까. 내 말을 믿어."

"마르셀이 하는 말 같네요."

"마르셀이 누구니?" 레몽이 물었다.

"살 플레옐의 조명감독이에요. 내 연주를 평가할 때마다 말 끝에 힘주어 하는 말이 있거든요. '내 말을 믿어요, 토마 씨.'"

"너는 그 조명감독의 말을 믿고?"

"네, 음악에 조예가 깊은 사람이니까요."

"네 아버지의 말도 좀 믿어주면 안 되겠니?"

"마르셀은 살아 있는 사람이고, 한 사람은 환영인데 누구 말이 더 믿을 만할까요?"

토마는 심장박동이 빨라지는 걸 느꼈다.

"나한테서 무슨 대답을 기대하는 거예요? 이렇게 환각 상태에 빠져 있는데!"

"인내심이 필요할 거라고 나도 예상은 했다. 아무리 급해도 기다려주기로 각오도 했고. 그럼 네 어린 시절로 돌아가보자. 밤마다 네 침대 발치에 앉아서 너를 재우려고 들려주던 이야기들, 요정과 악마가 나오는 이야기, 놀라운 힘을 가진 미지의 괴물 이야기, 이런 것들을 네가 어둠 속에서 들었잖아? 내 상상의 세계를 믿어줬잖니?"

토마는 고개를 끄덕였다.

"그랬던 네가 대체 왜 이러는 거냐?"

"이 방에 가만히 있어요. 그리고 내가 욕실로 가서 세수를 하고 돌아오면 사라져 있는 걸로 해요. 오케이?"

"이런 고집불통이 있나! 나를 다시 보는 게 기쁘지 않니?"

토마는 대답하지 않았다. 그는 힘겹게 일어나서 말한 대로 서재를 나와 문을 살짝 닫았다. 그리고 세수로 얼굴을 식힌 후 거실 소파에 누웠다. 어지러움이 가시지 않아 눈을 감고 있다 잠들었다.

*

토마는 열쇠 소리에 잠에서 깼다. 상체를 일으키다 안쓰러워하는 얼굴로 자신을 쳐다보고 있는 어머니를 마주쳤다.

"여기 네 방 있는 거 알잖아?"

"여기 있을 생각이 아니었는데." 토마는 기지개를 켜면서 대답했다.

마비 감각이 사라진 토마는 갑작스레 고개를 돌리고 매복한 사냥꾼처럼 방을 훑어봤다.

"왜 그래?" 어머니가 걱정하며 말했다.

"아무것도 아니에요." 토마는 머리를 문지르면서 대답했다. "엄마의 절친이 이 집에 숨겨둔 게 진짜 담배가 아니라는 거 알고 있어요? 대모가 그런 걸 숨어서 피우다니 놀랐잖아요!"

잔이 고개를 쳐들고 킁킁 냄새를 맡았다.

"아!" 그녀가 유감스러운 목소리로 말했다. "네가 서랍을 헷갈린 모양이구나. 콜레트의 서랍은 오른쪽인데."

"그럼 왼쪽 서랍은?"

"그렇게 비난하는 얼굴로 쳐다보지 마. 내가 나이가 몇인데, 나는 하고 싶은 걸 할 자유가 있어!"

"그냥 안심할 수 있을 만한 말을 해주면 되잖아요, 고통을 진정시키기 위한 거라고."

"대번에 또 과장하기는! 내가 어쩌다 이렇게 진지하기 짝이 없는 아들을 낳았을까? 내가 교육을 잘못한 건가?"

"정상적인 부모들은 그 반대일 때 한탄하는 거 아니에요?"

"네 부모도 정상이야, 우리가 좀 짜증 나는 부모라는 건 인정하지만. 나는 네 엄마가 되기 전에 68세대* 여자였어. 우리는 술도 마시고, 담배도 피우고, 모든 걸 비웃었지. 특히 우리

---

*   1968년 5월 프랑스 학생운동을 주도했던 대학생들과 이에 동조해 시위와 청년문화를 이끌어갔던 당시 유럽과 미국 등의 젊은 세대를 가리킨다.

자신을. 누군가를 모욕한다는 두려움 없이 자유를 제한하는 것이 아니라 확장하기 위해 시위행진을 했어. 우리는 사생활이라는 게 뭔지 알았으니까. 꽃다운 나이에 죽은 이들도 있긴 하지만, 그동안 우리가 어떻게 살아왔는데!"

"마리화나는 정확히 어떻게 마는 거예요?" 토마는 아주 천연덕스럽게 물었다.

"내가 말아줘? 환각제지만 품질이 아주 좋은 거야. 와인이랑 비슷해, 어떤 걸 마시느냐에 따라 취하는 게 다르니까. 익숙하지 않은 사람에게는 좀 세다는 건 인정해. 자고 일어나면 아마 머리가 좀 무겁겠지만 안심해라. 연주를 망치는 일은 전혀 없을 테니⋯⋯. 네가 이 상태가 된 건 내 마리화나 때문이 아니야. 다른 무슨 안 좋은 일 있니?"

토마는 서재에서 본 환영에 대해 얘기했다. 그녀는 생각에 잠긴 얼굴로 들으면서 마리화나를 말 때 양이 좀 과했던 모양이라고 둘러댔다.

"너한테 뭐라고 했는데?" 어머니가 호기심이 가득한 얼굴로 물었다. 마치 토마가 아버지가 아니라 층계참에서 이웃을 만났다고 말한 것처럼.

"창밖으로 몸을 내밀지 말라고."

"진짜 이상하네. 다른 말은?"

"특별한 건 없었어요. 내가 어릴 때 좀 지나치게 보호했다는 말 말고는."

"좀? 네 아버지는 너를 과잉보호했어. 저승에 가서도 여전하구나. 주의 사항이 많으니까 네가 학교 가면서 땀범벅이 되는 걸 내가 얼마나 많이 봤는데. 그뿐인가? 네 아버지는 의사라서 보이는 족족 모든 게 유행병이었지. 나에 대해서는 아무 말도 안 했니?"

"엄마, 환영이었어요. 거실에 앉아서 나누는 정상적인 대화가 아니라."

"아무도 모를 일이지. 나도 자다가 봤는데, 죽고 얼마 안 돼서……."

"아빠가 엄마에게 말을 걸었고, 엄마는 진짜 아빠가 보였어요?" 기력을 회복한 토마가 말을 끊으면서 물었다.

"그럼, 봤지. 봤다니까. 나한테 말을 걸었던 것도 맞고."

"아빠가 뭐라고 했는데요?"

"미안하다고. 하지만 네 아버지의 사과는 의미가 없어. 그가 나타나는 밤에 나는 늘 취해 있었으니까. 그걸 이렇게 고백하게 되네. 네 아버지의 상태는 좋아 보였니?"

"예전 모습 그대로였어요. 엄마의 질문에 대답하고 있는 내가 우습네요."

"아빠 봐서 좋았니?"

"꼭 그렇진 않아요."

"애석하구나. 누구에게나 일어나는 일은 아닌데."

"엄마가 이렇게 궁금해하는 걸 보니까 좋은 시간 보낼걸 그랬네요. 아무튼…… 난 뭐가 뭔지 모르겠어요. 내가 마리화나를 피우지 않았다면 그 순간을 즐길 수 있었을지도 모르죠."

"좋은 생각이 있어! 연주회 끝나고 집으로 와서 다시 한번 시도해보자. 너를 통해서 네 아빠에게 전할 얘기가 있거든.

네가 나의 사자가 되는 거지." 어머니가 공모의 윙크를 보내면서 말했다. 토마는 한숨을 길게 내쉬었다.

"우리 엄마가 유령 아버지에게 메시지를 보낸다고 같이 마리화나를 피우자고 하다니. 교육을 잘못했나 하던 분 맞아요?"

"내가 브리지 게임을 한 판 하자거나 마크라메 레이스 아틀리에에 가자고 했다면 네가 좋아했을까? 내일이 연주회인데 가서 자. 다음에 다시 얘기하자. 청중이 빠져나간 뒤에 네 대기실에 가서 축하해주는 건 괜찮지? 그것도 싫을까?"

토마는 어머니의 이마에 입을 맞추고 집을 나섰다.

그는 집을 나서는 순간에도 여전히 이상한 느낌이 들어 택시를 타기로 했다. 택시 승차장까지 걸어가면서 소피에게 전화를 할까 망설였다. 그 어느 때보다 그녀가 필요했다. 방금 경험한 비정상적인 상황을 누군가에게 얘기하고 싶었다. 위로해줄 사람이 필요했다. 하지만 미친놈 취급을 받을까 두려워 단념했다.

*

토마는 꼭대기 층의 투룸에서 살고 있었다. 5층을 걸어서 올라오는 사이 컨디션이 회복되었다. 균형감이 돌아왔고, 몸에서 환각 성분이 다 빠져나간 것 같아 안심이 되었다.

그는 잠자리에 들기 전 오늘 일을 돌이켜봤다. 지붕에 낸 창문에 다가가서 하늘을 올려다보며 미소를 지었다.

"오늘 밤 내가 무슨 경험을 했는지 아빠는 알고 있어요? 아빠가 가장 먼저 웃을 거예요. 너무 무서웠지만 아빠를 봐서 좋았어요. 이상한 꿈이었다고 하더라도."

레몽의 유령은 토마가 잠들기를 기다리다가 침대 발치에 앉았다. 유령 역시 미소 지으며 아들을 응시하고 있었다.

3

객석이 와글거리는 소리가 무대 뒤까지 울려 왔다. 바람을 타고 넘실거리는 너울성 파도처럼 긴장감이 점점 더 고조되는 가운데 오케스트라 단원들이 무대로 향하는 복도에 일렬로 대기하고 있었다. 조명 빛이 약해지자 단원들이 무대로 나가서 하나둘 자리에 앉았다. 이윽고 여러 악기들이 음을 맞추며 내는 경쾌한 불협화음이 들리자 객석이 조용해졌다. 이어서 피아니스트가 무대에 등장했다. 콜레트는 브라보를 외치며 청중의 박수를 유도했다. 오케스트라 지휘자가 보면대 앞에 자리를 잡고 피아니스트에게 인사하기 위해 고개를 돌리자 토마가 피아노 의자에서 일어나 답례 인사를 했다. 마르셀의 조명 기술로 스타인웨이 피아노가 경이로운 빛에 휩싸였다.

지휘봉이 올라가자 토마는 심호흡을 한 다음 건반 위에 손을 올리고 피아노 독주로 출발했다. 8마디로 이루어진 낮고 어둡고 깊은 화음, 일련의 종소리가 장중하게 울려 퍼졌고, 건반을 터치하는 피아니스트의 손가락들이 튕겨 오르며 8분 음표를 쏟아냈다. 이어지는 바이올린 선율과 어우러지는 피아노 연주는 대초원을 휩쓸어버리는 겨울바람을 연상시켰다. 토마는 눈을 감았다. 그는 이미 러시아의 어딘가, 다른 세계에, 다른 시대에, 낭만적 격정 말고는 아무것도 존재하지 않는 곳에 가 있었다. 토마의 손이 날카로운 선율로 치닫는 순간, 좌석에서 벌떡 일어난 콜레트가 홀린 듯 피아니스트의 유연한 손가락을 좇고 있었다. 잔이 콜레트를 붙잡아서 간신히 주저앉혔다.

토마는 어떤 무대에서 연주할 때도 이처럼 고양된 적이 없었다. 바이올린 선율이 말을 건네고 있었다. 머지않아 오보에 선율이 가세할 것이다. 〈피아노 협주곡 2번〉은 라흐마니노프가 야심작의 참담한 실패로 실의에 빠지자 우울증을 극복하기 위해 자기암시요법이라는 최면 치료를 받으면서 작곡한 작품으로, 새로운 재기를 향한 강한 의지가 표현되어 있다. 제1 악장 모데라토 도입부에는 무감각 상태에서 빠져나온 라흐마니노프가 그간 겪은 고통스러운 순간들이 짙게 묻어 있다. 토마와 라흐마니노프는 이제 일체가 되어 있었다. 마치 옆에 앉은 작곡가의 유령이 피아니스트의 손에 사뿐히 손가락을 얹고 연주하는 것처럼…… 마치…….

토마는 흘긋 객석을 쳐다보다 첫 번째 열에 앉은 아버지를 발견했다. 유령 아버지가 한 젊은 여자의 무릎 위에 떠 있는데 여자는 그 존재를 전혀 모르는 것 같았다.

지휘자는 피아니스트가 음 몇 개를 건너뛰는 것에 깜짝 놀랐다. 다행히, 피아니스트는 현란한 기교로 실수를 만회했다. 오케스트라 파트가 멜로디를 연주하면 피아노가 섬세한 선율로 화답했다. 토마는 1악장이 끝났을 때 막간을 이용해 이마를 닦았다. 2악장 아다지오가 느린 템포로 시작되었고, 플루트와 오보에가 협연하는 사이 토마가 차례를 기다리고 있었다. 또다시 흘깃 쳐다보자 아버지가 다리를 꼰 자세로 자랑스러워하듯 미소를 짓고 있었다. 오케스트라가 클라이맥스로 향하는 순간 토마가 또다시 한눈을 파는 것이 거슬린 지휘자가 고개를 돌렸다. 잡아먹을 듯 위압적인 눈총에 토마는 정신이 번쩍 들었다.

"집중력이 흐트러진 것 같은데." 콜레트가 중얼거렸다.

"집중력이 흐트러진 건 너니까 조용히 해." 잔이 속삭였다.

"땀을 뻘뻘 흘리잖아, 여기 홀은 굉장히 추운데."

"조명 빛을 받고 있잖아." 잔이 소곤소곤 말했다. "입 다물라니까!"

"잘 봐, 맨 앞줄에 앉은 여자에게 묘한 시선을 보내고 있어. 아무튼 나 미친 거 아니니까 잘 보라고. 쟤 상태가 정상이 아냐."

"정상이 아닌 건 너야. 토마는 잘하고 있고, 신들린 듯 연주하고 있어!"

"네가 그렇다니까 나는 입 다물지 뭐!"

"이제 잘 듣기나 해, 그 입 다물고."

옆 좌석 사람들이 두 여자의 수다에 짜증을 냈다. 잔은 사과하고 안심하라는 듯 미소를 보내면서 친구가 제정신이 아니라는 식의 손짓을 했다.

"그래, 나를 미친 여자 취급하는 건 여기 있는 동안만인 줄 알아." 콜레트가 구시렁거렸다.

3악장이 시작되었을 때 토마는 러시아 대초원을 벗어났다. 알레그로는 오케스트라 파트로 시작되었고, 그사이 피아니스트는 다리를 꼬았다 풀었다 하는 레몽 쪽으로 시선을 주지 않으려고 이를 악물면서 정신을 집중했다. 다리를 꼬는 버릇이 계속 토마의 신경을 극도로 자극하고 있는데도 유령 아버지는 가만히 있지 않았다.

긴 피아노 독주가 기다리고 있었다. 이제부터는 작은 실수라도 저지르면 방법이 없었다. 어떤 악기도 지원해주지 않는다. 지휘자의 매서운 눈은 이미 연주가 끝나면 보자고 말하고 있었다. 플루트와 오보에가 구원해주러 올 때까지는 손가락에 쥐가 나더라도, 이마에 땀이 송골송골 맺히더라도, 유령의 출현 때문에 심장이 터질 지경이 되더라도 마지막 마디가 끝날 때까지 버텨야 한다. 더 이상 현기증은 없으니 객석을 잊고, 대기실로 찾아올 어머니와 대모만 생각해야 한다. 아직은 약한 공황 상태였다. 아버지가 지난밤 설명해주었는데……. 아니, 그럴 리 없다. 이런 터무니없는 생각을 하다니. 아버지는 아무것도 설명해줄 수 없지 않은가, 이미 5년 전에 세상을 떠났으니.

토마는 심혈을 기울여서 마지막 네 마디의 화음을 연주했고, 3악장은 청중을 매료시키면서 성공적으로 끝이 났다. 콜레트가 브라보를 외치며 벌떡 일어나자 객석 전체가 환호하면서 연주가들에게 우레 같은 박수갈채를 보냈다. 지휘자가 토마를 향해 손을 내밀면서 피아니스트에게 이 공연의 공을 돌렸지만, 시선이 마주쳤을 때 토마는 지휘자가 격노해 있음을 알아차렸다.

토마는 무대 앞으로 걸어가서 세 번 연거푸 정중히 허리를 숙였다. 환호성이 터졌다. 이어서 오케스트라 단원들이 일어나 청중의 열렬한 박수를 받았다. 커튼이 내려오고, 조명 빛이 다시 켜졌다.

지휘자가 지휘봉을 챙겨서 무대 뒤쪽으로 향했다.

"죄송합니다." 토마가 사과했다. "몸이 약간 안 좋았습니다."

"그런 것 같았어요. 심각한 건 아니죠?"

"내일 공연을 그르칠 정도는 아닙니다. 약속합니다."

"그러길 바라요." 지휘자가 거만한 어조로 대꾸하면서 대기실로 향했다.

토마도 자신의 대기실에 들어갔다. 그는 연미복과 검은색 바지를 벗고 청바지와 티셔츠로 갈아입은 다음 거울 앞에 놓인 의자에 앉아 병원에 가서 진찰을 받아야 하는 게 아닌지 생각했다. 그때 노크 소리가 나더니 그가 들어오라고 하기도 전에 문이 열렸다. 토마는 어머니와 대모라고 예상했지만, 오늘 저녁에 아직 놀랄 일이 더 남은 모양이었다. 눈앞에 소피가 서 있었다.

"브람스가 아니었는데 훌륭하게 해냈네." 소피가 미소를 지으면서 말했다.

검은색 롱드레스 차림의 소피는 눈부셨다. 연주할 때처럼 머리를 묶은 소피의 모습을 보면서 토마는 함께 무대에 오르던 때가 떠올랐다.

"당신이 파리에 있는지 몰랐어." 토마가 일어나면서 말했다.

"인생은 우연의 연속이니까. 내일 다시 떠나. 당신에게 연락하는 것이 망설여졌어. 로마로 돌아가서 편지를 쓸 생각이었는데 인사할 때 모습이 너무 외로워 보여서."

"당신이 와준 것만으로도 이미 큰 의미가 있어."

"오늘 아침 살 플레옐 앞을 지나가다가 포스터에서 당신 이름을 봤어. 아니, 이건 바보 같은 거짓말이야. 내가 아직도 당신의 순회공연 일정을 주시하나 봐. 이유는 묻지 마, 나도 모르니까."

"어디 가서 저녁 먹을까?" 토마가 제안했다.

"나 만나는 사람 있어, 토마. 같이 있으면 기분 좋은 사람. 지금 아니면 말할 기회가 없을 것 같아서."

"나한테 보고할 필요는 전혀 없는데."

"알아, 하지만 이게 더 나을 것 같아. 나 원망하지 않아?"

"행복하다면서? 근데 내가 왜 당신을 원망해?"

"당신과도 행복했으니까. 나를 사랑한다면서 나를 사로잡지도, 나를 소유하지도, 나를 원하지도 않은 남자였어, 당신은. 뭐 생각나는 거 없어? 아무려면 어때, 그게 인생인데. 나는 아무것도 후회하지 않아."

"《세자르와 로잘리》. 우리가 스톡홀름에서 공연할 때 그 영화를 반복해서 봤지. 스웨덴어로 더빙된 그 대사, 내가 외워서 당신한테 들려줬고."

"나에게 죄를 지었다는 생각은 하지 않아도 돼."

"음악하는 사람이야?"

"아니, 어쩌면 그래서 우리가 이렇게 얘기할 기회가 있는 건지도. 로마에서 레스토랑을 운영하는 사람이라서 음악과는 관련이 없어. 당신과 나, 우리는 마도로스 같아서 침몰하지 않으려면 선적항 같은 게 필요해."

"나는 전혀 모르겠지만 당신 말이 맞겠지."

소피가 다가와 토마를 안으면서 뺨을 쓰다듬었다.

"당신도 행복할 자격이 있어, 나의 토마. 여자를 만나게 되면 나한테 했던 것처럼 그녀가 떠나게 내버려두지 마. 용기를 내서 그녀를 잡고 놓아주지 마."

그녀는 토마의 이마에 입을 맞춘 후 문을 향해 걸음을 옮기다 문턱에서 고개를 돌렸다.

"내가 잘못 들은 건가, 아디지오 연주 중에 몇 마디 건너뛰던데?"

그렇게 말하고 소피는 사라졌다.

토마는 잠시 멍하니 서 있다가 거울 앞 의자에 다시 앉아서 생각에 잠겼다.

"대단한 여자구나, 퍼포먼스가 기가 막혀!" 거울에 나타난 아버지가 감탄했다. "복수하기로 작심하고 나타나서 회심의 일격을 날리고 멋지게 사라졌으니. 엄마 같은 표정으로 네 뺨을 쓰다듬는 거 하며. 와, 정말 독하다, 비정한 여자!" 아버지가 박수 치는 시늉을 하면서 덧붙였다. "네가 완전히 당한 거야, 앙갚음하려고 벼르고 온 거니까."

"귀찮게 하지 말고 나 좀 내버려두시죠?" 토마가 발끈했다.

"방금 그런 장면을 봤는데도 나더러 입 닥치고 있으라고? 어림없는 소리. 내가 너를 그렇게 가르쳤니? 감정교육이 그 정도밖에 안 됐을 줄은 생각도 못 했네. 방금 그 여자에게서 얻은 교훈을 명심하기 바란다. 너라는 존재는 자기에게 그저 추억일 뿐이라는 걸 알려주는 데 불과 2분, 몇 마디 말이면 충분했어. 그 여자는 네트플레이 하듯 다가와서 너에 대한 마음은 여전하다는 희망을 갖게 한 뒤에 팍, 강한 스매싱으로 자기가 만들어준 행복을 네 스스로 걷어찬 거라고 비난한 거야. 너는 반격할 기회조차 없었고. 아무튼 혀가 내둘리는 일격이었어. 너를 무너뜨리는 것으로는 성에 차지 않는지 연주 실수까지 지적하면서 아주 짓밟아버렸으니까. 음, 무서운 여자야!"

"얘기 끝났어요?"

"나는 할 말을 했을 뿐이야."

"내가 실수한 게 누구 때문인데요?"

"이거야, 원! 뻔뻔하게 그 실수를 나한테 전가하다니! 나는 무대에 있지도 않았는데."

"맨 앞줄, 한 여자의 무릎에 앉아 있었잖아요. 고의적으로 나를 산만하게 만들면서."

"내게 남은 시간이 많지 않기에 내 아들의 연주를 들으러 온 건데, 이렇게 비난받을 일이니?"

"다른 데에 갈 수도 있었잖아요?"

"리도섬 파티에 갈 수도 있었는데 유령이라는 걸 이용해 무대 뒤에서 조용히 떠돌고 있는 거야."

"아빠는 이 거울에 보일 수도, 나한테 말할 수도 없다고요. 아빠는 존재할 수 없어요, 이 세상에 없는 사람이니까!"

"그럼 둘 중 하나를 선택해. 이렇게 계속 우리에게 일어난 일을 부정하면서 귀중한 순간을 억측으로 소모하든지, 아니면 이성적으로는 설명되지 않는 일이 일어나기도 한다는 걸 인정하든지. 내가 어렸을 때는 반세기 전까지만 해도 심장 이식이 불가능한 일이라고 했어. 하지만 가능해졌잖아. 그리고 이전 세기만 해도 비행이 불가능한 일이었지만 오늘날은 샌프란시스코까지 비행기로 11시간이면 날아가. 다른 예를 들어줄까?"

"하지만 유령은 존재하지 않는다고요!"

"네 논리대로 하면 티베트인들, 중국인들, 일본인들, 스코틀랜드인들처럼 수세기에 걸쳐 제사를 지내며 죽은 이들의 넋을 위로하는 문명의 사람들은 모두 멍청한 족속들이로구나. 이런 아집이 있나!"

그때 노크 소리가 들려왔다. 토마는 성난 어조로 누구냐고 물었다.

"네 어머니와 콜레트지 누구겠니?" 레몽이 속삭였다. "우리가 나눈 얘기는 입도 뻥끗하지 마. 나는 사라졌다가 두 여자가 나가면 다시 올 테니."

토마는 일어나서 문을 열어주었다. 콜레트가 먼저 들어오고 잔이 그 뒤를 이었다.

"정말 훌륭했어!" 대모가 외쳤다. "얼굴이나 한번 보고 가려고. 두 할머니와 한잔하겠다면 그것도 좋고. 글쎄, 네 엄마가 옆 좌석 사람에게 뭐랬는지 알아? 내가 미친 여자래."

"콜레트, 피곤한 애한테." 잔이 한숨을 내쉬었다.

"이것 좀 봐, 10분 전부터는 무슨 말도 못 하게 한다니까."

토마가 어머니를 꼭 안아주었다.

"객석 전체가 숨죽이고 들었어." 잔이 말했다.

"괜한 말 하지 마세요." 토마가 말했다. "실수했다가 바로 오케스트라가 지원해줘서 아슬아슬하게 넘어갔는데."

"거봐, 내 말이 맞잖아!" 콜레트가 의기양양한 얼굴로 외쳤다. "네가 어딘가 안 좋다는 걸 나는 알아봤지만 청중은 전혀 몰랐을 거라고 확신해. 네 친엄마도 알아채지 못했는데 뭐. 근데 맨 앞줄에 누가 있었기에 그렇게 노려본 거니?"

"오래전에 내 인생에서 사라진 누군가요." 토마가 거울에 비친 자신의 모습을 뚫어져라 쳐다보면서 대답했다.

잔과 콜레트는 놀라는 시선을 주고받았다. 잔이 친구의 팔을 잡고 문 쪽으로 떠밀었다.

"쉬게 해줘야지, 애 피곤한데. 그리고 내 아들은 너보다 내가 더 잘 알아."

어머니는 토마에게 인사하고 콜레트를 내보낸 다음 아들에게 손 키스를 날리면서 사라졌다.

복도에서 투덜거리는 대모의 목소리가 들리다 조용해졌다.

거울에는 자신의 모습만 있었다. 어머니의 말이 틀리지 않았다. 안색이 창백했다. 연미복을 걸어놓은 뒤 가죽 가방을 들고 대기실을 나가기 전에 전등을 껐다.

토마는 무대 뒤에서 마주친 마르셀에게 인사한 뒤 아티스트 전용 출구로 나갔고, 한 자동차의 보닛 위에 다리를 꼬고 앉아 있는 아버지를 발견했다.

"이런 날은 내가 멋진 곳으로 데려가서 저녁이라도 먹여야 하는 건데, 아쉽지만…… 그래도 어디 가서 간단하게 먹겠다면 네 곁에 있어줄 수는 있어."

"혼자 있고 싶어요."

"이런 또라이." 아버지가 토마의 어깨에 팔을 두르면서 대꾸했다.

"나한테 할 말은 아닌데."

"내가 당신한테 뭐라고 했다는 거요?" 지나가던 남자가 토마에게 물었다.

"아무것도 아니에요, 당신에게 한 말이 아닙니다."

"반말로 툭 뱉어놓고 아무것도 아니라니요?"

"글쎄, 아무것도 아니라니까요." 토마가 신경질적으로 내뱉었다.

"어디 한번 따져봅시다. 내가 뭐라고 했다고 내게 한 말이 아니라고 하는지 묻잖소?"

토마는 남자를 빤히 쳐다봤다.

"대기오염이 사람들을 모두 미치게 만든 건지." 토마가 응수했다.

"예의를 지켜요, 젊은이. 누가 봐도 우리 둘 중에 미친 사람은 당신이니까. 혼자서 말하는 것만 봐도."

토마는 어깨를 으쓱하고 돌아서서 가다가 뒤돌아봤다. 아버지가 노골적으로 재미있어 죽겠다는 얼굴을 하고 있었다.

"이게 재미있어요?"

"꽤 재미있던데, 레몽 드보*의 만담을 듣고 있는 줄 알았다."

"누구요?"

"패스, 너는 너무 젊어서 모를 거다."

"왜 나타난 거예요? 왜 내 눈에 보이고 목소리가 들리는 거죠?"

"단순히 '왜냐하면…이기 때문에'란 말로는 너를 납득시킬 수 없을 거라고 생각했어. 그래서 네 집에 가서 편안히 앉아 차분히 내 말을 들어줄 때를 기다리는 거야. 그래야 우리가 대화할 수 있으니까."

"그다음에는 나를 귀찮게 하지 않을 거예요?"

"나를 다시 보는 걸 그렇게 못 견디겠니?"

"그런 뜻이 아니라 아빠를 잃는다는 게 그만큼 힘든 일이었다는 뜻이에요. 아빠가 차지한 자리가 워낙 컸으니까. 엄마는 시간이 필요할 거라고 했지만, 다른 말은 생략하고 넘어갈게요. 나는 아빠의 자리가 그렇게 컸는지 몰랐어요."

"내가 죽은 뒤에 네 어머니가 내 얘기를 자주 했니?"

———

*   벨기에 출생의 프랑스 코미디언.

"그런 질문은 아무 의미 없다는 거 알죠?"

"유령 주제에 그런 것까지 알면 큰일이지. 근데 내가 차지한 자리가 워낙 컸다는 게 무슨 뜻이니? 너를 내 그늘 속에서 살게 했다는 뜻이야?"

아파트의 문을 밀고 들어가 계단곬에서 고개를 쳐드니 꼭대기 층계참 난간에 기대 있는 아버지가 보였다.

"유령은 뒤에서 둥둥 따라오는 줄 알았는데!" 토마는 한숨을 내쉬었다.

토마는 아파트 안으로 들어가서 옷걸이에 가방을 걸어놓은 뒤 냉장고에서 맥주 한 병을 꺼내 들고 소파에 털썩 주저앉았다.

아버지는 맞은편 안락의자에 내려앉았다.

"다리 꼬았다 풀었다 하는 그 버릇, 그게 얼마나 사람을 짜증 나게 하는지 상상도 못할 거예요. 아빠가 살아 있을 때도 그럴 때마다 말도 하기 싫었어요."

"일부러 그러는 게 아냐. 다리가 너무 길어서 어떻게 해야할지 몰라 그러는 거지. 다리 꼬는 거 말고 너를 짜증 나게 하는 게 또 뭐가 있는데?"

"왜 온 거예요? 못 다한 센세이션이라도 일으키려고?"

"무례하구나, 토마. 나는 아직 네 아버지야."

"이렇게 나한테 아버지 귀신이 붙었으니 아빠가 잊힐 염려는 없겠어요."

"너에게 아주 중요한 도움을 청하려고 돌아온 거야. 네가 수락하면 귀찮게 하지 않겠다고 약속하마. 하지만 먼저 나에 대해 해줄 얘기가 있어. 물론 너를 너무 불안하게 하지 않겠다는 전제하에."

반발심을 보이며 침묵하는 아들과 마주한 레몽은 낙담하는 표정을 지었다.

"왜 이토록 나한테 차갑고 냉담하니? 나를 원망하니? 내가 너를 많이 사랑하지 않았니?"

"아빠는 내가 오르고 싶었던 산이었어요. 정상에 이르는 날이 있을까 불안해하면서. 아빠는 생명을 구해주는 훌륭한 의사였는데 나는 연주가예요."

"그게 어때서? 너는 삶을 아름답게 해주잖아. 오늘 저녁 청중들의 눈을 봤다면…… 자랑스러웠고 감격했어. 그래, 내가 사람들의 목숨을 구한 건 맞아. 하지만 내 직업에서는 아무도 심정지 상태의 환자를 살렸다고 박수 쳐주지 않아. 메스 콘서트를 끝냈다고 축하해주지도 않고."

"이번엔 또 갑자기 서정적으로 나오시네요."

"죽음의 속성이지." 레몽의 얼굴이 환해졌다.

"좋아요, 들어는 볼게요. 그런 다음 자러 들어갈 거니까 방해하지 마세요. 진짜 피곤해요. 약속하죠?"

"맹세하마." 레몽이 대답하면서 바닥에 침 뱉는 시늉을 했다. "가만있자, 어디서부터 시작해야 되나?"

"아빠가 내 눈에 어떻게 보이는지, 그 설명부터?"

"미안하구나, 나한테는 그걸 말해줄 권리가 없어. 내가 저승에서 돌아온 것과 관련해서는 일체 함구한다는 조건으로 단기 휴가를 얻은 거니까."

"단기 휴가…… 군대에서처럼?"

"좀 다르지만 좋을 대로 생각해."

"나를 만나러 오기 위해 저승에서 단기 휴가를 받았다는 거예요?"

그렇게 말하고 나서 토마는 폭소를 터뜨렸다.

"나 비웃는 거 이제 끝났니?"

"어떻게 그런 생각을! 나는 지금 한밤중에 내 유령 아버지와 얘기하는 중인데……. 계속해요. 아직은 내가 더 시달려야 할 모양인데." 토마는 손등으로 눈가를 닦으면서 덧붙였다.

"나의 영원성이 달려 있는 뭔가를 실현하려면 네가 필요해."

"아, 이제 확실히 알겠네요! 생전에 환자의 목숨을 구하던 것처럼 인류를 구하라고 저승이 보내준 거죠. 영웅놀이에 빠진 돈키호테가 되어 아들을 따까리 산초로 만들겠다는 심산이잖아요."

"바보 같은 말 그만해, 긴급한 일이야."

"죽었는데 긴급한 일이 뭐가 있을까요?"

"지금은 어이없겠지만 머지않아서 이해하게 될 거야. 내 얘기 들어줄 거니, 아니면 계속 끊을 거니?"

토마는 입을 다물고 있는 데 동의했다. 그리고 지금은 이상한 꿈을 꾸고 있으니 얼마 후엔 잠에서 깰 거라고 확신했다. 이렇게 확신하자 안정되면서 유령 아버지가 하는 얘기를 들을 수 있었다.

"네 어머니와 나의 결혼 생활은 오래가지 못했어."

"나에게 많은 걸 가르쳐주지도 않았죠, 죽기 10년 전에 이미 집을 나갔으니까."

"나는 그 이전의 과거 시절에 대해 말하는 거야. 네가 태어난 지 얼마 안 돼서 우리는 친구보다도 못한 사이가 됐지."

"고맙네요, 이제라도 알려줘서. 내가 정신과 의사였다면 진즉에 엄마를 치료해서 멋진 노후를 맞게 했을 텐데."

"네가 태어나기 이전을 말하는 게 아니야. 한때는 진정으로 서로를 사랑했지만 사이가 멀어졌어. 내 잘못으로 인해 차츰."

"'차츰'이라는 건 무슨 뜻이에요?"

"내가 다른 여자를 만났어."

"바람피웠다고요? 농담해요? 길 가다 마주치는 사람들의 마음까지 사로잡는 연애 도사였던 사람이 하는 말치고는 새삼스럽네요, 이제 와서."

"나에 대한 오해가 있구나. 내가 노는 걸 좋아하긴 했어도 바람둥이는 아니었어. 게다가 그 열렬한 사랑은 내가 한 번도 경험해보지 못한 사랑이었지. 그래서 그 사랑이 소멸되지 않는 걸지도."

"족제비 같은 눈으로 아빠를 쳐다보던 그 마취 의사요? 둘 사이에 뭔가 있다고 의심했었는데."

"비올레트를 기억하니?"

"아빠를 만나러 병원에 갔을 때마다 그 여자가 강아지 다루듯 내 이마를 쓰다듬으면서 몽롱한 얼굴로 말했죠. 내가 아버지 판박이라고."

"그 여자 아니야. 짧게 만나다 가볍게 끝난 사이였으니까."

"엄마에게도 그랬을까요?"

"기회가 되면 네 정신과 의사 앞에서 나를 씹든가. 지금은 내 얘기 계속할게."

"아, 초록빛 눈의 소아과 의사도 있네!"

"그만해! 내가 카미유를 만난 건 병원이 아니야."

"아아, 카미유. 그럼 어디서 만났는데요?"

"우리가 여름을 보내던 해수욕장 기억나니?"

"갯벌에서 조개 캐고, 회전목마나 조랑말 타고, 내가 한 번도 이기지 못한 미니골프 게임하고, 엄마가 음식을 넣어준 라탄 바구니 들고 모래사장으로 피크닉 가고……. 아, 또 있네. 해변 놀이터에서 시소 타고, 해변 식당가에서 크레이프 사 먹고, 비 오는 날은 모노폴리 보드게임 하고……. 내가 심각한 기억상실증에라도 걸렸을까 봐 지금 그 무료하기 짝이 없던 시간들을 상기시키는 거예요?"

"섭섭하구나. 바캉스 때마다 미친 듯이 재미있게 놀았으면서."

"진짜 재미있어서 그렇게 미친 듯이 놀았는지 한 번이라도 물어본 적이나 있고요?"

레몽은 물끄러미 아들을 쳐다본 뒤 말을 이었다.

"우리는 거기서 만났어."

"알려줘서 기쁘네요. 근데 그게 나랑 무슨 상관인데요?"

"조개잡이, 회전목마, 승마, 크레이프 간식. 그때 우리는 가까워졌어. 말하자면 네가 우리 만남의 구실이 된 셈이었지."

"그러니까 나를 방패막이로 삼은 거라고요? 진짜 역겹네요!"

"대체 무슨 상상을 하는 거니? 토마, 우리는 나쁜 짓 하지 않았어. 모두를 지키기 위해 은밀한 사랑을 한 거야. 이따금 몰래 손을 잡았고, 그래서 가슴이 두근두근 뛰었고, 때로는 그저 스쳐 지나가기도 했지만 대부분은 눈빛으로 마음을 교환했을 뿐이야."

"나한테 왜 이러는데요? 그딴 걸 내가 세세히 알아서 뭐 한다고!" 토마는 격앙된 반응을 보였다.

"네가 다섯 살 먹은 어린애니? 뭐든 네 중심으로 생각하지 말고 내 얘기를 들어보려고 노력해줄 순 없는 거야?"

"세상이 거꾸로 돌아가네. 비 내리는 잿빛 하늘 아래서 보내는 바캉스에서 내가 좋았던 게 뭔지 알기나 해요? 아빠를 독점하는 수술실과 환자들 없이 1년 중 그때만은 나만의 아빠였어요. 마침내 우리 둘만의 시간을 함께 보내는 거니까요. 그래서 나는 더 이상 알고 싶지 않아요. 아빠가 나를 위해 내주었다고 생각한 그 시간이 아빠의 세컨드를 만나기 위한 구실에 불과했다는 그 거지 같은 얘기를."

"세컨드라니, 카미유는 그런 류와는 격이 완전히 달라. 그러는 너는 내가 즐겁게 사는지, 내가 행복한지, 내가 괜찮은지 한 번이라도 생각해본 적 있니?"

"나는 어린애였잖아요!" 토마가 외쳤다.

"지금은 컸잖아. 그때 나는 사무치게 고독했어." 아버지가 소리쳤다.

"그럼 엄마는요?"

"그건 네 어머니 탓도, 내 탓도 아니야. 그건 첫눈에 반한,

진짜 벼락같은 사랑이었어, 토마. 말로는 설명이 안 되는." 레몽이 나직한 소리로 대답했다.

"유령 아버지랑 대화하는 거, 이제 더는 못 하겠어요! 제발 부탁인데, 나는 들어가서 잘 거니까 원하는 사람에게 가서 붙든가 어디 다른 데로 가세요. 하지만 내 침대 발치는 안 돼요."

"대화는 내일 계속하자. 연주회 때문에 피곤할 텐데 이런 얘기 할 때가 아니었어."

토마는 일어나서 침실로 들어가다 문턱에서 고개를 돌리고 아버지를 노려봤다.

"내일은 없을 거예요. 오늘 밤은 존재하지 않았으니 이 대화도 없던 거고요. 나는 지금 악몽을 꾸고 있는 거예요. 나의 고통, 나의 불안, 이 모든 게 합쳐진 악몽. 소피, 아빠, 플레옐에서 저지른 연주 실수, 지휘자의 눈총, 마르셀의 유감스러운 표정. 나는 지금 엄마 집의 소파침대에 누워 있고, 자고 일어나면 이 모든 것이 아예 없었던 일이 될 테니까요. 오늘은 아빠의 기일이고, 나는 소피를 만나지 않았고, 내 연주회는 아직 시작되지 않았고, 내 아버지와 보낸 여름 바캉스는 좋은 추억으로만 남아 있을 거예요."

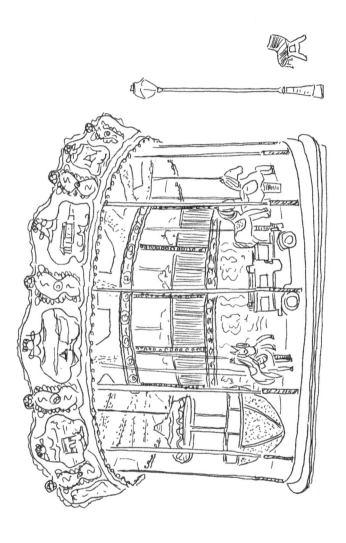

4

토마는 더듬더듬 알람시계를 찾았다. 잠에 취한 상태로 눈을 떴고, 그를 꿈에서 끌어낸 것이 전화벨 소리라는 걸 알았다. 그는 천천히 스마트폰을 집어서 화면을 봤다. 전화를 안 받는 것은 소용없을 터였다. 어머니는 전화를 받을 때까지 끊지 않을 테니.

어머니는 토마의 귀에 많은 말을 쏟아냈다. 어머니의 목소리는 마음을 진정시키는 힘이 있었다. 토마는 휴대폰을 베개에 내려놓고 어머니의 목소리를 들으면서 간간이 웅얼거리는 대답을 했다.

"좀 쉬었니?"

"예에……."

"네가 그걸 피우고 나서 그렇게 힘들어하니까 정말 당황스럽다. 대수롭지 않게 여긴 내 잘못이야. 사람마다 나타나는 증상이 다른데. 네 아버지는 내 알레르기를 우습게 여기는 못된 습성이 있었어. 그래서 알레르기가 내 머릿속에만 존재했지. 뭐 아무튼 머릿속이든 핏속이든 중요한 건 결과인데, 그렇지?"

"예에……."

"나는 마늘 알레르기가 있어. 음식에 마늘이 조금만 들어가도 밤에 잠을 못 자, 내 위가 안 자니까."

"예에……."

"네 안색이 어찌나 나쁜지 정말 나 자신이 원망스럽더라. 자고 일어났는데도 나아지지 않았으면 숙취제거제를 먹는 것도 한 방법이야. 눈 뜨는 대로 토마토주스나 레몬주스 한잔 마시면 더 좋고. 아무튼 안색이 나쁜데도 어쩜 그렇게 멋지던지."

"예에……."

"오늘 저녁 네 대모랑 연주회에 갈 건데 너를 방해하지 못하게 할 테니 걱정 마. 그리고 좌석은 어디든 괜찮으니까 매표소 창구에 티켓 맡겨두는 거 잊지 말고, 당연히 두 장!"

"예에……."

"이런, 쓸데없는 소리를 너무 늘어놨네. 혹시 내가 방금 콜레트가 나를 데리고 간다고 했나, 아무튼 내가 그녀를 데리고 간다는 게 맞는 말인 걸로. 연주 끝나고 네 대기실에 잠깐 들르마. 자랑스러운 내 아들, 자랑스럽다는 말도 거의 한 적이 없구나. 지금 몇 시지? 어머, 8시밖에 안 됐어? 맙소사, 아직은 너무 이른 시간인데!"

"네."

"이만 끊을 테니 더 자렴. 사랑한다, 내 아들. 이따 저녁에 보자."

토마는 휴대폰을 카펫 위로 던져버렸다. 그러고는 눈을 부릅뜨고 방을 훑어봤다. 고요함과 아침 햇살에 잠긴 방을 보며 안도했다. 반가운 적막감이 그의 감각들을 깨웠다.

어머니가 좌석을 부탁한다는 것은 전날 저녁 연주회에 오지 않았다는 뜻이고, 어머니가 연주회에 오지 않았다는 것은 기억 속의 그 저녁이 아예 존재하지 않았다는 뜻이다. 따라서 연주회도, 연주 실수도, 소피도, 유령도 없었던 것이다. 토마는 기쁨을 만끽하기 전에 일어나서 아버지를 불러봤다.

"아빠? 아빠 여기 있어요? 나를 겁주려고 어딘가에 숨어 있는 거면 나타나요, 하나도 재미없으니까."

재미있는 추억 하나가 떠올랐다. 어릴 적부터 아버지와 놀이를 함께했는데, 숨어 있다가 갑자기 튀어나오면서 놀라게 하는 숨바꼭질이었다. 여섯 살 때쯤 시작된 이 놀이는 한동안 계속되었다. 교문 근처에 있는 나무 뒤, 아버지의 교수실 옷장 안, 엘리베이터 안, 콘서트홀 무대 뒤, 심지어 병원에서도 아빠와 숨바꼭질을 했다. 토마는 간호사와 짜고 아버지의 진료실에도 숨은 적이 있었다. 숨바꼭질은 어디서든 가능했지만 무대와 수술실만 금지된 구역으로 정해졌다.

"아빠?"토마는 한 번 더 부르면서 붙박이장을 벌컥 열었다. 가방 하나와 코트만 달랑 걸려 있었다.

토마는 커피메이커 전원 버튼을 눌렀고, 주방 식탁 앞에 앉아서 약간 멍한 상태로 아침을 먹었다.

그는 샤워를 하다가 누군가에게 다 털어놓고 악몽에서 벗어나야 할 필요를 느꼈다.

절친이라고 할 만한 좋은 친구 실뱅이 떠올랐다. 실뱅은 정신과 의사인 데다 음악에 심취해 있었다. 실뱅에게 종종 연주회 티켓을 선물했으니 도움을 청하지 못할 이유가 없었다. 그는 실뱅에게 전화를 해서 같이 점심이나 먹자고 제안했다. 실뱅은 속지 않고 토마의 목소리에서 함께 감자튀김을 곁들인 스테이크를 먹고 싶은 것보다는 말을 하고 싶은 욕구가 드러난다고 대꾸했다. 그리고 브라세리 식당은 속말을 꺼내기에 이상적인 장소가 아니라면서 연애 문제로 괴로운 거냐고 물었다.

"알겠지만 정신과 의사는 연애 문제 상담은 안 해."

"다른 일이야." 토마가 안심시켰다. "네 말대로 조용한 곳에서 만나는 게 좋겠다. 완전히 미친 얘기를 할 거거든."

호기심이 발동한 실뱅은 점심시간에 자신의 진료실에서 만나자고 했다.

*

토마는 소파침대에 눕는 것보다 안락의자에 앉는 걸 더 좋아했다.

"엄밀히 말하면 상담은 아니지만, 그래도 직업상 비밀유지의무를 지켜줄 거지?"

"비밀을 지켜주느냐 마느냐는 성격의 문제야. 하지만 나는 지켜줄게, 네가 무슨 말을 하든지 이 방 밖으로 나가는 일은 없을 테니 염려 마. 이제 내 도움을 바란다면 여기 온 이유를 얘기해야 해."

토마는 경험한…… 아니 경험했다고 믿는 것에 대해 상세히 얘기했다.

정신과 의사는 한 시간 동안 한 번도 말을 끊지 않고 들으면서 이따금 메모를 했다. 토마가 얘기를 끝내자 실뱅은 토마가 아직 꺼내지 않은 질문, 이토록 다급하게 그를 찾아올 정도로 하고 싶었던 질문을 본인의 입으로 하라고 유도했다.

"내가 방금 얘기한 것은 어떤 의미도 없어. 그런데 모든 게 너무나 실제로 일어난 일처럼 느껴진다는 거야. 마리화나 딱 한 대 피웠는데 그 정도로 내 뉴런을 손상시키고 나를 미친 놈으로 만드는 게 가능해?"

"정신과 의사는 미쳤다는 말은 절대 하지 않아, 그건 금기 사항이거든. 미친 사람은 없어. 각자 인식하는 나름의 현실이 있으니까. 너도 알다시피, 아니 모를 수도 있지만 아무튼 현실은 주관적이지. 네가 청중 앞에서 연주할 때 육체적으로는 무대에 있지만 너의 의식은 다른 곳에 가 있어. 너의 정신이 꿈속에 반영되는 것처럼, 잘 때는 누구에게나 비슷한 일이 일어나. 잠에서 깼을 때 그 꿈이 너무 생생하면 우리는 진위를 가리려고 애쓰면서 기억 속에서 지워질 때까지 그 꿈에서 벗어나지 못하지."

"오늘 무슨 요일이야?"

"수요일."

"그럼 어제 하루가 진짜 존재했다는 건데!"

"전날이 다음 날 이전이라는 건 이론의 여지가 없는 사실이야, 친구! 하지만 네가 그 하루를 일종의 최면 상태에서 살았을 수는 있어. 많은 사람들에게 일어나는 일이야. 우리를 혼란스럽게 하는 데자뷔 현상처럼 일순간으로 끝날 수도 있고, 더 오랜 시간이 걸리기도 해. 우리 뇌의 화학작용은 예상밖의 자원으로 가득 차 있으니까."

"향정신성의약품의 효과가 이렇게 오래 지속될 수 있나?"

"어떤 약품이었느냐에 따라 달라. 네 문제의 원인은 강력한 마리화나였다고 해도 그 때문이 아냐. 너는 유대 기독교인의 죄책감이라는, 훨씬 강력하고 지속적인 마약에 중독되어 있으니까."

"음……."

"그 에피소드에서 아버지가 너를 혼냈어?"

토마는 고개를 끄덕였다.

"그럴 줄 알았어. 뭐라고 혼냈는데?"

"정확히는 모르겠는데, 아버지가 행복한지 알려고 한 적이나 있냐고. 뭐 그랬던 것 같아."

"대화한 사실과 기억은 이미 사라진 일이야. 그 꿈속에서 너를 찾아온 사람이 또 있어? 아버지에 대한 얘기는 나중에 다시 할 거야."

"이미 말했는데, 소피가 나타났다고."

"결혼까지는 약속할 수 없었기 때문에 헤어진 그 소피?"

"응, 맞을 거야." 토마가 어물어물 대답했다.

"하지만 그녀는 원했잖아."

토마는 이번에도 고개를 끄덕였다.

"그리고 또?"

"어머니와 대모."

"네가 아낌없이 사랑하고, 결코 밀어낼 수 없는 두 여자. 경쟁 관계였던 아버지와는 달리 두 여자는 너와 경쟁 관계였던 적이 결코 없었지."

"무슨 관련이 있는지 모르겠는데."

"나는 알아. 그게 다야? 다른 사람은 더 없고?"

"응, 없었어. 아, 아니다. 거리에서 마주친 행인이 있었어. 행인과 별 의미 없는 말을 나눴는데 아버지가 재미있어했어. 누구의 만담을 듣는 줄 알았다면서, 나는 너무 젊어서 모를 거라고."

"너무 젊어서…… 그건 네가 기억나지 않는 어린 시절로 돌아가기 위해 얼굴 없는 행인을 이용한 것으로 보여. 아이들이 무슨 말을 하는지 귀 기울이지 않는 어른들의 소홀함을 지적한 것도 그렇고. 이제 너도 그림이 대충 그려질 거 같은데. 기분은 좀 나아졌지?"

"아마도. 근데 여전히 의혹은 남아 있어."

"그럼 너를 안심시키기 위해 다른 질문을 할게. 나한테 언급한 이들 중에 빠뜨린 사람 없는 거 확실해?"

"지휘자?"

"아, 지휘자! 권위의 화신인 사람은 별로 중요하지 않아. 네 말에 따르면 유일하게 너의 우수한 실력을 평가하고 인정해줄 수 있는 사람 있잖아. 내 기억에 너는 학교 다닐 때 권위 의식을 힘들어했어. 이제 다 왔어, 토마. 빠뜨린 사람이 아직 한 명 있는데 금방 생각해낼 수 있는 사람이야."

"실뱅, 난 솔직히 모르겠어."

"힘들어도 반드시 스스로 기억해야 해. 잘 생각해봐."

"마르셀?"

"그래, 마르셀, 조명감독. 빛을 밝혀주고 끄는 사람, 말끝에 항상 '나를 믿어요'라고 힘주어 말하는 사람."

"여기서 마르셀이 왜 나와?"

"마르셀은 너의 양심이야. 너의 자아와 너의 초자아가 끊임없이 충돌하고 있는 거지. 그리고 네가 실제 상황이라고 느끼는 그 악몽이 우연처럼 아버지 기일에 나타난 것은 그 양심을 소환하면서 이렇게 말하는 거야. '토마, 너는 아직 네 아버지의 죽음을 받아들이지 않았어. 마르셀은 너에게 자기를 믿으라고 하지만, 초자아 마르셀은 자기를 믿지 말라고 조언하고 있어. 너는 아직 갈 길이 멀기 때문에.'"

"마르셀이 나한테 그렇게 말한 거라고?"

"응." 정신과 의사가 차분하게 대답했다.

"네가 그렇다는데 믿어야겠지."

"이제 원점으로 돌아가자. 너는 나를 믿고, 너는 마르셀을 믿고, 너는 모든 사람을 믿어. 하지만 지금은 무엇보다 너 자신을 믿어야 해. 그리고 너를 지켜줄 아버지는 이제 이 세상에 없다는 걸 받아들이고, 너도 언젠가는 죽어야 하는 운명이라는 걸 받아들이고, 제2의 소피와 결혼을 약속하는 걸 두려워하지 말아야 해. 너와 하루를 보내면 좋겠지만 기다리는 환자들이 있어. 너보다 훨씬 복잡한 사연이 있는 사람들이지. 오늘 밤은 즐겁게 보내. 그래야 연주 실수를 하지 않을 거고, 네 어머니가 안도할 거고, 소피가 와서 너를 괴롭히는 일도 없을 거니까. 네 유령 아버지도 나타나지 않을 거고 말이야."

"이 신세를 무엇으로 갚지?" 토마가 일어나면서 물었다.

"다음에 점심 한번 사주든지. 혹시 월말에 가르니에에서 공연하는 베르디 콘서트 티켓을 구해주면 정말 고맙겠고."

실뱅은 토마를 진료실 문까지 배웅하고 어깨를 토닥이면서 모든 것이 정상으로 돌아올 거라고 안심시켰다.

거리로 나온 토마는 발걸음이 한결 가벼워지는 걸 느꼈다. 일말의 의혹도 남기지 않기 위해 그는 휴대폰을 꺼내서 전 연인에게 전화를 걸었다.

"토마?" 깜짝 놀란 목소리였다.

"미안해, 혼자 있지 않을 수도 있는데 방해하고 싶진 않지만 급하게 물어볼 게 있어서. 오래 걸리지 않아. 어제 저녁 연주회 끝나고 내 대기실에 왔었어? 그 순간이 꿈이었는지, 실제였는지 확실치 않아서. 나는 악몽을 꾼 거라고 생각하는데 매혹적인 당신의 모습은 진짜 본 것 같거든. 근데 또 당신이 나한테 한 말은 현실이 아닌 것 같아서 아침에 눈을 뜨면서 의문이 들었어. 물론 당신이 왔다는 것이 그 초현실적인 하루에 대한 결정적인 증거가 되는 건 아니지만, 어떤 면에서는 도움이 되어서 그 의혹에서 벗어나고 싶었어. 이해하지?"

침묵이 흘렀다. 토마는 소피가 전화를 끊었는지 확인했다.

"소피?"

"듣고 있어." 그녀가 나직이 말했다. "토마, 당신을 떠나게 두지 말았어야 했는데 내가 아주 바보 같은 짓을 했어. 내가 더 참았어야 했는데. 당신처럼 까다롭고 천재적인 타입의 남자를 많이 만나본 적이 없다 보니까. 그것이 나한테 좋은 결정이었는지 나쁜 결정이었는지도 모르겠고."

이번에는 그녀가 진짜로 전화를 끊었다.

소피는 끝내 질문에 대답을 하지 않았다. 그가 질문을 제대로 전달하지 못했다면 모르겠지만.

토마는 계속 걸으면서 이 모든 것을 더는 생각하지 않고, 실뱅의 표현에 따르면 최면 상태였던 그 하루를 잊어버리고, 무엇보다 오늘 저녁 연주회에 집중하는 것이 최선이라고 결론지었다.

그는 햇살이 부서지는 레되 마고 카페의 테라스에 앉아서 샐러드를 주문했다.

웨이터가 주문을 받고 주방으로 돌아가는 사이, 토마는 코앞에 있는 가판대로 신문을 사러 갔다.

신문을 사 들고 자리로 돌아온 토마는 두고 간 재킷과 가방을 봐준 옆 테이블 커플에게 고맙다고 인사했다.

토마가 맥주 한 잔을 단숨에 비울 때 등 뒤에서 휘파람 소리가 났다.

"소위 정신과 의사라는 자가 그런 바보 같은 말을 지껄이다니, 참 기가 찬다! 네 양심에 마르셀의 똥배만큼 군살이 붙은 거라면 그만큼 머리가 아프겠지. 너는 생각이 많으니까. 내가 너의 자아와 초자아가 따로 놀지 않게 해줄게."

토마는 아버지에게 대꾸도 않고 계산을 한 다음 재킷을 걸치고 태연하게 신문을 집어 들었다. 그리고 생제르맹 거리를 가로질러서 택시 승차장으로 향했다. 그는 스코다 택시에 올랐고, 기사에게 살 플레옐로 가자고 말했다.

택시가 보나파르트 거리를 내려가고 있을 때 레몽이 조수석에 앉아서 아들 쪽을 돌아봤다.

"첫째, 너와 나는 경쟁 관계였던 적이 없어. 둘째, 너는 학교 다닐 때 권위 의식을 힘들어한 적도 없었고. 그건 내가 알아, 학부모 모임에 나간 건 나니까."

"학부모 모임에 나간 건 엄마예요!" 토마가 반박했다.

"아니야. 이건 심각한데, 어린 시절의 기억에 문제가 생겼나? 십 대 시절이라면 사춘기니까 그럴 수 있다고 쳐도! 도무지 이유를 모르겠구나. 노인들에게 생기는 욕창 같은 건 내가 확실히 말해줄 수 있는데. 내 직업에 대해서도 그렇고. 수술은 명확한 판단하에 진행되는 거니까. 절단하느냐 마느냐 결정한 다음 봉합하면 그걸로 끝이지."

토마는 무슨 말이든 듣기를 거부하는 소년처럼 흥얼거리면서 차창 밖을 보고 있었다.

"라디오 틀어드릴까요?" 택시 기사는 속으로 '왜 저러지' 생각하면서 물었다.

"아니요, 그럴 필요 없어요." 토마가 대답했다. "나한테는 조용한 게 도움이 되거든요."

"그거 나 들으라고 하는 말이니?" 아버지가 물었다.

"그럼 누구한테 했겠어요? 실뱅의 설명을 잘못 이해한 거 아니에요? 내가 아버지의 죽음을 받아들이지 못한 걸로? 나와 경쟁 관계였다고 말했다고 정신과 의사를 깔아뭉개는 발언도 다분히 옹색하고요."

"정신적으로 문제가 있어요?" 택시 기사가 약간 불안한 어조로 물었다.

"또 부추겨가지고!" 토마는 아버지에게 버럭했다.

"나는 아무것도 부추기지 않았어요, 말은 손님이 했으면서." 택시 기사가 억울해했다.

"오늘 아침 네 집에서 '아빠? 아빠?' 부르면서 찾아다닌 사람이 누군데 그래? 나는 너 푹 자게 하려고 최선을 다했어. 너를 깨운 사람은 네 엄마지 내가 아니야."

"악몽에서 깨어나면서 끝났다고 생각했는데!"

"강변 쪽으로 가다가 퐁피두 병원까지 모셔다드릴까요? 원하신다면." 택시 기사가 제안했다. "교통 상태만 괜찮다면 10분이면 도착해요."

"병원에 갈 필요 없어요. 고맙습니다."

"그래도 안색이 그리 좋아 보이지 않는데, 손님 좋을 대로 하세요. 하지만 택시 안에서 발작 일으키면 안 됩니다."

"미안한데 연극 대사 연습하는 거였어요."

"아, 그러셨군요." 택시 기사가 안도의 숨을 내쉬었다. "무슨 작품인데요? 내 아내가 연극을 무척 좋아하거든요."

"아버지와 말다툼…… 부자지간에 대한 좀 복잡한 이야기를 다룬 연극이에요."

"영악하기는." 레몽이 말했다. "그래, 계속 그렇게 비웃어 봐. 정신과 의사들이 하는 말로 그렇게 아버지를 보내버리고 싶다면. 근데 어쩌나, 한 발 늦었구나. 난 이미 죽었으니까."

"되게 웃겨요!"

"웃긴다니까 잘됐네요." 택시 기사가 또 끼어들었다. "연극은 대체로 좀 썰렁하잖아요. 하지만 내 아내가 연극을 사랑하고, 나는 내 아내를 사랑하니까 어쩔 수 없이 보러 다녀요. 또 누가 출연하는데요?"

"글쎄요!"

"무대에서 혼자 연기해요?"

"어떤 의미에서는 그렇죠."

토마가 침묵을 지키자 아버지는 도로에 시선을 준 채 팔짱을 끼고서 인상을 찌푸렸다.

택시 기사가 살 플레옐 앞에서 차를 세우고 거스름돈을 주면서 사인을 부탁했다.

레몽이 아티스트 전용 출입문까지 따라왔다.

"알았어, 너한테 방해가 되지 않도록 나는 여기 있을게. 하지만 연주회 끝나면 내 얘기 들어줘야 해. 정말 네가 필요해. 너는 내 아들이고 너밖에 믿을 사람이 없어. 시간도 없고."

아버지의 낙담한 눈빛을 보면서 토마는 흔들렸다. 아버지에게서 이렇게 쓸쓸한 눈빛을 본 적이 없었다. 괴로워도 내색

하지 않고 어떤 상황에서든 괜찮다고 말하는, 자신감에 차 있는 아버지였다. 아들인 그는 아버지에게 피치 못할 사정이 있다는 걸 누구보다 잘 알고 있었다.

"알았어요." 토마가 대답했다. "연주회 끝난 뒤 여기서 만나서 내 집으로 가요. 이번에는 잘 들을게요."

아버지는 두 팔로 아들을 안았고, 토마는 아버지의 사랑을 느꼈다. 그는 머뭇거리다 두 팔로 아버지를 포옹했는데 그리움과 함께 가슴이 뭉클해지는 묘한 느낌이 들었다.

멀찍이 떨어져서 토마를 지켜보던 택시 기사는 시동을 걸면서 중얼거렸다.

"배우라서 그런가, 하여튼 별나긴 하네."

5

아버지는 아티스트 전용 출입문 앞 가로등에 기대서서 아들을 기다리고 있었다. 토마는 걸음을 멈추고 잠시 지켜봤다. 낯익은 레인코트와 그 자락 밑으로 보이는 플란넬 바지, 늘 반짝반짝 윤이 나던 단화까지, 아버지가 평소에 입고 다니던 차림 그대로였다. 레몽이 고개를 들고 아들에게 따뜻한 미소를 지어 보였다.

"무사히 끝났니?" 레몽이 물었다.

"이번엔 한 음도 실수하지 않았어요." 토마가 대답했다.

"네 어머니는 별일 없고?"

"밖에 계셨는데 엄마가 온 걸 어떻게 알아요?"

"들어가는 거 봤다." 레몽이 얼버무리듯 말했다.

"아, 네. 이제 빨리 가죠. 진짜 피곤해요."

토마는 지하철역까지 걸었다.

"우리 택시 안 타?" 레몽이 물었다.

"내가 그렇게 넉넉한 형편이라고 생각해요?"

"그들이 내 은행 계좌를 폐쇄하지만 않았어도 너한테 다 줬을 텐데." 레몽이 너스레를 떨었다. "지하철은 싫지만 선택의 여지가 없다니까 뭐……."

늦은 시간인데도 열차는 만원이었다. 토마는 빌리에역에서 환승했고, 생라자르역에서 사람들이 밀려들기 전에 앉을 자리가 났다. 그 옆에 서 있는 아버지는 손잡이를 잡을 필요가 없었다.

"일어나." 레몽이 속삭이면서 가냘픈 다리로 비칠거리는 노부인을 눈짓으로 가리켰다.

토마는 벌떡 일어나서 노부인에게 자리를 양보했다.

"죄송합니다, 딴생각을 하느라고요."

부인은 미소를 지어 보이며 안도하는 얼굴로 자리에 앉았다.

"알려줘서 고마워요." 토마가 아버지에게 중얼거렸다. "진짜 못 봤어요."

"다들 늙은 여자는 안중에도 없지. 내 경험상 동맥이 다 막혀서 오늘내일하는 사람이야. 하지만 네 맞은편에 앉은 아름다운 여자는 너를 쳐다보고 있구나. 친절하게 노인에게 자리를 양보하는 모습을 지켜본 거지. 저런 미소를 짓고 있을 때는 말 한마디면 바로 성공인데."

토마는 대답하지 않기로 했다. 미어터지는 열차 안에서 미친놈으로 보이고 싶지 않았다. 젊은 여자가 아들 앞을 그냥 지나쳐 오페라역에서 내리자 레몽은 분한 표정을 지었다.

"내가 따라 내릴걸 그랬나, 오페라역에서 내리는 걸 보니 발레리나였을지도 모르는데!"

"생라자르역에서 내렸으면 역장이었겠네요?"

"뭐라고 했어요?" 노부인이 물었다.

"아무것도 아닙니다, 혼잣말이에요." 토마가 사과했다.

"아니, 사과할 필요 없어요. 나도 늘 그러니까."

레몽이 좀 과하게 고개를 절레절레 흔들었다.

*

집으로 돌아온 토마는 가방을 내려놓고 소파에 털썩 주저 앉으면서 한숨을 길게 내쉬었다.

"그래도 시늉이라도 해줄 수 있을 텐데. 나를 다시 보는 게 조금도 기쁘지 않은 거니?" 레몽이 물었다.

"물론 기뻐요."

"그럼 그렇다고 말을 해야 내가 잘 왔구나 하는 생각이 들 지."

"아빠가 떠나고 몇 주, 몇 달은 사는 게 쉽지 않았어요. 이 제 겨우 아빠의 부재에 익숙해지기 시작했는데."

"알아."

"아니, 아빠는 몰라요. 아빠를 잃고 나는 깊은 수렁에 빠졌어요. 아빠 사진 앞에서 내가 속마음을 털어놓았을 때 내가 한 말 들었어요?"

레몽은 질문에 대답하지 않고 그저 아들에게 다정한 미소를 지어 보였다.

"그때는 어디 있었는데요?"

"전혀 몰라. 삶을 끝내는 것은 내게도 쉽지 않은 일이었어. 너를 떠나는 것은 더더욱."

"사후에는 어떻게 지냈고요?"

"토마." 레몽이 진지한 어조로 말했다. "나한테는 그걸 말해 줄 권리가 없어. 설사 권리가 있다고 해도 설명할 수 없을 거야. 차원이 다른 세계니까."

"지금 있는 곳에서는 행복해요?"

"더 이상 류머티즘 때문에 고생은 안 하지. 그래서 말인데, 네가 도와주면 행복해질 수 있어."

"내가 도와주면?"

"그래, 작은 도움이야."

"그 여자에 대한 거예요?"

"카미유! 이름으로 불러주면 정말 고맙겠다." 레몽이 오른 쪽에 놓인 피아노 건반 위에 내려앉으면서 대답했다. "우리가 함께하지 못한 모든 것, 우리가 만회해야 하는 시간을 생각하면……."

"네, 알아요. 나 때문이었다고 아빠가 이미 말했어요."

"그뿐만 아니라 생전에 이루지 못했기 때문이기도 해."

"아빠는 유령으로 나에게 붙으려고 돌아온 게 맞네요. 그리고 실뱅은 내가 받은 정신적 타격의 정도를 과소평가한 것 같고."

"그 돌팔이 얘기는 그만. 네가 유령을 봤다고 하니까 너를 우습게 여기고 삼류소설이나 쓰고 있는 작자인데. 그 돌팔이는 검진해볼 생각도 안 했어. 혈압을 재보자는 말이라도 했니? 환자든 친구든 그런 얘기를 하러 나를 찾아왔다면 나는 즉시 너에게 일련의 검사를 받게 했을 거야."

"그게 의학적 소견이에요? 오늘 밤 당장 응급실에 가야 할 정도예요, 내 상태가?" 토마가 불안해진 얼굴로 물었다.

"물론 의학적 소견이지만 네가 아니라 네 정신과 의사 친구를 말하는 거야. 너는 아주 건강하고 네 정신도 아주 멀쩡해. 내가 돌아온 순간부터 네 상태를 주의 깊게 살펴보지 않았을 거라고 생각하니? 안색이 좀 안 좋은 건 맞아. 하지만 네 나이 때에 피곤에 지쳐 있지 않다면 그건 삶에 대한 모욕이야. 나는 서른다섯 살 때 일주일에 80시간 넘게 일했지만 죽지 않았어."

"죽었잖아요, 그래도." 토마가 응수했다.

"최소한의 존중은 해주기 바란다. 아무튼 나는 버티면서 건강을 잘 유지했다고 자부해. 다시 말하는데 네 정신은 아주 멀쩡해. 재미 삼아 응급실에 가서 유령 아버지와 대화를 한다고 말해봐, 당장 생탄 병원으로 보내서 검사를 받게 할 테니."

토마가 속으로 그것도 나쁘지 않다고 생각하면서 아무 대꾸도 하지 않자 아버지가 말을 이었다.

"카미유가 방금 사망했다." 레몽이 말하면서 갑자기 묵념하듯 고개를 숙였다. "이래도 아무렇지도 않니?"

"내가 무슨 말을 하겠어요? 안됐지만 내가 모르는 여자잖아요."

"그저 애도의 말이면 충분해. 우리 둘 다 저승으로 떠나면 영원히…… 합쳐지기로 했거든."

"두 분에게는 기쁜 일이겠지만 그게 나랑 무슨 상관인데요? 엄마가 이 세상을 떠난 후에 아빠와 그 여자가 함께 있는 모습을 본다고 상상만 해도 끔찍해요, 나는."

"위선적으로 나오지 마. 네가 말했잖아, 우리의 이혼이 너한테 위안이었다고."

"오케이, 하지만 영원한 결합을 위한 두 분의 플랜이 나와 무슨 상관이냐고요?"

"영원한 결합이란 말을 네가 마침 해줘서 하는 말인데…… 그 개념은 아직 모호하지만…… 우리가 영원성을 공유하려면 우리의 재가 합쳐져야 해."

"뭐라고요?"

"우리의 재, 즉 유골이 섞여야 한다고. 네가 할 일은 내 유골함의 재를 그녀의 유골함에 붓고 잘 흔들어서 섞어주는 거야. 그런 다음 우리의 유골을 뿌려주면 우리는 자유로워지면서 영원히 합쳐지는 거지. 그런 눈으로 쳐다보지 마, 대우주의 질서와 법칙을 설계한 사람은 내가 아니니까. 나란히 매장되는 것도 괜찮겠지만 나를 화장한 재는 유골함 속에 있으니 그건 이미 물 건너갔고, 바다가 내다보이는 거대한 테라스를 누릴 수 있는데 굳이 단칸방을 선택할 이유는 없겠지."

"단칸방요?"

"무덤이나 납골당 말이다! 망자들과 다닥다닥 붙어 있어야 하는 거, 그건 생각하고 싶지도 않아. 카미유와 나는 영원히 공중에서 훌훌 떠다니고 싶어. 너한테 달을 따달라고 하는 게 아니야."

"그러니까 구체적으로 나한테 뭘 해달라는 거냐고요." 토마는 숨죽이면서 물었다.

"아주 간단해. 사흘 후에 카미유의 장례식이 열리는데 네가 거기 참석해서 화장이 끝나길 기다렸다가 그녀의 유골함을 빼내고 내 유골함에 부어주면 끝나는 거야."

"내가 그걸 잘 흔들어서 섞어야 한다는 말을 빼먹었네요." 토마가 능청을 떨었다.

"그건 굳이 말할 필요도 없으니까."

"정리해볼게요. 내가 모르는 아빠의 여자 장례식에 가서, 그 가족들 면전에서 화장한 유골을 훔치라는 거네요, 나더러."

"정확해!"

"달을 따러 가는 게 더 쉬울 것 같네요. 그래서 장례식 장소가 어딘데요?" 토마가 물었다.

"샌프란시스코."

"어련하겠요." 토마는 한숨을 내쉬었다.

"'어련하겠요'라는 말을 왜 그렇게 이상한 어조로 말하니?"

"내 어조가 이상하다고요?"

"그래, 이상해."

"장례식이 팡탱이나 페르 라셰즈 공원묘지에서 열린다면 그나마 쉽겠지만."

"꼭 그렇지는 않지. 그리고 그건 내 책임이 아니야. 그녀를 그렇게 멀리 떠나보낸 건 내가 아니니까. 우리가 그렇게 조심했는데도 그녀의 남편이 낌새를 챘거든. 그때부터 그는 기를 쓰고 우리를 떼어놓더니 끝내 캘리포니아로 이민을 가버렸어. 어떤 면에서는 이기심 때문에 조국을 떠나는 선택을 한 거지."

"그 남자의 입장에서는 용기였다고 생각해요. 사랑 때문에 모든 걸 버리고 가정을 지키기 위해 먼 나라로 떠난 거니까."

"사랑 때문이 아니라 질투심 때문이지!"

"그토록 아빠를 사랑한다는 여자는 왜 남편을 따라갔는데요?"

"딸 때문이지. 내가 파리에 남은 이유가 너였던 것처럼."

"아, 아빠의 인생을 망친 게 나였다는 걸 깜빡했어요."

"내 말은 그게 아니야. 그리고 그런 생각은 해본 적도 없어. 아무튼 우리를 떼어놓으려고 멀리 떠났지만 그건 아무 소용 없었지."

"그걸 아빠가 어떻게 알아요?"

"나는 책임을 통감하고 그녀가 떠나게 내버려뒀어, 네 어머니와 너를 버릴 수 없었으니까. 카미유가 그렇게 떠난 뒤 나는 그녀에게 고통을 주지 않으려고 몇 달 동안 침묵을 지켰어. 하루하루가 고통이었고, 우리가 여름 바캉스를 떠날 때마다 점점 더 힘들게 버티고 있었어. 카미유가 남편을 다시 사랑하게 됐다면 먼저 나한테 편지를 보내지 않았겠지. 우리의 서신교환이 20년 동안이나 계속되지도 않았을 테고."

"우리에게는 이방인인 한 여자에게 우리의 삶에 대해 얘기했어요?"

"내 삶에 대한 것, 너를 중심으로 돌아가는 수많은 일들을 얘기했지. 전부 다는 아니지만."

"그럼 그녀의 남편은 거기 도착해서 무슨 일을 했는데요? 아, 대답하지 마세요. 내가 왜 물어봤는지 모르겠네."

"프랑스에서는 항공엔지니어였는데 실리콘밸리에서 정보 관련 사업을 하면서 억만장자가 되었어. 좀 속물이긴 하지만 누구나 자기가 할 수 있는 일을 하는 거니까."

"원래 아는 사이였어요?"

"그랬지. 좀 진부한 스토리지만, 바캉스 때마다 마주치다 보니 서로 호감을 갖게 되었고 함께 저녁도 먹고 나중에는 그 부부의 딸과 너를 돌봐주는 베이비시터까지 공유하게 되었지. 카미유와 내가 서로에게 첫눈에 반해 사랑이 싹트고 있다는 걸 깨닫기 전까지는."

"호감에서 시작된 두 부부의 유쾌한 디너파티, 테이블에 둘러앉은 바람난 남녀와 바보같이 속고 있는 남녀. 그중 한 명은 내 엄마였고."

"나를 심판하기 전에 네 아버지가 아니라 한 남자의 인생으로 생각해줄 수는 없겠어? 우리의 사랑은 순결했다고 말하면 믿겠니?"

"아빠가 그렇게 말하면 내가 왜 안 믿겠어요? 이렇게 우리가 대화하고 있다는 것보다 더 믿기 어려운 것이 없는데."

"토마, 더 들어봐! 네가 행동하기 전에 그녀의 남편이 유골을 뿌리면 끝나는 거야."

"뭐가 끝나요?"

"우리. 카미유는 내 생전의 여인일 수는 없었지만 내 사후의 여인이길 바라. 그래서 네가 필요한 거고."

"그 여자…… 카미유에게 의견을 물어봤어요? 그녀의 유언이 뭔지 아빠가 알아요?"

"20년이나 편지를 주고받았는데 내가 그걸 모르겠니?"

"그 편지들을 보관해놨어요?"

"내 유골함 옆에 놓인 작은 나무상자, 그 안에 있어."

"대박…… 그럼 유골함은 어디 있는데요?"

"네 어머니 집, 내 서재의 책장 맨 위 선반 책들 뒤에 숨겨져 있지."

"맙소사, 그럼 내가 서재에서 아빠를 봤을 때 진짜 거기 있었던 거예요?"

"그럼, 내 유골이 거기 있는데."

"그러니까 엄마는 남편을 훔쳐간 여자의 편지를 보관하고 있었던 거네요?"

"카미유는 아무것도 훔치지 않았어, 내가 떠나지 않았으니까. 네 어머니와 나는 늘 좋은 친구였고 어떤 상황에서든 서로를 믿었어. 편지 상자는 열쇠로 잠겨 있고, 네 엄마는 상자를 열어보기에는 너무 지성적인 여자지."

"이제야 이해가 되네요." 토마는 한숨을 내쉬었다.

"뭐가 이해가 되는데?"

"엄마가 왜 아빠의 유골을 뿌리는 걸 거부했는지 이해가 된다고요. 나는 엄마가 아빠에 대한 애정이 아직 남아 있어서인 줄 알았는데 사실은 아빠의 유언을 지키고 있었던 거네요. 아빠의 유골함을 집에 보관한다는 조건으로 엄마가 전 재산을 상속받은 거였고요. 아빠는 마치 블랙 조크라도 하는 듯 유골함을 집에 보관하는 것이 거북하다면 지하 납골당에 넣어도 되지만, 그러면 공증인의 지갑만 두둑하게 채워주는 것이 된다고 명기했고요. 이걸 다 미리 계획한 거예요?"

"네가 생각하는 것과는 달라. 너에게 이런 도움을 청하는 날이 올 거라고는 상상도 못 했다. 무슨 일이 기다리는지 나도 몰랐으니까. 하지만 카미유와 나는 다른 세상에서는 못 다한 사랑을 이루고 영원히 함께하자고 약속했었어. 우리의 꿈이 이뤄질 수 있도록 오늘 밤 숙고해주겠니? 이제 들어가서 자고 결정은 내일 해. 하지만 너무 늦게 일어나지는 마, 시간이 없어."

"아빠 얘기를 다 들었는데 잠이 참 잘도 오겠네요. 아주 고맙습니다!"

"그럼 우리 포커 한 게임 할까?" 레몽이 경쾌한 어조로 물었다. "어릴 적에 좋아했잖아. 질 때마다 하도 골을 내서 일부러 져주곤 했지만, 이젠 성인이니까 안 봐준다."

"카드를 손으로 다룰 수 있어요?" 토마가 놀란 얼굴로 물었다.

"아니, 네가 카드를 쫙 깔아놓으면 돼. 나는 네 맞은편에 앉을 거고. 얼마나 좋아! 대립하는 대신 둘이서 게임을 하니까."

토마는 고개를 들고 즐거워하는 아버지를 쳐다봤다.

"장기 자랑으로 홀려서 나를 설득하려고요?"

"아들아, 나는 살아 있을 때 늘 너를 홀리고 설득하려고 최선을 다했어. 그렇지만 세상사가 뜻대로 되는 건 아니니까."

레몽이 아들의 어깨에 손을 올리자 토마는 아버지의 존재가 느껴지는 것 같은 이상한 느낌을 받았다. 아버지와 아들은 한동안 의미심장한 시선으로 서로를 응시했다.

토마는 책상 서랍에서 카드를 꺼내 왔다.

그는 뒷면이 보이게 카드를 늘어놓고 먼저 여섯 장을 뒤집었다. 맞은편에 앉은 레몽은 지켜보면서 이따금 한 장씩 뒤집으라고 했다.

포커 게임이 길어졌고, 토마에게 알 수 없는 졸음이 엄습했다. 그는 탁자에 머리를 대고 있다 아버지의 짓궂은 시선을 받으면서 잠들었다. 레몽이 아들의 귀에 대고 침대에 가서 자라고 속삭이자, 토마는 몽유병 환자처럼 침실로 들어갔다.

6

천창으로 비치는 아침 햇살 때문에 토마는 눈살을 찌푸렸다. 여기가 어디인지 가늠하다가 간밤의 기억이 어렴풋이 떠올랐다. 레몽이 개수대 앞에서 애창곡 〈버찌가 여물 무렵〉을 흥얼거리고 있었다. 주방에서 아버지가 아침 식사를 준비해 주던 어릴 적의 어느 날 아침이 재현되는 것 같았다.

"지금도 살짝 구운 토스트 좋아하니? 이러고 있으면 마치 여러 가지 일들을 만회할 수 있는 것 같아서……. 이따금 이렇게 뭔가를 하는 척하고 있으면 즐거워, 삶을 소환하는 것 같기도 하고. 무슨 말인지 알 거야. 너는 식탁에 앉아서 공책을 펴놓고 읽는 척하면서 나를 관찰했지. 내 어깨에 닿아 있는 시선을 느끼는 것도, 너의 그 침묵도 좋았어. 네 앞에 접시를 놔주고 한쪽에 잼을 덜어줬지. 그렇게 하는 걸 네가 좋아했으니까. 너는 어릴 때부터 이미 먹는 것이 아주 까다로웠어. 네가 토스트를 먹는 동안에는 내가 신문을 보는 척하면서 너를 지켜봤고, 너는 나를 빤히 쳐다보면서 도전하듯 우유 한 잔을 단숨에 마셨지. 그러고는 접시를 개수대에 가져다 놓고 여전히 아무 말 없이 내 이마에 입을 맞추고는 뛰어나가 층 계참에서 나를 기다렸어. 나는 날마다 너를 학교에 데려다줬 고……."

"……나는 아빠에게 그날의 첫 수술이 뭔지 물어보곤 했어 요. 어느 날 아빠는 머리가 둘 달린 채 태어난 아기를 수술할 거라면서 두 머리 중 어느 쪽을 절단할지 모르겠다고 했죠. 그 말이 얼마나 끔찍했는지 몰라요."

레몽이 웃음을 터뜨렸다.

"완전히 거짓말은 아니었어. 영국의 의사들이 이미 후두엽 으로 연결된 샴쌍둥이를 분리하는 위업을 달성한 때였으니 까. 그래서 그런 엽기적인 생각을 하게 됐지만 좀 지나친 농 담이긴 했지. 그건 그렇고, 결정했니?"

토마가 냉장고를 열고 식빵 봉지를 꺼냈다. 그리고 빵 두 조각을 접시에 담고 한쪽에 잼 한 숟가락을 덜은 후 식탁 앞 에 앉아서 노트북을 켰다.

그는 토스트를 먹으면서 키보드를 치기 시작했다.

"와, 엄청 빨리 치는구나!" 아버지가 홀린 시선으로 말했 다. "독수리 타법으로 보고서를 작성하던 나를 생각하면 말이 야. 그래서 시간도 많이 걸렸는데."

"아빠는 외과 의사였고, 나는 피아니스트잖아요. 내가 무슨 대단한 재능이 있는 게 아니에요."

"누구에게 쓰는 거니? 비밀이 아니라면."

"오카야포도."

"먼 나라의 친구?"

"온라인 여행사예요. 성급하게 결론 내지는 마세요, 아빠의 계획이 실현 가능한지 그리고 무엇보다 경비가 얼마나 드는지 알아보는 거니까. 장례식이 언제라고요?"

"사흘 후라고 했잖아."

"바르샤바 연주회가 이번 주 토요일이라서 공연 취소는 불가능해요. 내일 출발하면……." 토마는 항공편을 조회하면서 시차가 9시간이라고 큰 소리로 말했다. "같은 날 도착이네요. 24시간 안에 현지로 들어가는 방법을 찾아야 하는데…… 장례식 장소가 어딘지는 알아요?"

"어느 화장터겠지, 어디겠니?"

"와우, 이런 일로 샌프란시스코를 방문할 줄은 꿈에도 생각 못 했네요. 수요일…… 수요일에 뭘 할지 아직 생각도 못 하고 있었는데 목요일 오후에는 돌아오는 비행기를 타고 금요일 정오에 파리에 도착해야 토요일 아침에는 바르샤바로 출발할 수 있고."

"비용이 많이 드니?"

"휴, 엄청 피곤하겠는데."

"돈은 있고?"

"화장실 옆자리인데 1,000유로예요."

"이코노미 클래스?"

토마가 쳐다보는 시선에는 참 뻔한 것도 묻는다는 의미가 담겨 있었다.

"숙박도 해야 하고."

"그렇구나, 그건 생각 못 했는데."

"그래서 내가 생각하잖아요." 토마는 엄청 빠른 속도로 키보드를 치기 시작했다.

"지금은 누구에게 쓰는 거니?"

"또 다른 전문 사이트에서 민박집을 찾고 있어요."

"전문 뭐라고?" 레몽이 어리둥절해서 물었다.

"잠깐만 말 시키지 마세요. 그린 스트리트에 있는 빅토리아 양식의 주택 1층에서 하룻밤 자는 데 60달러. 화장터가 도심에서 아주 멀리 떨어진 외곽에 있지 않기를 바라는 수밖에."

토마는 의자 등받이에 걸쳐놓은 재킷 주머니에서 지갑을 꺼냈다.

"뭐 하는 거니?" 레몽이 들뜬 목소리로 물었다.

"좋은 질문이에요! 아버지와 며칠 바캉스를 떠나려고요. 아버지가 사망한 지 5년이 지났다는 생각을 하지 않으려고 노력하면서."

"마지막으로 하나만 물어봐도 될까?"

"이왕 여기까지 진행됐는데, 하세요!"

"내 복장 괜찮니?"

"늘 그 차림이었잖아요. 싱글 재킷에 아랫단이 접힌 플란넬 바지, 반들반들한 단화. 다른 옷 입는 거 거의 못 봤는데요."

"그렇게 세세히 말해달라는 게 아니라 세련됐는지 물은 거야."

"아빠는 늘 세련된 차림이었어요, 심지어 일요일에도. 그게 참 인상적이었어요."

"그게 목적이었는데 먹혔네." 아버지가 의기양양하게 대꾸했다. "다 잘된다면 그녀와 내가 재회하게 되잖아. 그래서 멋져 보이고 싶은데 내 모습은 거울에 비치지 않아서."

그 순간 토마가 놀라운 사실을 알아차렸다. 아버지는 사망했을 때보다 훨씬 젊어 보였다. 토마가 오래전부터 간직하고 있는 사진 속의 모습처럼 아버지는 오십 대로 보였다. 문제의 바캉스 때 찍은 사진 중 하나였다.

"머리가 약간 삐딱한 게 좀 반항적인 인상을 주고요."

"우리 비행기 티켓은 구매한 거니?" 아버지가 딴청을 부렸다.

"내 것만."

"당연하지! 경로우대증만 있으면 대중교통은 무료인데. 더군다나 나 정도의 조건이라면 그 이상의 우대 서비스를 받는 게 맞지. 그래서 우리 언제 출발하는데?"

"내일 아침에 가방만 싸면 되니까 시간 많아요."

"그래도 너무 여유 부리지 마라. 네 엄마 집으로 유골함 가지러 가야 하잖아."

"엄마한테 아빠 유골이 필요한 이유를 뭐라고 설명하죠?"

"아, 그렇구나. 작전을 짜야겠다. 너 열쇠 없니?"

＊

잔은 이렇게 빨리 토마를 다시 본다는 것에 깜짝 놀랐다.

"너 오늘 저녁, 빈에서 연주회 있잖아?" 잔이 문을 열어주면서 물었다.

"아니요, 이번 토요일에 바르샤바에서 연주회가 있으니까 그 전까지는 시간 있어요."

"빈, 바르샤바, 내가 도시와 날짜를 헷갈렸네. 전에는 너를 따라다녔는데 이젠 내가 시간이 없어."

"뭐가 그렇게 바빠요?" 토마가 물었다.

"아들아, 나이가 들면 시간이 보통 변덕스러운 게 아니란다. 즐길 때는 시간이 쏜살같이 가고, 따분할 때는 시간이 더디 가지. 더 이상 나를 필요로 하는 사람이 없으니 할 수 있는 만큼, 내가 할 수 있는 한 즐길 작정이거든."

"나한테 엄마가 필요하다는 거 잘 아시면서." 토마가 어머니를 안아주면서 말했다.

"아이, 그만해라. 간지럽다." 잔은 익살맞은 표정으로 웃었다. "머리 헝클어지잖아, 저녁에 나가는데."

"또요?"

"내일도."

"만나는 사람 있어요?"

"왜 단수야? 만나는 사람 무지 많은데."

"좋아요, 더 이상은 말해줄 필요 없어요!"

"무슨 바람이 불어서 온 거니?"

"아들이 이유 없이 엄마 보러 오면 안 되는 거예요?"

"내 거 같이 피우자고 온 건 아닐 테고?"

"네, 아니에요. 그건 엄마한테 양보할게요."

"그럼 뭘까, 생각 좀 해보자." 잔은 거실에 놓인 안락의자

두 개를 쳐다보면서 말했다.

그녀는 오른쪽 안락의자를 선택하고 아들에게 왼쪽 안락의자에 앉으라고 했다.

"안색이 별로인데, 뭐 마실 것 좀 줄까?"

토마는 고개를 저었다.

"실연당했구나!"

"그것도 아니에요, 여자라고는 그림자도 못 보고 사는데 무슨……."

"토마, 너는 네 아버지를 빼박았지만 그건 안 닮았구나. 네가 아직 독신이라는 게 이해가 안 돼."

"거기서 내가 왜 나와요?"

"할머니가 되는 것도 나쁘지 않을 것 같아서 그래."

"아직 시간 많아요."

"너는 그렇겠지."

"쓸데없는 얘기로 하루를 다 보낼 건 아니지?" 소파에 자리를 잡은 아버지가 속삭였다.

"내 방식대로 하게 좀 내버려둬요, 제발!"

"그렇다고 그런 말투로 쏘아붙이다니, 무슨 버르장머리야." 어머니가 나무랐다.

토마는 사과했고, 잔은 소파 쪽으로 성난 시선을 보내는 아들을 보면서 이상하다고 생각했다.

"예전에는 실연하거나 사랑에 빠졌을 때면 나한테 전화해 얘기하느라고 밤새우는 게 예사였는데 그게 몹시 그립구나."

"소피를 잃었어요. 그 뒤로 이 도시에서 저 도시로 떠돌며

사는 인생이다 보니 연애를 하기에는 이상적이지……."

"이제는 또 애정생활 타령이니?" 레몽이 한숨을 내쉬었다. "그 소피란 여자를 사랑하긴 한 거야?"

"음…… 모르겠어요."

"뭘 모르는데?" 어머니가 물었다.

"내가 정말 소피를 사랑했는지."

"그럼 너는 아무것도 잃지 않았어." 아버지와 어머니가 합창했다.

토마는 이 상황이 재미있었다.

"이제야 웃는구나!" 잔이 안도했다. "나는 네가 누구 장례식에라도 가는 줄 알았다."

"어떻게 알았어요?" 토마가 방심하면서 내뱉었다.

"그랬구나, 누가 죽었는데?" 호기심이 발동한 어머니가 물었다.

"개인적으로 아는 사람이 아니라 어디에선가 누군가는 죽고 있다 그 말이에요. 화제 바꾸죠."

"너 오늘 진짜 이상해."

"알아요, 아까도 그런 지적을 들었거든요."

"그 낡은 장바구니는 왜 들고 다니니?"

"장 볼 생각이었어요."

"또 쓸데없는 말!" 레몽이 구시렁거렸다. "엄마에게 배고프다고 해. 엄마가 주방으로 가면 그사이 유골함을 훔칠 수 있잖아, 여기 온종일 있을 생각이 아니면."

"샌드위치 만들어주실래요?" 토마가 물었다.

"물론이지, 아들아. 그것도 안 해주면 엄마가 무슨 쓸모 있겠어? 금방 만들어 올게."

"빨리 서재로 가!" 레몽이 외쳤다.

토마는 아버지의 명령에 복종했다. 복도에서 고개를 빼고 어머니가 가까이 있는지 확인했다. 주방에서 흥얼거리는 소리가 들렸다.

"책장 작전 실시!" 아버지는 마치 군대 장교라도 되는 양 호령했다.

"작전은 무슨." 토마가 구시렁거렸다.

외과 의사였던 아버지의 서재는 예전 그대로였다. 널찍하고 근사한 방, 발코니 쪽 대형 유리문이 열려 있었다. 베이지색 호박단 벽지와 떡갈나무 바닥의 색조가 잘 어울렸다. 불을 안 피운 지 오래된 벽난로 양쪽으로 웅장한 책장이 놓여 있었다.

"맨 위 선반 조준, 창문 쪽일 거야." 아버지가 말했다.

토마는 책 뒤에 숨은 유골함을 찾기 위해 까치발을 하고서 팔을 힘껏 뻗었다.

*

잔은 키슈파이 한 조각을 전자레인지에 넣고 데웠다. 쟁반을 들고 거실에 나오자 아들이 없어 놀랐다. 옆방에서 무슨 소리가 들려오기에 그녀는 탁자에 쟁반을 내려놓고 살금살금 서재로 향했다.

잔은 까치발로 서 있는 토마를 발견하고 더 깜짝 놀랐다.

"뭐, 특별한 책이라도 찾니?"

토마는 소스라치게 놀라 뒤돌아봤다.

"아빠의 유골 어쨌어요?"

"너 그렇게밖에 말 못 하니?" 아버지가 한숨을 내쉬었다.

"새 진공청소기 테스트하는 데 그만이라……. 토마, 그런 얼굴로 쳐다보지 마. 농담이야! 늘 있던 곳에 있어. 한 번도 확인해본 적은 없지만 네 아버지가 또 도망치기야 했을라고. 살아 있던 때나 죽은 후에나 집에 있었던 적이 없는 사람이 지만."

"가끔 그립기는 해요?"

"이런 대화는 다른 날 하면 안 되겠니?" 레몽이 항의했다. "가령 내가 없을 때."

"그만 가버려요!" 토마가 속삭였다.

"뭐라고?" 어머니가 물었다. "너 오늘 진짜 이상하구나. 그리고 다른 데를 뒤지고 있잖아. 네 아버지는 벽난로 저쪽 맨 위 선반,『보바리 부인』뒤에 있어. 내 나름대로 복수할 방법을 찾아야 했거든. 거기 안락의자에 올라서서 찾아봐. 주방으로 의자 가지러 가는 것도 귀찮구나."

레몽은 마음에 상처를 받은 것이 역력한 얼굴로 재킷 단추를 채우고 사라졌다.

토마는 아버지가 나타났던 안락의자를 딛고 올라서서 드디어 유골함을 찾았다. 『보바리 부인』 못지않게 먼지가 뽀얗게 앉은 『감정교육』 뒤에 있었다.

"작은 상자가 보이면 그것도 꺼내. 네 아버지에 대해 조사하고 싶거나 순례 여행이라도 하고 싶다면 그 상자 안에 있는 것이 유골함보다 더 많은 걸 알려줄 거다."

"내가 가져가도 돼요?" 토마가 물었다.

"그걸 훔쳐갈 생각으로 장바구니를 들고 나온 거였니? 너 몇 살이야?"

토마는 여덟 살로 돌아가 벽장에서 사탕을 훔치다 들킨 것만 같은 느낌이 들어 기분이 좋지 않았다.

"그만 거실로 나가자. 이 방에 있으면 우울해져서 오래 있어본 적이 없어."

잔은 아들이 서재에 오래 있을 마음이 전혀 없다고 짐작하고 주방으로 끌고 나갔다. 그녀는 유골함을 식탁에 내려놓고 신문지로 싼 다음 장바구니에 집어넣었다. 입가에는 미소를 머금고 있었다.

"됐다, 다 네 거야. 네 아버지가 보관해달라고 했지만 우리 둘 중 누구에게 맡기겠다고 명시하지 않았으니까. 난 이제 됐으니까 이제부터는 네가 보관해. 그것으로 아버지와의 관계가 조금이나마 회복될지도 모르지. 네 아버지 생애의 마지막 몇 년은 둘 사이가 좀 멀어졌었는데……. 내가 또 뭐랬다고 그런 눈으로 쳐다보니?"

"아빠와 엄마 중에서 누가 더 도망친 건지 모르겠어요."

"장바구니 들고 다니는 게 너랑 어울린다고 생각하니? 솔직히 영 아니야. 그리고 너는 우리가 왜 서로를 좋아하지 않았다고 생각해? 네 아버지가, 네 표현대로 도망치기만 했다면 너는 존재하지 않았을 거야. 얼른 가지고 가서 네 아버지와 대화해보든가. 나는 나갈 준비해야 해."

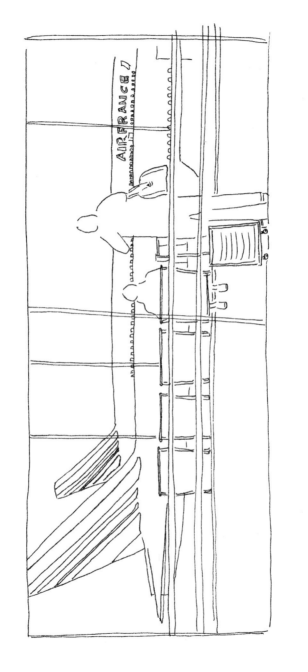

7

토마는 곧장 집으로 돌아왔다. 레몽은 가는 동안 내내 한마디도 하지 않고 입을 꾹 다문 채 파리의 지붕들을 바라봤다.

"계속 그런 얼굴을 하고 있을 거예요?" 토마가 물었다.

"신문지에 싸서 낡은 장바구니에 쑤셔 넣다니! 내가 생선도 아니고, 감히 어떻게 그럴 수가 있어?"

"별일도 아닌 걸로 기분 나빠 하고 있는 거 알아요?"

토마는 여행 갈 채비를 했다. 여권을 가방에 집어넣고, 세면 가방을 손에 들고 생각했다.

"혹시 모르니까." 그는 향수를 집어 들면서 중얼거렸다.

그는 장바구니에서 유골함을 꺼내고 신문지를 쭉 찢었다. 그리고 유골함 뚜껑을 열고 향수를 분무했다.

"너 그게 뭐 하는 짓이야, 미쳤니?" 아버지가 벌떡 일어나면서 소리를 질렀다.

"마지막으로 비행기 탄 게 언제였어요?"

"기억 안 나, 그리고 무슨 상관인지도 모르겠고."

"나를 믿으세요. 아무튼 아빠가 선택하고 말고의 문제가 아니라고요."

"토마, 경고하는데, 카미유 앞에서 파출리 향*을 풍기게 했다가는 너를 용서하지 않을 거야."

"그런 염려는 붙들어 매세요. 이건 베티베르 향수니까. 이제 어디든 가고 싶은 데가 있으면 돌아다녀요. 나는 저녁 먹으러 나갑니다, 혼자서!"

"어깨가 짓눌릴 정도로 네 비난의 무게를 느끼고 있어. 하지만 우리가 함께할 이 작은 모험이 너에게도 꿈을 실현할 기회가 될 수도 있어."

"아빠가 말도 안 되는 부탁을 하는 이 상황에서 그게 가당키나 한 말이에요?"

"카네기 홀 무대에 서는 것이 네 꿈 아니었니? 이 여행 기회에 오디션 볼 생각은 왜 안 하니?"

"카네기 홀은 뉴욕에 있으니까요."

토마는 더 이상 논쟁하고 싶지 않아서 점퍼를 집어 들고 계단을 뛰어 내려갔다.

---

*   필리핀이 원산지인 꿀풀과 허브. 여자를 만날 때는 사용하지 말라는 말이 있다.

파리는 봄이 뿜어내는 재생의 향기로 가득했다. 마로니에 꽃이 만개해 있었다. 토마는 고개를 쳐들고 나뭇잎들 위로 솟아오른 종 모양의 빨강, 분홍 꽃다발들을 감상했다. 그는 계속 걷다가 무성한 잡초와 쓰레기들에 침범당한 작은 공원을 가로질렀다. 세계에서 가장 아름다운 도시라는 말이 무색하게 지저분한 거리를 볼 때마다 토마는 놀랐다. 암스테르담, 마드리드, 런던, 프라하, 빈, 부다페스트, 코펜하겐, 스톡홀름의 거리를 산책해봤지만, 로마를 제외한 어떤 도시도 이 정도로 더럽지는 않았다. 토마는 어느 날 소피에게 이 점을 지적했다가 겉늙었다는 핀잔을 들었다. 깨끗한 걸 좋아하는 것과 나이가 무슨 상관이지? 미스터리로 남은 생각의 차이, 그리고 말다툼한 기억이 연상작용을 불러일으키듯 세르주가 보낸 수많은 문자메시지가 생각났다. 친구는 여자친구와 헤어졌다가 화해하길 반복하고 있었다. 토마는 세르주에게 전화해 같이 저녁을 먹자고 했다. 유쾌한 저녁이 되진 않겠지만 친구의 하소연을 들어주면서 얻는 장점이 있었다. 가까운 사람들의 불행은 내 인생이 그리 나쁘지 않다는 걸 알려주었고, 그들의 연애 실패는 독신으로 사는 것도 그렇게 나쁜 것만은 아니라는 걸 알려주었다.

그들은 토마의 단골 레스토랑 라미 장에서 만났다. 세르주는 여러 사람이 앉는 테이블에 자리를 잡으면서 속 얘기를 꺼내기에 이상적인 곳은 아니라고 투덜거렸다. 하지만 토마는 오른쪽은 일본 사람들이고, 왼쪽은 억양으로 짐작컨대 오스트레일리아 사람들이라면서 안심시켰다. 토마는 식사하면서 갸륵한 인내심을 보여주었다. 옆 손님들이 한도 끝도 없는 푸념을 듣고 있다는 걸 알면 대단한 끈기라고 인정해줄 정도였다. 하지만 토마에게는 현실에서 머릿속 생각으로 도피하는 특별한 재능이 있었다. 학창 시절에 알게 된 재능이었다. 자크 프레베르의 「열등생」은 그에 비하면 아마추어였다. 어쩌면 이 재능이 또 다른 재능을 드러나게 해준 것인지도. 토마는 아주 어릴 적부터 어떤 멜로디가 들리면 마치 콘서트홀에 있는 것처럼 머릿속에서 생생한 울림으로 살아나면서 마법처럼 상상의 여행을 떠나곤 했다. 세르주가 여자친구가 무관심하다는 증거를 열거하는 동안, 토마는 슈베르트의 즉흥곡에 빠져들었다. 〈즉흥곡 1번 다단조〉는 그를 스톡홀름의 어느 잊을 수 없는 밤으로 데려갔다. 스웨덴 청중은 훌륭했다. 〈즉흥곡 2번〉은 파리의 어느 가을날 오후 법대생과 키스하는 순간으로 데려갔다. 그녀의 이름이 뭐였더라?

"내 말 듣고 있어?" 세르주가 물었다.

"응, 듣고만 있는 거야." 토마는 단정적으로 대답했지만 머릿속에서 울리는 〈즉흥곡 3번〉이 아버지를 생각나게 했다.

토마는 아버지가 사망한 다음 날 무대에서 〈즉흥곡 3번〉을 연주했다. 아무도 그가 입은 연미복이 상복이었다는 걸 알지 못했다.

오늘 저녁은 아버지를 저버리지 말았어야 했는데. 세상에서 누가 이런 기회를 얻는단 말인가? 대체 왜 아버지가 나타난 뒤로 진정한 대화를 하지 못하는 걸까? 아버지와의 암묵적 대화와 침묵을 그토록 후회하던 그였는데.

"그런 얼굴 하지 마." 세르주가 말했다. "그녀가 나를 떠난다고 인생이 끝나는 것도 아닌데, 죽기야 하겠어."

"그렇지, 그래도 좀." 토마는 한숨을 내쉬었다.

구세주로 나선 〈즉흥곡 4번〉이 토마를 이십 대 초반 잠시 머물던 토스카나로 데려갔다. 그녀의 이름은 파비올라였고, 가슴이 목화 꽃송이처럼 아름답고 손길은 이루 말할 수 없이 부드러웠다. 그녀는 어떻게 되었을까?

"내가 먼저 연락해야 된다고 생각해?" 세르주가 물었다.

"그녀는 어떻게 됐을까?" 토마가 이번에는 입 밖으로 소리를 냈다.

"어제 이후로? ……질문이 이상한데."

"아, 제발 '이상하다'는 말들 좀 그만해!"

"뭐라는 거야?"

"아무것도 아냐." 토마가 대답했다. "계속해."

"그녀에게 전화하라고, 하지 말라고?"

불현듯 〈피아노 삼중주 다장조〉에 얽힌 즐거운 추억이 떠올랐다. 음악학교에서 교수가 지각한 어느 날 아침, 토마는 친구들과 〈피아노 삼중주〉를 재즈풍으로 연주하고 있었다. 그때 갑자기 오케스트라 지휘자인 거만한 교수가 들이닥치면서 슈베르트가 무덤에서 튀어나오겠다고 고함을 질렀다. 토마는 그럼 슈베르트가 전날 〈교향곡 3번〉 연주를 들은 뒤에는 흡족해하며 다시 무덤으로 돌아갔겠다고 말대답을 했다가 벌을 받았다.

"전화해." 토마가 히죽거리면서 대답했다.

"너는 뭐가 그렇게 좋아서 웃는데?"

"너와 저녁 먹는 것이 좋아서."

"아무튼 네 말이 맞다고 치고, 내가 먼저 연락하는 것으로 일어날 위험은?"

"안 되면 한 번 더 하는 거지. 한 달 후에도 계속 불행한지 나한테 알려줘. 그리고 미안한데 디저트는 생략하자. 집에 들어가야 해, 내일 새벽에 떠나거든."

"어디로 가는데?"

"샌프란시스코."

"와우, 부러운 놈! 미국 무대에 서는 게 너의 오랜 꿈이었잖아."

"콘서트 때문에 가는 거 아냐." 토마가 말하면서 웨이터를 향해 계산서를 가져오라는 손짓을 했다.

"아 그런 거였어? 그 여자 이름이 뭔데?"

"잘못 짚었어. 아버지 데리고 여행 가." 토마는 신용카드를 찾으면서 말했다.

세르주는 이상하다는 표정으로 친구를 관찰했다.

"비유법이야." 토마가 정정했다. "미친놈 보듯 쳐다보지 마. 네가 원하면 일종의 순례 여행이라고 할게."

"나 아무것도 원하는 거 없는데. 더치페이?"

"내가 초대한 거니까 이러면 안 되는데 비행기 표 사느라고 탈탈 털었거든. 다음번에는 내가 낼게. 진짜 가야겠다, 아버지가 기다려."

토마는 지체 없이 친구에게 인사하고 거리로 뛰어나갔다. 택시를 잡아타고 집 앞에서 내렸다.

계단을 뛰어 올라갔지만 집은 비어 있었다.

화가 난 그는 아버지를 부르면서 어딘가에 숨어 있을 거란 바보 같은 희망으로 벽장문을 열어보고, 욕실에 들어가보고, 창밖으로 얼굴을 내밀고 지붕 쪽을 훑어봤다.

"어디로 나갔는지 모르지만 내가 하는 말 들리면 빨리 들어와요. 새벽에 알람이 울리면 긴 여행을 떠나야 하는데."

갑자기 토마는 외로움을 느꼈다. 그는 잠자리에 들면서 자신이 진짜 미친 게 아닌지 의문이 들었다.

*

토마는 밤새 토끼잠을 자다가 동이 트자마자 눈을 떴다. 그는 머리를 긁적이면서 아버지를 불렀지만 창문 밑에서 빗질하는 도로청소부가 부는 휘파람 소리만 들렸다.

여행 가방이 책상 위에 없었다면 그는 이상한 꿈을 꾼 거라고 생각했을 것이다.

"아빠가 뭐 하자는 건지 모르겠어요. 아직도 삐쳐 있는 거라면 몰라도. 비행기 놓치고 싶은 거면 그렇다고 말을 하든가, 이대로 다 그만두면 간단하니까." 토마가 냅다 소리를 질렀다.

여전히 아무 대답이 없자 토마는 어깨를 으쓱하면서 욕실에 들어갔다.

그는 옷을 갈아입었고, 커피 한 잔을 따라놓고 집안 구석

구석을 훑어봤다.

"무슨 짓을 꾸미고 있는 거예요?"

토마는 자신의 건강상태가 의심스러워지기 시작했다. 그가 낙담한 얼굴로 가방에서 삐죽 나온 유골함을 응시했다.

"또 나를 버렸네요. 이 여행을 나 혼자 하길 바라는 거예요? 그래요, 좋아요." 토마가 현관문을 잠그면서 말했다. "아빠의 마지막 소원을 이뤄주고 나면 우리는 빚진 것이 없는 거예요."

택시가 건물 앞에서 기다리고 있었다. 공항으로 가는 동안 토마는 열 번도 더 고개를 돌리고 차창을 통해 멀어져가는 파리를 바라봤다.

탑승수속 데스크에서 승무원이 혼자 여행하느냐고 물었고, 토마는 거의 그렇다고 대답했다.

그는 편의점에서 음악잡지 〈디아파종〉 한 권을 사들고 나와서 그가 제일 좋아하는 마카롱 카페 카운터 앞 테이블에 앉아 잡지를 훑어봤다.

토마가 용기를 내면서 금속탐지기를 향해 걸어갔다. 여성 보안검색원이 모니터에 나타난 시커먼 덩어리를 보고 미간을 찌푸리면서 정밀 검색을 하려고 토마의 가방을 압수했다.

"이게 뭡니까?" 보안검색원이 유골함을 꺼내면서 물었다.

"향 단지예요." 토마가 대답했다. "나는 피아니스트인데 고소공포증을 이기는 데 도움이 되죠."

"고소공포증이 심하시군요. 열어봐도 되죠?" 보안검색원이 뚜껑을 열면서 물었다.

토마는 그렇다고 대답하면서 윙크를 보냈다. 보안검색원이 유골함에 코를 가까이 대고 냄새를 맡았다.

"음, 냄새 좋네요." 보안검색원이 뚜껑을 닫으면서 말했다.

그녀는 유골함을 폭발물탐지기가 설치된 검색대로 통과시킨 다음 마침내 토마에게 가져가라고 말했다.

토마는 유골함을 가방에 집어넣은 후 보안검색원에게 인사하고 공항 라운지로 들어갔다. 그는 점점 더 불안한 얼굴로 주변을 둘러봤다.

"군중 속에서 부모를 잃은 아이가 된 것 같네." 토마가 중얼거렸다. "진짜 어이없다."

토마는 한순간 돌아갈까 하는 생각도 했다. 하지만 여기까지 와서 샌프란시스코 여행을 단념하는 것도 웃긴다는 생각이 들었다. 그는 트랩을 따라가다 기내로 들어갔고, 짐칸에 가방을 올렸다.

옆 좌석 여자가 팔걸이를 내리고 신문을 펼치면서 토마의 공간을 침범했다.

토마는 통로 건너편의 빈 좌석에 눈독을 들이고 있었다. 탑승이 완료된 뒤에 좌석을 변경할 수 있기를 희망하면서.

기장이 출입문을 닫는다는 기내 방송을 하자마자 아버지가 활짝 웃는 얼굴로 그 자리를 차지했다.

"고백하지 그래, 내가 그리웠다고!"

"이게 재미있어요? 무슨 놀이 하는 건지 알려줄래요?"

"너는 저승에서 돌아오는 게 쉬운 일이라고 생각하지? 나는 쭉 여기 있었는데 네가 나를 못 본 거야. 일종의 글리치가 일어났거든. 향수 뿌린 건 아주 기막힌 발상이었어."

"글리치?"

"영어로 '돌발 사고'라는 뜻이야."

"글리치가 또 한 번 일어나면 좋겠어요? 나 지금 포기하기 직전이거든요."

"네가 구시렁거리는 소리 들었는데, 결국 포기 안 했잖아. 그리고 우리가 빚진 게 없다는 건 정확하게 무슨 뜻이니? 너를 공부시킨 학비를 빚이라고 말하는 거니?"

옆 좌석 여자가 신문을 접었다. 그녀는 동정 어린 눈으로 토마를 쳐다보면서 비행기는 가장 안전한 이동 수단이니 두려워할 이유가 전혀 없다고 안심시키며 뭐 하는 사람이냐고 물었다.

"피아니스트예요." 토마가 대답했다.

"기내 음악 서비스 중에서 좋은 곡을 찾아봐요. 긴장을 푸는 데는 음악을 듣는 것이 최고니까요." 그녀는 단언하면서 헤드폰을 썼다.

토마는 재미있어 죽겠다는 듯 쳐다보는 아버지를 째려봤다.

"어제저녁에 만난 네 친구 세르주, 진짜 밉상이더라! 나는 네 친구의 여자친구를 이해해. 내가 그 여자였다면 완전히 결별했을 텐데."

토마는 옆 좌석 여자의 오지랖 넓은 간섭을 차단하기 위해 헤드폰을 썼고, 비행기가 이륙하는 순간 눈을 감았다.

토마는 꾸벅꾸벅 졸았고 아버지는 잠자코 아들을 지켜보고 있었다. 기내식 배식이 시작될 때 레몽이 아들에게 몸을 숙였다.

"나는 네가 잃어버린 시간을 만회하고 싶어 하는 줄 알았어."

"독백하기 이상적인 장소는 아닌 거 같은데요. 내가 정신병자로 몰리길 바라는 거라면 몰라도."

"오케이, 하지만 누구도 내가 말하는 걸 막지는 못해."

"아빠가 이렇게 말이 많은 사람인지 몰랐어요. 하느님, 죽음이 아빠를 수다쟁이로 만들어놓았으니 어찌하면 좋으리까!"

"아무것도 아닌 일로 하느님 좀 그만 찾았으면 좋겠구나. 나의 가석방에 대한 정보가 윗선 어디까지 보고되었는지 나도 모르니까. 그리고 내가 말을 별로 하지 않은 건 네가 나한테 질문한 적이 없기 때문이야."

토마는 수상쩍은 눈초리로 자신을 주시하는 옆 좌석 여자를 흘깃 쳐다봤다.

"이 여자가 어떻게 생각할까 걱정인가 본데, 종이에 나한테 하고 싶은 말을 쓰면 돼."

토마는 웃긴다고 생각했다.

"35년을 참았는데 마음에 담은 말 털어놓는 거야 목적지에 도착해서 해도 늦지 않아요."

"마음에 담은 말이 뭔데? 나는 너에 대해 아무 불만이 없는데, 너는 있는 모양이구나?"

"그런 뜻이 아니잖아요."

"하지만 너는 그렇게 말했어. 내가 너에게 충분히 신경을 쓰지 않았다고 불평하면서 서로에 대해 얼마나 잘 알고 있는지 알 아맞히는 게임이라도 하자는 거니? 그래, 좋아. 해보자. 연장자 순으로 내가 먼저 시작하마. 내가 좋아하는 영화, 내가 좋아하는 음악 그리고 나를 가장 감동시킨 책이 뭔지 네가 알아? 모르잖 아? 이러면 한 방으로 체크메이트, 즉 게임 끝이 되는 거지. 이런 종류의 질문으로 나를 함정에 빠뜨릴 속셈인가 본데."

"죽음이 아빠에게 내 머릿속을 읽는 능력이라도 줬나 보죠?"

"네 아버지로서 수많은 세월을 산 것이 이런 능력을 준 거지."

"〈빵과 초콜릿〉, 〈사랑을 비를 타고〉는 아빠가 샤워하면서, 운전하면서, 아빠의 사무실에서 부르던 노래였고, 저녁에 집 에 들어올 때 기분이 좋으면 존 스타인벡의 『분노의 포도』에 대해 얘기했고, 프랑수아 비용의 시와 랭보의 시 「골짜기에 잠들어 있는 사람」을 읊었어요. 이러면 방금 아빠의 킹이 잡 힌 거라고 생각하는데요."

레몽은 아들을 뚫어져라 쳐다봤다.

"토요일이면 너를 데리고 동물원에 가서 오후를 보내곤 했 어. 너는 집에 들어가기가 무섭게 어디 있냐고 엄마를 찾았 고, 방에서 엄마가 나타나는 순간 달려가서 품에 안겼지. 내 가 운동장으로 데려가서 축구 게임을 해도 너는 엄마를 위해 이기려고 했어. 내가 목욕을 시켜주고 동화책을 읽어줘도 재 워주는 사람은 엄마이길 원했고. 아침에 네 방에 들어갈 때마 다 깨우러 온 사람이 엄마가 아니면 너는 실망했지."

"엄마는 토요일 오후만이 아니라 날마다 나를 보살펴줬어 요. 매일 나를 학교에 데려다주고 데리러 왔고요. 집에 들어오면 나는 아빠가 몇 시에 돌아오느냐고 엄마에게 물었어요. 아빠는 늘 집에 없었으니까. 엄마는 하루를 어떻게 보냈는지 물었고, 내가 말할 때 신문을 읽지도 않았어요. 엄마의 사랑은 바다 같았어요."

"그건 시간 문제가 아니었어. 편파성은 계획된 것이 아니었고, 아들을 몇 초 더 안아주는 것조차 어색하게 만드는 그놈의 직업적인 성격, 조심성 때문이었지. 나는 평생 애정결핍이었어. 인정에 휘둘리지 않고 거리를 유지해야 하는 외과 의사였지만, 수술할 때도 나는 사랑하는 마음으로 했어. 여러 여자의 가슴에 못질을 했다고 자랑하는 카사노바들도 수술로 병을 고쳐주었지."

"알아요, 비장, 간, 맹장, 또 다른 수많은 장기들도 고쳤죠. 여기까지만 하고 생략할게요."

"옆 좌석 여자가 우리를 뚫어져라 쳐다보는 게 영 거슬리는구나. 이 여자에게 말해, 네가 정신분열증 환자니까 우리 건드리지 말라고."

"고도 1만 미터 상공에서 그렇게 말하면 통할지 모르겠네요."

"쉿, 조용히 해." 레몽이 속삭였다. "앞쪽에 무슨 일이 일어나고 있어."

"아빠가 그걸 어떻게 알아요? 우리는 맨 뒷자리인데."

"느껴져. 무슨 소동이 있는 것 같아. 넌 아무 소리도 안 들리니?"

"죽음이 아빠를 많이 이상하게 만들어놨네요. 아빠는 마지막 몇 년간 오히려 귀가 어두웠는데."

"아들아, 그건 선택적 청각장애라는 거야. 나이 들면서 갖는 특권 중 하나지. 관심 있는 것만 듣고 다른 건 못 들은 체하는."

"못 들은 체한 거라고요?"

"내가 쓸모 있는 일과 없는 일을 선별해놓는다고 생각해봐. 귀가 먹었다는 핑계로 여러 가지 집안일을 면할 수 있는 장점이 있으니 좋잖아. 듣지 못하는 사람에게 쓰레기를 내다 버리라고 해봐야 아무 소용없으니까."

기장의 목소리가 확성기를 통해 울렸다. 비즈니스 클래스의 한 승객에게 의학적 도움이 필요합니다. 의사가 탑승해 계시면 승무원에게 손짓으로 알려주시기 바랍니다.

"거봐, 내가 뭐랬어!" 레몽이 외쳤다.

"아빠가 교활한 암체였다고 했죠."

"손을 들어." 레몽이 명령했다.

"내가 왜요?"

"누구 다른 사람 손 드는 거 보이니?"

"아뇨, 하지만 나는 의사가 아니에요."

"내가 의사잖아. 저 승무원에게 손짓을 보내. 너 가끔가다 고집 피울 때 보면 진짜 골통이야. 구조를 바라는 사람을 생각해야지, 빌어먹을!"

토마는 갑자기 자신의 손이 움찔하는 느낌이 들더니 기어이 스스로 흔들리는 것이 보였다. 하지만 통제가 되지 않았다.

"아빠가 손을 흔들게 하는 거예요?" 토마는 깜짝 놀란 얼굴로 속삭였다.

"아니, 너의 착한 양심이."

옆 좌석 여자가 이상한 표정으로 토마를 쳐다보았다. 놀라움과 동정심이 섞여 있었다.

"아마도 스트레스 때문에 잘못 알아들었나 보네요." 그녀는 가식적인 미소를 지으며 말했다. "의사가 필요하대요, 피아니스트가 아니라."

"알아요." 토마는 한숨을 내쉬었다.

"근데 왜 손을 들어요?" 여자가 물었다.

"글쎄요, 나도 모르겠어요." 토마는 어깨를 으쓱하면서 대답했다.

"그럼 얼른 손 내려요!"

"그게 안 돼요, 나로서는 어쩔 수가 없어요."

"의학적 도움이 필요한 승객에게 세레나데 연주라도 해주겠다는 거야 뭐야." 여자가 어이없다는 얼굴로 씹어뱉었다.

"기내에 피아노가 있는지 모르겠지만 솔직히 세레나데로는 약하죠."

"그럼 무슨 곡을 연주하려고요?"

"어떤 저녁이냐에 따라 다르죠. 브람스, 모차르트, 브루흐……."

"지금 나 무시하는 거예요?"

"천만에요." 토마가 세상에서 가장 진지하게 외쳤다. "내 손

놔요, 아빠 때문에 내가 곤경에 빠지게 생겼잖아요!"

여자가 놀라서 아무 말도 못하고 그를 뚫어져라 쳐다봤다.

"부인에게 하는 말 아니니까 안심하세요." 토마는 난감한 얼굴로 말했다.

여자는 고개를 내밀고 통로 건너편 좌석을 유심히 살폈고, 토마의 눈에만 보이는 레몽은 그 순간을 즐기고 있었다.

"지금 뭐 타고 있는지 알아요?" 여자가 물었다.

"부인과 마찬가지로 비행기 타고 있죠."

승무원이 토마 앞에 오면서 실랑이가 중단되었다. 승무원이 토마에게 고맙다는 인사와 함께 한 승객이 쓰러졌다고 설명하면서 상태를 봐달라고 부탁했다.

옆 좌석 여자는 토마가 일어나는 걸 보면서 경악했다.

"이 사람, 피아니스트예요!" 여자가 소리쳤다.

소용없는 외침이었다. 토마는 이미 통로를 따라가고 있었다. 무대에 오르기 직전의 공포는 비즈니스 클래스로 향하면서 느끼는 공포와는 비교도 되지 않았다.

오십 대의 남자가 의식을 잃은 상태로 기내 주방에 널브러지고, 승무원들이 주방 입구를 둘러싸고 있었다.

"여기는 공기가 필요해." 레몽이 소리쳤다. "환자에게 필요한 건 공기야. 여자 승무원만 옆에 있게 하고 남자 승무원 두 명은 가서 일 보라고 해. 그리고 여자 승무원에게 어떻게 된 상황인지 물어봐."

"사람이 너무 많으니까," 토마는 주뼛거리면서 말했다. "마드무아젤만 남아서 나를 도와주면 좋겠습니다. 어떻게 된 겁니까?"

남자 승무원 두 명이 떠나자 여자 승무원은 젊은 의사에게 선택받은 것에 상기되어 있었다.

"손님이 음료수를 달라고 하셔서 물 한 잔을 가져갔는데 불안에 떨고 계셨어요. 땀을 많이 흘리고 있어서 처음에는 난기류 때문에 공황 상태에 빠진 거라고 생각했어요. 좀 거친 말투로 횡설수설하셨고요. 손가방을 꺼내달라고 하는데 마치 호흡곤란이 일어난 것처럼 헐떡거렸어요. 그러다 얼굴이 창백해지더니 앞으로 고꾸라졌고요. 심근경색일까요?"

"가능성은 있지만 다른 것일 수도 있어요." 토마는 마치 아버지가 몸속에 들어와 있는 것처럼 자신이 말하는 소리가 낯설게 들렸다.

이어서 그는 환자의 맥박을 재는 자신의 모습이 보였고, 약하지는 않지만 느리다고 큰 소리로 말하는 소리가 들렸다.

"손을 잡고 차가운지 말해줘, 나는 잡을 수 없으니까." 레몽이 말했다.

토마는 의식이 없는 남자의 손을 잡았는데 악수를 하는 것처럼 약간 어설펐기에 승무원이 이 사람, 의사가 맞나 하는 표정을 보였다.

"차갑네." 토마가 중얼거렸다.

"그럼 이제 환자의 입에 얼굴을 가까이 대고 사과 냄새가 나는지 맡아봐." 레몽이 지시했다.

"또 뭘 자꾸 하래! 〈무슈 갱스터, 총잡이 아저씨들〉* 찍는 것도 아니고." 토마는 구시렁거렸다.

난데없는 항의성 발언에 승무원이 미간을 찌푸렸다.

"시키는 대로 해!" 레몽이 일침을 가했다.

토마는 환자의 얼굴 쪽으로 몸을 숙였다.

"사과 냄새는 전혀 안 나고." 토마가 시선을 떼지 않고 주시하는 승무원 앞에서 말했다.

"그럼 당뇨병성 케톤산증은 아니네." 레몽이 결론을 내렸다. "턱뼈가 있는 부위의 뺨을 세게 눌러봐, 이유는 묻지 말고."

토마가 뺨을 세게 누르자 환자가 이내 신음소리를 냈다.

"천만다행이네, 코마 상태도 아니고." 레몽이 진단했다.

레몽이 환자의 소매를 걷어 올리고 팔에 주사 자국이 있는지 찾아보라고 지시했다.

"이럴 줄 알았어." 레몽이 안도하는 어조로 말했다.

갑자기 토마는 생각지도 않은 말을 하기 시작했다.

"아까 환자가 손가방을 요구했다고 했죠?"

"네, 그랬어요." 승무원이 대답했다.

"당장 가져오세요."

승무원은 머뭇거리다 손가방을 찾으러 갔다.

"뭔지 알고 하시는 거 확실하죠?" 승무원이 손가방을 들고 와서 물었다.

---

*   조르주 로트너 감독의 프랑스 코미디액션 영화(1936년).

"희망사항이죠." 토마가 대답하면서 한숨을 내쉬자 아버지는 발끈했다.

"그딴 무례한 발언은 삼가고 그 손가방이나 뒤져봐. 틀림없이 길쭉한 오렌지색 플라스틱 케이스가 있을 거야. 그게 글루카곤 자가검진기인데 지금 우리에게 필요한 거니까."

토마는 아버지가 말한 대로 자가검진기를 발견했다. 케이스를 열어보니 용수가 들어 있는 주사기와 가루가 들어 있는 조그만 앰풀이 있었다.

"이제 내가 말하는 대로만 하면 돼. 절대 어렵지 않으니까 걱정 말고. 유리병의 뚜껑을 벗겨낸 후 고무 부분에 주사기를 찔러 넣고 용수가 다 들어가도록 주사기 피스톤을 끝까지 밀어. 그래, 바로 그렇게, 완벽해. 이제 잘 흔들어서 섞어, 잘했어! 지금부터는 반대로 그 혼합액을 주사기로 뽑아내. 훌륭해, 아주 잘하고 있어."

"다음은?" 토마는 불안했다.

"셔츠 자락을 걷어 올리고 주름이 생기게 왼손 엄지와 검지로 살을 집어. 그리고 피스톤을 건드리지 않게 조심하면서, 다트 게임하듯 주사기를 그 살에 꽂아."

"주사는 놓을 수 없는데." 토마가 웅얼거렸다.

"너는 할 수 있어."

"못 하겠……." 토마는 손을 떨면서 말했다.

"괜찮으세요?" 토마가 중얼거리는 소리를 들은 승무원이 물었다.

토마가 주사기를 환자의 복부에 찌르려고 할 때 옆 좌석 여자가 나타났다.

"이 남자는 의사가 아니에요. 본인이 직접 말했다고요!" 여자가 거세게 항의했다.

의심이 생긴 승무원이 저지하려는 순간, 토마는 주삿바늘을 깊이 꽂아 넣고 피스톤을 끝까지 밀었다.

침묵의 순간이 이어졌다. 승무원은 토마를 뚫어져라 쳐다보고, 토마는 환자에게서 눈을 떼지 않고, 옆 좌석 여자는 숨을 죽이고, 레몽은 미소 지었다.

의식이 돌아온 남자가 여기가 어디냐고 물었다. 옆 좌석 여자는 어깨를 으쓱하고는 씩씩거리면서 자신이 미친 게 아니라 이 비행기 안의 사람들이 미친 거라고 중얼거리면서 자리로 돌아갔다.

토마는 승무원이 환자를 자리에 앉히게 도와준 다음 아버지의 처방을 또박또박 읊조렸다.

"심한 저혈당쇼크였으니 달콤한 음료수를 드려요. 그리고 환자분은 착륙할 때까지 규칙적으로 혈당 체크를 하시고요."

"고맙습니다, 의사 선생님." 승무원과 환자가 합창하자 레몽은 흐뭇한 미소를 지었다.

승무원은 토마에게 남은 시간 동안 비즈니스 클래스에 좌석을 내주고 싶지만 빈 좌석이 없다면서 미안해했다.

"괜찮습니다." 토마가 안심시켰다.

자리로 돌아와 앉은 토마는 여전히 샐쭉해 있는 옆 좌석 여자 쪽으로 고개를 돌렸다.

"의사는 피아노 치면 안 되는 겁니까?" 토마가 따지듯 물었다.

"네 아버지 실력 아직 녹슬지 않았지? 너도 기어코 해냈고."

"그 남자가 깨어나지 않았으면 내가 어떻게 되는지 알기나 해요? 목숨을 위태롭게 한 죄로 쇠고랑 찰 뻔했다고요!"

"그 남자가 죽든 깨어나든…… 긴박한 순간에 한 사람의 목숨을 구하기 위해 위험을 무릅썼다는 것, 그것만으로도 너에겐 명예로운 일이지. 아직도 나를 비난하고 싶니?" 레몽이 빈정거리는 어조로 물었다.

토마는 잠시 생각에 잠겨 있다가 아버지 쪽으로 고개를 돌렸다.

"내가 그 남자를 구해줄 때 무슨 일이 일어났던 거예요?"

"'우리가' 그 남자를 구해줄 때라고 말은 똑바로 해야지! 내가 너를 좀 어시스트한 것 같아."

"나도 그렇게 생각했어요. 아빠가 나를 통해서 말하는 느낌이 들었거든요."

"나도 느낌은 그런데…… 나한테 감히 그렇게까지 할 수 있는 능력이 있는지는 모르겠다."

"이상했어요……. 뜻도 모르고 생전 들어보지도 못한 전문용어들을 쓰는 것도 그렇고. 마치 아빠가 내 몸을 장악하고 있는 것 같달까."

"네가 뭘 걱정하는지 모르겠구나. 중요한 건 네가 사람의 목숨을 구했다는 거야, 네가 무슨 말을 했느냐가 아니라."

"다시는 그러지 마세요. 느낌이 너무 안 좋았어요. 아빠가 내 안에 있는 것 같은 아주 이상한 느낌."

"모든 부모의 로망이지! 자식들의 마음속에 영원히 존재한다는 것은." 레몽이 대꾸했다. "그리고 공연히 과장하지 마. 네가 어렸을 때는 늘 네 엄마가 너 대신 말했어. 내가 너한테 질문하면 대답은 네 엄마가 했으니까."

"금시초문인데요, 그거 질투예요?"

"무슨 소리 하는 거야? 너 좀 쉬는 게 좋겠다. 우리는 할 일이 많아."

비행기가 샌프란시스코만에 진입했다. 비행기가 회전할 때 토마는 하늘 높이 걸린, 골든게이트의 붉은빛 철탑을 발견했다.

*

토마는 비행기에서 나오면서 안도했다. 쓰러졌던 환자가 가장 먼저 비행기를 떠났고, 출입문에 서 있던 승무원이 토마에게 진심으로 고맙다고 인사했다.

토마는 미소로 응답하고 트랩으로 들어섰다.

"저 여자에게 전화번호 달라고 하지 그랬어? 파리로 돌아가기 전까지 최소 이틀은 머물 텐데, 내일 저녁 식사에 초대할 수도 있었잖아."

"의사라고 계속 거짓말하면서요? 그 이틀 동안 내가 할 일이 아무것도 없다는 듯 참 말은 쉽게 하네요."

"너를 위해서 하는 말이다. 내가 너무 일찍 떠났어." 레몽이 한숨지었다. "너에게 가르쳐줄 게 아직은 많은데."

"얼마 전에 엄마도 그런 말을 했는데."

"아, 그래? 네 엄마가 뭐라고 했는데?"

"내가 세관 검색을 받을 때는 아무 말도 안 하는 게 좋을 거예요." 토마는 길게 늘어선 줄 끝에 서면서 말했다.

"넵, 분부대로 입 닥치고 있겠습니다."

"오케이."

입국심사원이 여권을 살펴보는 동안 토마는 긴장했다. 심사원이 가방을 열라고 하면 유골함에 든 내용물의 냄새를 맡아보는 것으로 끝나지 않을지도 모른다. 방문 목적을 묻는 질문에 토마는 장례식에 참석하러 왔다고 대답했다. 심사원이 더는 캐묻지 않았다. 토마는 비행기에서 내린 지 한 시간 후 택시에 올라 샌프란시스코로 향했다.

트랜스아메리카 피라미드 고층 빌딩의 탑이 저 멀리 보였다.

레몽은 설레는 기색이 역력했다.

"그녀가 있는 곳." 레몽이 중얼거렸다. "느껴져. 그녀 가까이에 있게 된 것이 20년만이구나. 가슴이 벅차다."

토마는 아버지를 쳐다봤다. 감격에 겨운 아버지의 모습을 보니 마음이 짠했다.

"네, 이제 정말 가까이 와 있게 됐네요. 최선을 다할게요. 약속해요."

"알아, 아들아. 알다마다." 레몽이 아들의 무릎을 토닥이며 되뇌었다. 생전에 자주 하던 애정 표현이었다.

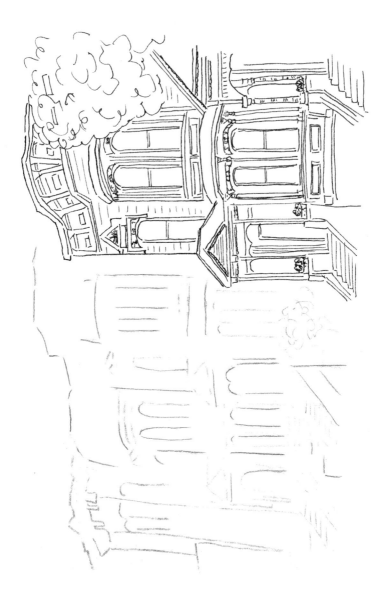

8

택시는 그린 스트리트 퍼시픽 하이츠 주택가에 위치한 전형적인 빅토리아양식의 한 집 앞에서 멈췄다. 토마는 택시 요금을 계산하고 트렁크에서 가방을 내린 다음 초인종을 눌렀다.

사십 대의 부인이 문을 열었는데 성격이 활달하고 밝은 여자였다.

"토마입니다." 그는 악수를 하면서 말했다.

"로렌 클라인이에요. 비행기가 연착될까 걱정했어요. 당직이라서 한 시간 후에는 나가야 하거든요. 따라오세요, 숙소 보여드릴게요."

"의사세요?" 토마가 집으로 들어가면서 물었다.

"네, 왜요?"

"아무것도 아니에요."

"혹시 건강에 문제 있어요?" 로렌이 1층으로 이르는 계단을 내려가면서 걱정했다.

"건강 쪽은 괜찮아요."

"다행이네요." 그녀는 현관문을 열면서 말했다. "오른쪽이 침실, 왼쪽에 욕실과 거실, 그리고 주방이 있어요."

토마는 방을 훑어봤다. 오리목 마룻바닥, 모포를 씌워놓은 작은 소파, 앤티크 탁자, 히코리 목제 의자 넷, 화려한 카펫. 실내장식이 좀 잡다하긴 해도 아기자기했다. 거리 쪽으로 난 창문 둘, 꽃이 만발한 정원 쪽으로 열린 두 창문으로 아름다운 햇살이 들어오고 있었다.

"우리는 바로 위층에 살아요." 집주인이 설명했다. "하지만 소리가 들리진 않을 거예요. 남편은 지금 카멜에 가 있어서 초저녁에야 돌아올 거고, 나는 새벽에 들어올 거예요. 의사라는 직업의 일과가 좀 복잡하죠."

"알죠." 토마가 대답했다.

"부인이 의사예요?"

"아버지가 외과 의사였어요."

"은퇴하셨어요? 전공 분야는?"

"흉부외과라서 수술만 하면서 사셨는데 지금은 이 세상분이 아니에요."

"아, 미안해요. 샌프란시스코에는 무슨 일로 오셨어요? 사흘만 묵는다고 하셨죠?"

토마는 머뭇거리다 장례식에 참석하기 위해 대서양을 건너왔다고 말했다.

"가까운 분이셨어요? 당연히 그렇겠죠, 아니라면 긴 여행을 하지 않았을 테니까."

"이상하게 들리겠지만 나는 거의 모르는 분이에요. 아버지 여자였거든요."

로렌은 엷은 미소를 지으며 토마를 응시했다.

"3년 전에 프랑스 여행을 갔었어요. 남편의 친한 친구가 파리에 살고 있거든요."

"좋았습니까?"

"네, 많이요. 솔직한 성격의 파리지앵들을 사랑할 수밖에 없더라고요."

"그리 오래 머물지 않으셨나 봅니다. 바쁘신데 오래 붙잡지 않을게요. 집이 아주 예뻐서 잘 지낼 수 있을 것 같으니 걱정하지 마시고요."

"내 남편 아서가 해질 무렵에는 돌아올 테니 뭐 필요한 게 있으면 말씀하세요. 당신을 만나면 아주 기뻐할 거예요."

로렌은 토마에게 인사하면서 혹시 차고에서 총소리가 나도 불안해하지 말라고 덧붙였다. 자신의 오래된 차가 시동 걸 때 변덕을 좀 부리다면서.

잠시 후 연속적으로 폭음을 내는 엔진 소리가 들렸다. 그는 창밖으로 머리를 내밀었고, 그린 스트리트를 전속력으로 내려가는 초록색 트라이엄프를 봤다.

"막 싸돌아다니는 것 같지는 않네." 레몽이 감탄했다. "마음에 쏙 드는 타입이야, 활력이 넘치고."

"의사와 자동차 중 누구 말하는 거예요?" 토마가 물었다.

"동료 의사에게 외과 의사로서의 내 능력을 은근히 자랑하는 방식이 아주 세련돼서 고맙구나. 이제 관광하러 나갈까, 아니면 계속 헛소리나 하고 있을까. 어느 쪽이니?"

토마는 침실 문을 밀고 들어갔다. 낡은 서랍장 위에 쌓아 올린 책 더미, 창문 앞에 놓인 안락의자, 밝은 황색 카펫, 패치워크를 씌워놓은 대형 침대와 침대맡의 자작나무 탁자 둘. 전체적으로 운치가 있었다.

"너 어느 쪽에서 잘래?" 레몽이 농담을 했다.

토마는 대답하지 않고 손목시계를 봤다. 자고 싶은 마음이 굴뚝같지만 시차 때문에 한밤중에 깨지 않으려면 아직은 졸음과 싸우는 게 나았다.

얼마 후, 토마는 샤워하고 나와서 옷을 갈아입고 동네의 번화가로 산책을 나갔다.

유니언 스트리트의 오래된 영화관은 세월을 짐작케 하는 외관이었지만 정면에 보이는 글자는 스포츠클럽 간판의 이름이었다.

토마는 상점가를 거닐다 한 아트갤러리에 들어갔다. 현지 예술가들의 작품을 둘러보고 있을 때 레몽이 프레시디오 해변을 그린 작은 수채화 앞에 멈춰 섰다.

"음, 이 그림 좋구나." 레몽이 말했다. "먹으로 터치한 윤곽, 은은한 색감. 네 엄마를 위한 선물을 찾고 있다면 바로 이거다. 절대 실패하지 않을 선물이야. 네 엄마가 아주 좋아할 게 틀림없거든."

토마는 아버지 쪽으로 고개를 돌렸다.

"당장 그만두셔야 해요."

"내가 또 뭘 어쨌다고?"

"내 머릿속을 읽고 말하는 거요." 토마는 손가락으로 자신의 이마를 가리키면서 말했다. "여기는 아빠가 넘으면 안 되는 금지 구역이라고요!"

"편집증 환자가 되었구나. 나를 뭐로 보고? 내가 초능력이 있는 천사로 보이니? 그렇게 봐주는 건 고맙지만 빗나가도 한참 빗나갔어. 나는 네 아버지일 뿐이야."

"비행기에서 한 아빠의 장난, 그게 정상적인 일이에요?"

"내 목소리를 너에게 빌려준 거? 어떻게 된 일인지 나도 전혀 몰라. 위급 상황이 나에게 날개를 달아줬나 보지. 다시 하라면 못 할 거다. 이렇게 화창한 날씨에 네가 산책은 않고 상점들을 기웃거리기에 선물할 것을 찾는다고 생각했어. 그런데 너는 독신이니까 네 엄마에게 줄 선물일 수밖에 없잖아. 그깟 것 추측하는 데 꼭 유령일 필요는 없지. 자, 이제 내가 무고하다는 것이 밝혀졌으니 살 거니, 이 수채화?"

토마는 그림을 들고 갤러리를 나왔다. 거리를 걷다가 샌프란시스코에서 가장 오래된 레스토랑 중 하나인 페리의 테라스에 가서 앉았다.

그는 맥주 한 병을 주문했다.

"네 엄마가 아주 마음에 들어 할 거다." 레몽이 토마의 발치에 놓인 그림을 쳐다보면서 말했다. "그럼에도 불구하고 연인을 위한 선물이면 더 좋았을걸."

"좀 식상하지 않아요?"

"아니, 연인을 위한 선물이 뭐 어때서? 나름 재치 있게 말한 건데. 독신으로 사는 게 즐겁니? 따분하잖아!"

"아빠가 말을 꺼냈으니까 하는 말인데, 부모의 이혼으로 인해 부부에 대한 나의 환상이 깨졌을 거란 생각은 해본 적 없죠?"

"아, 제발. 나랑 있을 때는 피해자 코스프레 하지 마라. 네가 두려워하는 이유는 너의 경력, 너의 음악, 너의 순회공연이 우선이기 때문이야. 이기주의라고까지는 말하지 않겠다만! 그러니까 음식을 시켜 먹어. 빈속으로 자는 건 좋지 않아."

"에에……."

"그놈의 에에…… 진짜 거슬리는구나."

"밤에 잠은 자요?" 토마가 물었다.

"낮과 밤은 더 이상 대단한 의미가 없어. 영원한 휴식이라고 하는 것도 엄청난 사기고."

"아빠에게는 아무것도 발설할 권리가 전혀 없다는 말, 그 말을 내가 믿을 것 같아요?"

"나는 아무것도 발설하지 않았는데 네가 스스로 확인한 거 아니었나? 그래도 내 아들과 대화하는 것까지 비난받지는 않을 거야. 그리고 설령 내가 실수를 해도 나는 네가 비밀을 지켜줄 거라고 믿어."

"나에게 귀신이 붙었다는 걸 누구에게 말할 수 있겠어요?"

"그렇게 말하지 마. 언젠가 너도 누군가를 만나면 둘만의 아름답고 위대한 스토리를 만들겠지. 그러면 그녀에게 모든 걸 털어놓을 수 있을 거다. 완전히 미친 생각까지도 말이야."

"카미유와는 그랬어요?"

"네 엄마와 그랬어."

레몽은 메뉴를 들여다보면서 여행할 때는 현지 음식으로 시작하는 게 최고라며 햄버거를 넌지시 권했다.

토마는 샐러드를 주문했다.

"너의 문제를 발견했어. 아들아, 너는 별로 웃지를 않아."

"아빠가 무슨 말을 할지 벌써 알겠어요. '한 번 사는 인생이야.'"

"아니, 그것도 엄청난 사기야. 진실은 죽는 건 딱 한 번이고, 하루하루를 살아간다는 거야. 그러니 그렇게 슬픈 얼굴 하지 마."

"모레에 내가 해야 할 연기 연습 하는 거니까 불평은 하지 마요." 토마는 아빠의 어깨에 팔을 두르면서 대답했다.

종업원은 빈 의자를 얼싸안고 있는 손님을 보면서 정말 이상한 사람이라고 생각했다.

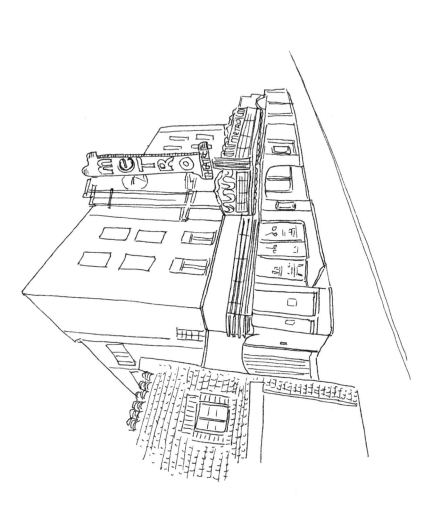

9

샌프란시스코에서 남쪽으로 150킬로미터 떨어진 작은 해안 도시 카멜의 주민들은 해질 무렵 해변에 집결하여 해가 바다에 잠기는 찰나를 바라보는 풍습이 있었다. 그린 스트리트의 집주인 아서가 설명했다. 샌프란시스코는 훨씬 더 놀라운 새벽을 선사하며, 이른 새벽의 골든게이트는 샌프란시스코만을 침범해 해변까지 도시를 뒤덮는 짙은 안개에 묻혀 형체도 보이지 않는다고.

안개 장막을 걷으며 서서히 떠오른 해가 태평양 해변을 꿀빛으로 물들이고 있었다. 해가 카스트로 구역 상공을 지날 즈음 안개는 썰물처럼 **빠르게** 물러갔다.

아서는 토마에게 일찍 일어나면 트윈 픽스 언덕에 올라가 보라고 추천했다. 언덕에서 내려다보는 풍광이 장관이라면서. 그는 차까지 빌려주겠다고 했다. 동틀 무렵 눈을 뜬 토마는 아서의 조언을 따르기로 했다.

토마는 정원 쪽으로 나갔다. 갈아엎은 땅에서 올라오는 진한 흙냄새가 코끝을 간질였다. 빅토리안양식의 주택 앞 골목길에 사브가 주차되어 있었고, 토마는 아서에게서 받아둔 자동차 키를 주머니에서 꺼냈다.

그의 아버지는 뒷좌석에 앉으면서 운전기사를 두는 것이 꿈이었다고 말했다.

"내 월급으로는 그런 호사를 누릴 수가 없었는데 좋구나. 아들이 운전해주는 차를 타게 되다니."

"그렇게 좋으면 보닛 위에 앉아서 가도 돼요. 나는 상관 안 하니까."

"속도를 낮출 때는 부드럽게 운전해. 변속기가 예민하거든."

"아빠가 언제부터 기계를 그렇게 잘 알았다고요?" 토마가 놀렸다.

"나도 이 차 같은 사브를 몰았거든. 네가 태어나기 전에. 네 엄마를 태우고 토스카나 지방까지 갔었지. 그린올리브색이었는데, 물론 네 엄마는 싫어했지만 승차감은 마음에 들어 했어."

"카미유를 만나지 않았다면 엄마와 사랑하면서 끝까지 살았을까요?"

"우리가 오래도록 서로를 사랑할 줄 알았다면 카미유가 내 인생에 들어오는 일은 없었겠지. 내가 여자들 앞에서 잘 보이려고 했다고, 딱 잘라 거부하지 않았다고 트집을 잡는데 그게 그렇게 비난받을 일이었을까. 하지만 나는 여자들에게 무관심한 남자가 아니라서 모든 여자를 존중했던 게 탈이었지."

"내가 태어난 뒤에 엄마와 사이가 나빠졌다고 했잖아요. 두 분이 헤어진 게 나 때문이었어요?"

"우리 때문이었지. 익숙해지다 보니 타성에 젖어버렸어. 치명적인 실수를 포함해서. 네 나이였을 때 나는 다짐했었어. 처음 만났을 때의 열정, 처음 몇 달, 처음 몇 년 동안 불살랐던 열정을 잃어버리는 남자들을 닮지 않겠다고. 그렇지만 네엄마와 나는 초심을 잃은 거야. 차츰 사이가 멀어지고 있는데도 우리는 그 거리를 심각하게 여기지 않았어. 애정이 사라지면서 일상의 사소한 것들이 훨씬 중요해지고 상처를 받았지. 인정하고 싶지 않지만 그렇게 됐어. 네가 인사하면서 엄마에게 하는 입맞춤을 살펴보는 일까지 일어난 거야. 어른이 되어서 어떻게 아들이 엄마와 아빠 중 누굴 더 사랑하는지 경쟁할 수 있었는지. 우리에게 일어난 일은 네 탓이 아니야. 내 잘못이었다는 걸 네가 알려주었지. 부모가 자식에게 주는 사랑은 영원한 것이고 무조건적이라는 걸. 내가 그걸 깨달은 건네 덕분이야. 아니었으면 나는 두 번째 기회를 가질 희망 같은 건 품지 못했을 거야. 카미유에게 가달라는 부탁을 차마 못 했겠지." 레몽의 실루엣이 조수석으로 미끄러지듯 이동하면서 말했다.

"이거 고장이에요?" 토마가 물었다.

"아니, 엔진 소리는 좋은데. 왜?"

"그냥, 차가 좀 느리게 가는 것 같아서요."

토마가 아버지를 힐끔 쳐다봤다.

"도로에 집중해, 한눈팔지 말고. 이 속도로 갈 때 더 조심해야 해."

"엄마와 갔던 이탈리아 여행은 어땠어요?"

"네 엄마 얘기는 그만두고 앞으로 우리가 해야 할 일이나 생각하자. 체계적으로 작전을 짜야 해. 우선, 장례식이 진행되는 동안 사전 답사를 하면서 몰래 사진을 찍어두자. 그러려면 일회용 카메라를 구입해야 해. 신문에 난 부고란을 보고 찾아온 사진관 직원이라고 하면서 접근하는 방법도 있겠지. 현금이 필요할 경우를 대비해 환전도 해놓고. 문, 창문, 작은 여닫이창, 통풍구, 우리가 어디로 들어갈지 유심히 봐두고 구체적인 작전을 짜자. 웁스, 그리고 밤에 다시 가서 불법침입을 하는 거야."

"웁스?"

"말버릇이야."

"아빠가 괴도 아르센 뤼팽이라도 되는 줄 알아요?"

"뤼팽이 어때서? 오히려 호감 가는 아주 세련된 괴도 신사인데."

"일회용 카메라 같은 건 이제 구하지도 못하고, 우리는 불법침입도 안 해요. 그리고 아빠가 자꾸 우리, 우리 하는데 실제로 행동하는 사람은 나라는 걸 상기시킬게요. 아빠가 말하는 사전 답사를 하는 사람도 나고, 예식이 끝난 뒤 다시 아빠의 유골함을 가지고 가서 조용한 때를 엿보다 아빠의 유골과 카미유의 유골을 섞는 사람도 나라고요."

"다른 방법도 있어, 덜 로맨틱하지만……."

"더 합리적인." 토마가 받아쳤다.

"그럼 뿌리는 건 어떡하고?"

"그 웃기는 합의는 이미 했잖아요. 내가 흔들어서 잘 섞는다, 거기까지 하기로."

아주 잠깐이었지만 레몽은 입을 다물었다.

"그랬다가 그녀의 남편이 우리를 자기 집, 가령 머리맡 탁자에 두고 보관할 작정을 한다면……. 그런 상황이 얼마나 불편할지 쉽게 짐작할 수 있잖아?"

"아내의 유골함을 머리맡 탁자에 놓고 자는 남자 본 적 있어요?"

"아니, 없어. 하지만 그는 엔지니어였다니까."

"그래서요?"

"그가 무슨 생각을 하는지 알아봐야지. 우리를 갈라놓기 위해 9000킬로미터나 떨어진 타국으로 이주할 정도로 극단적인 남자야. 이게 극단적이 아니면 뭐를 극단적이라고 하는지 한번 말해봐!"

"예를 들어 재가 아직 식지도 않은 유골함을 훔치는 것. 다른 예를 들 필요가 없을 정도로 극단적이죠."

"토마, 최소한의 존중은 해주기 바란다. 나는 네 아버지야."

"아빠가 불리해질 때마다 그 말을 하니까 웃기네요."

"그렇게 자주 말한 것 같지도 않은데!"

그들은 언덕 꼭대기에 도착했다. 토마는 주차장에 차를 세웠고 전망대까지는 조금만 걸으면 되었다. 바다 위로 하얀 장막을 드리운 짙은 안개가 흡사 수의처럼 보였다. 하얀 사막 같은 안개는 천천히 움직이고 있었다.

"이런 풍광은 몽상에 빠지게 하지." 레몽이 속삭였다. "하지만 네가 나를 놋쇠 단지에 가둬두겠다고 해도 나는 이해한다."

토마의 시선이 꽃밭에 머물렀다. 일렬로 줄지어 피어 있는 빨갛고 하얀 튤립은 섬세한 정원사의 노고가 엿보이는, 그야말로 작품이었다. 자연은 온순했다. 그 가지런한 식물의 질서를 파괴하지 못하도록 잡초라곤 남겨두지 않았다.

"비행기 안에서 우리가 했던 일, 아빠가 그 일로 나를 구해주었어요. 솔직히 경이로웠죠."

"그 정도였어?"

"무대에 나갈 때는 감정을 최고조로 끌어올리고 숭고한 열정으로 피아노를 쳐요. 그런데 그 남자가 깨어났을 때 경험한 것에 비하면 그건 아무것도 아니었어요."

"네가 그렇게 말하니까 재미있구나. 내 동료 의사들은 대부분 수술을 끝낸 환자가 병실로 돌아간 뒤에 보러 가지만, 나는 회복실에 있을 때 보러 가야 할 필요를 느꼈어. 마취에서 깨어나는 순간을 보고 싶어서. 나이에 상관없이 내 환자가 눈을 뜨고 무슨 말을 할 때 나는 사람이 탄생하는 순간을 목도하는 느낌이 들었어. 경이로웠지. 하지만 네가 연주할 때 실현하는 것을 폄하하지는 마. 그때 객석에 앉은 청중의 눈에서 내가 본 것은 그야말로 숭고한 열정에 홀린 눈빛이었어. 네가 신뢰하는 알베르의 표현을 따라하자면, 나를 믿어."

"알베르가 아니라 마르셀이에요! 근데 그 남자는 왜 갑자기 기절한 거예요?" 토마가 물었다.

"너와 그 옆 좌석 여자가 나누는 대화를 듣고 살아봤자 무슨 소용이 있나 싶었나 보지."

"어쩌다 한 번쯤은 진지해질 수 없어요?"

"내가 살아 있을 때는 그 반대라고 뭐라고 하더니. 그 남자는 당뇨병 환자야. 네가 놓은 주사가 그 남자의 목숨을 살린 거야. 따라서 그가 어떻게 되었든 너에게 이 여행은 헛된 것이 아니지."

"인정해요." 토마가 한숨을 내쉬었다. "아빠가 이겼으니까 내가 뿌릴게요, 아빠의 유골."

"내 유골이 아니라 우리의 유골." 아버지가 정정했다. "장례식에 가기 전에 면도해. 네가 단정한 모습으로 카미유 앞에 가길 바란다."

"왜요, 그녀가 나를 봐요?" 토마가 불안한 얼굴로 물었다.

"그게 아니라 기본적인 예의의 문제니까. 처음에는 대수롭지 않게 넘겼는데…… 이건 아니다 싶지만 앞으로 다시는 예의에 대해 지적하지 않으마. 그랬다간 또 따지고 덤빌 테니 성가시구나."

*

그린 스트리트의 집으로 돌아온 토마는 아버지가 지시한 대로 했다. 면도를 하고 청바지에 폴로 티셔츠 차림으로 갈아입었다. 아침을 어디서 먹을지 생각하고 있을 때 아버지가 그를 불러 세웠다.

"그 복장으로 빈소에 갈 생각은 아니겠지? 부탁인데, 양복을 입고 가야지."

토마는 멋쩍어하면서 여행 가방을 뒤졌다.

"깜빡했네요. 이번에는 연주회 때문에 떠나는 게 아니라서 셔츠 두 장과 면바지 하나, 최소한으로만 짐을 쌌거든요."

"넥타이는?"

"넥타이도 재킷도 없어요. 여행할 때 입고 다니는 가죽점퍼만 가져왔어요."

"가죽점퍼? 에어쇼에 가는 것도 아니고, 거참. 정장을 사야겠다. 그리고 그 신발, 그게 구두라고 우기지는 않겠지."

"내가 여행할 때마다 옷을 장만할 형편이라고 생각하는 거예요?"

"검은색 양복 한 벌, 단화 한 켤레를 사야겠다. 넥타이도 빠뜨리지 말고! 네 엄마가 이 세상을 떠났을 때 받게 될 상속재산으로 갚으면 되잖아." 화가 난 레몽이 응수했다.

"어쩌면 그렇게 비호감적인 말만 골라서 하시는지. 아들이 아버지의 여자 장례식에 고상하게 차려입고 갈 수 있도록 자신의 죽음을 재촉하는 소리를 들으면 엄마가 퍽이나 기뻐하겠어요."

"또 말꼬리 잡는구나. 은행 신용대출은 뭐 하라고 있는데?"

"나는 한도가 넘어서 더 이상 대출이 안 돼요."

"네 직업은 돈을 안 받고 일하니?"

"받지만 그리 많지 않아요."

레몽은 소파에 주저앉았다.

"청바지에 운동화를 신고 장례식에 가는 사람은 없어." 레몽은 탄식했다. "대체 무슨 생각으로 가방을 싼 거니?"

"두세 가지만 생각하면서. 가령, 아버지 유골을 들고 비행기 여행을 하려면 어떻게 해야 하지? 왜 유령 아버지가 내 인생에 나타났을까? 이때까지 존재조차 모르던 여자와 아버지가 사랑에 빠져 있었다는 걸 알고서 느낀 감정, 그 여자의 유골을 훔치러 가야 하는 이유, 그러다 들키면 나에게 일어날 일……. 이런 생각으로 오죽하면 내가 토요일 바르샤바 연주회까지 까맣게 잊고 있었을까요. 그러니까 내 말은 가장 좋은 옷으로 차려입어야 한다는 걸 생각지도 못할 만큼 머리가 복잡했다는 거예요."

"믿기지가 않아, 이 불손한 태도." 레몽이 중얼거렸다. "전에는 이런 애가 아니었는데."

"믿기지 않는 건 나도 마찬가지예요. 그럼 불법으로 침입할 때 청바지 차림으로 하지 양복 차림으로 해요? 차라리 안 하는 게 낫지."

"그럼 양복을 훔치면 되겠네."

"뭐라고요?"

"알아들었잖아. 네가 훔치는 동안 내가 알아서 교란작전을 피우고, 너는 옷을 들고 상점에서 튀고."

"영구차를 훔치는 건 어때요? 그게 훨씬 간단하니 일석이조인데."

"기발한 생각이다! 바닷가까지 몰고 가기만 하면 되는

데……."

"아빠, 좀! 나도 농담 한번 해본 건데."

"그래, 그건 너무 위험해. 그 미친 남편이 타고 있을 텐데 차 밖으로 내동댕이칠 수도 없고. 마음에 드는 작전이지만 그건 안 되지 싶다."

트라이엄프가 집 앞에서 브레이크를 밟으면서 내는 바퀴 소리가 들렸다.

"여기 계세요." 토마가 말했다. "좀 덜 비뚤어진 계획이 있어요. 장담은 못 하지만 그래도 시도는 해보려고요."

토마는 병원에서 돌아오는 로렌을 만나러 차고 앞으로 나갔다.

"당직 근무 너무 고되겠어요." 토마가 로렌에게 물었다.

"좀 힘들죠." 그녀가 대답했다. "새벽 3시에 뇌손상 환자가 응급으로 들어오는 바람에 정신이 하나도 없었어요."

"네." 토마가 대답하면서 아직도 연기가 나는 고무타이어에 눈길을 던졌다.

로렌은 빨리 집에 들어가서 남편을 만나고 푹 쉬고 싶었지만, 토마가 문 앞을 가로막고 섰다.

"무슨 문제가 있나요?" 그녀가 걱정하는 얼굴로 물었다.

"제 부탁을 들으면 이상하게 생각하실 줄은 알지만, 혹시 양복도 임대해주실 수 있을까요?"

로렌은 놀란 얼굴로 토마를 쳐다봤다.

"알아요, 웃기는 부탁이라는 거. 깜빡 잊고 양복을 파리에 두고 왔는데 제 복장이 장례식에 가기에는 알맞은 차림이 아니라서요." 토마는 자신의 청바지를 가리키면서 설명했다. "정장 한 벌을 사면 좋겠지만, 여행 중에 지출할 것도 많은데 덥석 옷을 살 엄두가 나지 않네요."

"그렇겠어요." 로렌이 대답했다. "임대해줄 양복은 없지만 남편에게 양복을 그냥 빌려주라고 부탁할 수는 있어요. 사이즈도 내 남편이랑 거의 비슷한 것 같고. 안 입는 양복이 몇 벌 있기도 하고요. 따라오세요."

아서는 건축설계용 작업대에서 일하고 있었다. 그는 아내를 맞이하려고 일어서다가 따라 들어오는 토마를 발견했다.

토마가 아서에게 어색한 미소를 보이는 사이 로렌은 양복을 찾기 위해 옷장을 뒤지러 갔다.

"개인적으로는 파란색을 좋아하지만 장례식에 맞게 검은색으로 가져왔어요." 그녀는 정장 한 벌을 내밀면서 말했다. "다른 건 필요 없어요?"

"넥타이?" 토마가 차마 고개를 들지 못한 채 부탁했다.

"넥타이." 그녀는 다시 옷장을 향해 돌아섰다.

아서는 재미있다는 얼굴로 그 장면을 지켜보고 있었다.

"몇 사이즈 신어요? 원한다면 단화도 빌려줄 수 있는데요."

"44사이즈요. 빌려주신다면 거절하지 않겠습니다. 아버지가 운동화를 싫어하셔서서요."

"아버님은 시내에 계세요?"

"아니요, 말이 그렇다는 겁니다. 아버지는 오래전에 돌아가셨어요."

아서는 넥타이를 들고 돌아오는 로렌과 마주쳤다.

"나는 구두 찾으러 가." 그가 껄껄 웃으면서 말했다.

아서가 구두를 건네줄 때 토마는 자동차 키를 돌려주었다.

"내가 말한 대로 풍광이 좋던가요?"

"훨씬 아름다웠어요."

토마는 몇 번이나 고맙다고 말하면서 조심조심 물러났다.

"아무튼 특이해." 토마가 나가자마자 로렌이 나직한 소리로 말했다.

"그래도 호감이 가잖아." 아서가 덧붙였다. "집안에 이상한 일이 있었나 본데."

"장례식에 참석한다면서 어떻게 양복도 안 챙기고 비행기를 11시간이나 타고 올까?"

"아래층에 그 사람 혼자 있어?"

"내가 집에 들였을 때는 혼자였는데, 왜?"

"말소리가 들렸거든. 그것도 여러 번."

"혼잣말하나 보지. 나도 응급환자들을 보면서 가끔 혼잣말하는데, 뭐. 환자운반차가 말을 안 들을 때 뭐라고 구시렁거리기도 하고, 습포가 떼어지지 않을 때는 욕설을 내뱉기도 하니까."

"하지만 당신은 낭랑한 음색이라서 괜찮은데, 음색에 따라서 좀 이상하게 들릴 때도 있잖아." 아서는 아내에게 키스하면서 대꾸했다. "하여튼 어떤 느낌이 있긴 해."

"어떤 종류의 느낌?"

"그 남자 주위에 아우라가 감도는 것 같은."

로렌은 침실로 들어가려다 멈춰 섰다.

"어떤 종류의 아우라?"

"아우라에도 종류가 있는지 몰랐네. 근데 당신 왜 나를 그런 눈으로 쳐다보는데?"

"아무것도 아니야."

그녀는 침실 문을 닫았다.

*

"우리 이제 안심해도 되겠구나." 레몽이 안도의 숨을 내쉬었다.

아버지의 안도는 가식이 아니었다.

"턱시도 입을 테니 빈소에 가요. 주소가 어디예요?" 토마가 물었다.

"나도 정확히는 몰라." 레몽이 대답했다. "하지만 너에게 길을 안내할 수는 있어."

"어떻게요?"

"육감으로." 레몽은 태연하게 대답했다.

레몽은 그 이상 말해주길 단호히 거부하면서 산 사람들이 알면 안 되는 비밀을 누설한 죄로 즉시 불려가는 위험을 무릅쓰고 싶지 않다는 핑계를 댔다.

레몽은 목적지에 가까워져갈 때 더 구체적으로 길을 안내하겠다고 약속했다.

"파리에서 넥타이를 챙겨오지 않았다고 그렇게 구박하더니, 아빠는 장례식을 어디서 하는지도 모르네요!" 토마가 반격했다.

"푸르른 곳." 레몽이 고개를 들면서 덤덤하게 말했다.

"무슨 냄새가 나요?"

"집중하려고 노력하는 중이니까 방해하지 마."

"푸르른 곳. 둥둥둥, 북소리는 단서가 안 될까요?"

"조용히 해! 아주 푸르고 호화로운 곳이야. 그런 곳은 그녀의 남편이 골랐을 게 뻔해."

"어떤 곳인데요? 아빠의 집중력을 방해하려는 게 아니라."

"대리석, 금도금, 거대한 반구형 천장, 엄청나게 많은 사람, 고령의 연금 수령자들을 위한 고급 요양원 같기도 하고."

"그럼 묘지네요."

"아니야, 묘지와는 달라. 묘사하기가 힘들어. 이런 곳을 본 적이 없어서."

토마는 스마트폰을 꺼내서 몇 개를 검색하다 아버지에게 화면을 보여주었다.

"이런 데예요?" 토마는 샌프란시스코의 납골당을 보여주면서 물었다.

"그래, 맞아, 여기구나! 내가 찾았어!" 레몽이 외쳤다.

"아빠가 찾았다고요?"

"그럼 내가 찾았지. 토마, 너는 그 나이에 너무 과민한 게 탈이구나."

"원 로레인 코트, 납골당 주소예요. 고맙다는 말도 안 하는데 내가 미쳤지."

"아주, 많이, 대단히 고맙구나. 이제 만족하니?"

토마는 장소가 맞는지 확인하기 위해 사진들을 훑어봤다. 우선 납골당의 엄청난 크기에 놀랐다. 아버지의 말이 맞았다. 영안실은 호화스런 건물들에 둘러싸인 푸르른 공원 중앙에 위치해 있었다. 그중에서 가장 압도적인 것은 파리에 있는 군사박물관 앵발리드의 돔과 유사한 둥근 지붕이었다.

"어마어마하네. 이 많은 사람들 속에서 내가 어떻게 카미유를 찾지?"

"어떤 사람들인데요?"

"진짜 아주 이상해, 묘지가 아닌데 사람이 많단 말이야."

토마는 손가락으로 밀어서 화면을 넘기다가 한 사진 앞에서 혀를 내둘렀다. 돔의 양쪽으로 뻗은 측면에 넓은 방들이 있고 그 벽면을 따라 칸을 나눈 유리 진열장이 둘러져 있었다. 한 칸의 진열장마다 놓인 한 개 또는 여러 개의 유골함, 장식품, 개인용품, 액자 사진들이 한 삶의 역사를 말하고 있었다.

"아빠 말이 맞네요, 납골당에 많은 사람이 있는 건 당연하니까." 토마가 말하면서 자신이 발견한 사진을 아버지에게 보여줬다.

"이렇게 멍청할 수가! 절대 그녀를 못 찾을 거야." 레몽이 낙담했다.

"그렇게 비관적인 얼굴 하지 마요. 나한테 방법이 있으니까."

"어떻게 하려고?" 레몽이 걱정하는 얼굴로 물었다.

"카미유의 성이 뭔지 알면 디니테Dignité닷컴 사이트에서 장례식 장소를 알 수 있을 거예요. 성이 뭐예요?"

"브르르트트를." 레몽이 웅얼거렸다.

"뭐라고요?"

"브르르트트를." 아버지가 반복했다.

"무슨 그런 이름이 있어요?"

"바르텔! 남편의 성을 쓰니까. 이번에는 알아들었지?"

"아빠는 그 나이에 너무 질투심이 많은 게 탈이에요."

*

방으로 들어간 토마는 양복을 입고 넥타이를 매고 나와 아버지 앞에 섰다.

"훨씬 낫구나." 레몽이 인정해주었다. "마지막으로 해결할 게 한 가지 남았다. 이 동네에서 지하철역이나 버스 정류장을 못 봤어. 여기까지 올 때도 택시비가 많이 나오던데…… 집주인에게 차를 한 번만 더 빌려달라고 하는 건 너무 지나친 부탁이려나? 가서 머리 좀 빗어, 아주 엉망이구나."

"이미 신세를 너무 많이 져서 우버를 부를 거예요." 토마는 욕실에 들어가면서 외쳤다.

"뭐를 불러?"

"운전기사요." 토마는 거울 앞에서 머리를 가지런히 빗으면서 대답했다.

"너한테 우버라는 이름의 운전기사가 있어? 돈 없다고 그렇게 죽는소리를 하더니." 레몽이 중얼거렸다.

*

스코트 스트리트를 전속력으로 달리던 택시는 10분 후 납골당 철책 앞에 도착했다.

갓 손질한 잔디, 작은 숲, 꽃이 만발한 화단으로 이뤄진 장엄한 공원 중앙에 흰색 석조건물이 서 있었다. 화려한 스테인드글라스, 동을 입힌 우뚝 솟은 돔. 석조건물 양쪽으로 길게 이어지는 부속 건물들도 장엄했다.

"카미유는 여길 아주 싫어했을 텐데." 레몽이 철책을 넘으면서 구시렁거렸다.

"나는 아름다워 보이는데요." 토마가 딴지를 놓았다.

"이렇게 호화로운 곳은 그녀와 어울리지 않아. 틀림없이 남편이 선택한 거야. 늘 그랬듯이 허세를 부리려고. 우리가 함께 저녁을 먹으러 다니던 시절에도 그는 늘 그녀를 호화로운 레스토랑으로 데려갔지. 백만장자가 아닐 때였는데도. 자기는 마르지 않는 샘이라나 뭐라나 하면서. 그는 다른 사람의 의견을 물은 적도 없고, 아예 관심도 없었어."

"그래도 숨어 있는 장점이 한두 가지는 있으니까 카미유가 결혼했겠죠."

"젊은 혈기가 빚은 잘못, 그걸 말하는 거니?"

"내가 정곡을 찔렀나 봐요."

토마는 아버지의 침울한 표정을 보면서 농담할 때가 아니라는 걸 알아차렸다.

레몽은 납골당 쪽으로 나아갔다. 토마는 아버지가 먼저 들어가도록 문 앞에서 멈춰 섰다. 하지만 아버지는 움직이지 않았다.

"혼자 들어가. 나는 여기서 기다리는 게 낫겠어."

토마가 안으로 들어섰다. 빛과 정적이 연출하는 묘한 분위기가 감도는 납골당은 밝으면서 다소 바로크적이었다. 스테인드글라스를 통과한 햇빛이 모자이크 바닥에 색색 가지 수를 놓고 있었다. 반구형 천장 아래 여섯 열로 줄지은 나무 의자들이 현대식 대리석 재단을 마주 보게 놓여 있었다. 원형 홀은 높고 둥근 벽면으로 둘러싸여 있고, 그 벽면에 설치한 벽감마다 유골함들이 놓여 있었다. 그리고 여덟 개의 별실 벽감에 또 다른 유골함들이 들어 있고, 갓돌에는 그리스·로마 신화 속에 등장하는 바람의 신들의 이름이 새겨 있었다. 솔라누스, 에우로스, 노토스, 제피로스, 올림피아, 아르크투스, 아퀼론.

갑자기 토마의 등 뒤에서 누군가가 말했다.

"조명 때문에 오셨어요? 천장 중앙에 미러볼 조명을 설치해야 하는데, 아버지가 꼭 달고 싶어 하셔서요."

돌아선 토마는 자신과 비슷한 나이의 젊은 여자를 발견했다. 검은색 바지와 허리에 벨트를 맨 흰 블라우스, 거기에 크림색 볼레로를 걸쳐 세련미를 더한 차림. 전체적으로 우아해 보였다.

"아니요, 조명기사는 아닙니다." 토마는 목구멍에 걸려 있는 말을 참으면서 대답했다.

"음향 때문에 오셨어요?"

"그것도 아닌데요……."

여자는 눈으로 누구냐고 물었다. 토마는 아주 자연스럽게 사전 답사를 하러 왔다고 설명했다.

"프랑스인이세요?" 그녀가 몰리에르의 언어로 물었다.

"아니라고 주장하긴 어렵겠어요. 프랑스어를 아주 잘하시네요." 토마가 대답했다.

"부모님이 프랑스인이세요…… 아니, 어머니가 프랑스인이었죠. 나는 샌프란시스코에서 자라서 모국어여도 프랑스어를 할 때 억양이 좀 있어요."

"전혀 알아채지 못했는데요. 나는 음악하는 사람이에요."

"당신도 누군가를 잃었어요?"

"아버지."

"어떤 서비스를 선택하셨어요? 디니테닷컴에서 제공하는 서비스는 종류가 많아서 선택하기 어렵잖아요, 안 그래요?"

"어떤 서비스에 대해 말하는 건지요?" 토마는 경계하면서 물었다.

"그러니까…… 당신 아버님의 장례식요?"

"장례식은 이미 오래전에 치렀어요." 토마는 거짓말할 수가 없었다. "얘기하자면 너무 길어요. 그럼 당신은, 장례식이 언제예요?"

"내일. 늦은 아침인데 그 순간이 두려워요, 솔직히 말하면."

"더는 방해하지 않을게요, 할 일이 많으실 텐데. 만나서 반가웠어요…… 아, 미안합니다. 상황이 상황이니만큼 적절치 못한 표현이었네요, 미안합니다."

"미안해하지 마세요. 엄마가 돌아가신 뒤로 내 앞에서 슬픔을 쏟아내지 않는 사람은 당신이 처음이었어요. 나는 어머니를 잃었는데 친구분들은 본인의 슬픔만 얘기하거든요."

"그 마음 알아요." 토마는 미소 지으면서 대답했다. "아버지의 비서가 몇 시간 동안 내 어깨에 기대 하염없이 울어서 위로했던 기억이 나네요."

"이제 가봐야겠어요. 나도 당신을 만나서 반가웠어요. 그런데 이상하게 얼굴이 낯익은 것 같아요." 그녀가 악수하면서 덧붙였다.

토마는 인사를 하고 나가다 돌아서서 몇 마디 말을 건넸다.

"내일은 걱정하지 마요. 당일은 무슨 일이 일어나는지도 모르고 지나가니까요. 오히려 그다음이 문제죠. 더 이상 전화벨이 울리지 않고, 빈자리를 실감할 때."

"위안이 되네요, 고마워요."

토마는 공원을 가로질렀다. 아버지가 철책 뒤에서 기다리고 있었다.

"답사는 했니?"

"나는 그럴 권리가 없어요." 토마가 뇌까렸다.

"뭐가 그럴 권리가 없다는 거니?"

"그 제안을 너무 섣부르게, 덥석 받아들였어요. 아빠의 만족을 위해서 결과에 대한 깊은 고민도 없이요. 들켰을 경우 무슨 일이 일어날지도, 카미유의 가족도 생각하지 않고요. 그녀의 남편이야 아빠가 미워하니까 그렇다고 쳐도, 그녀의 딸은……. 그 딸에게서 어머니의 유해를 훔칠 권리가 나한테는 없단 말이에요."

레몽은 뒷짐을 지고 항구 쪽으로 내려갔다. 토마가 쫓았다.

"무슨 말인지 이해하잖아요?"

"우리가 마치 시신이라도 훔치는 것처럼 말하는데 그건 아니지. 어차피 어딘가에 뿌려 날려버릴 재에 지나지 않는데."

"그건 아니죠, 딸이 납골당에 엄마를 모시길 원한다면요. 가족과 친지들이 추모를 위해 모일 수도 있고요."

"토마, 죽은 이들이 있는 곳에다 우리를 버려두면 안 돼. 카미유와 나는 아주 오랜 세월 합쳐지길 기다렸어. 마농은 앞날이 창창하지만 우리의 생은 과거가 됐잖아."

"마농…… 그녀의 이름을 알고 있었어요?"

"잠깐, 네가 느끼는 그 양심의 가책을 날려버릴 좋은 생각이 있어."

"또 무슨 이상한 제안을 할지 이제 무섭기까지 해요."

"너는 그냥 카미유의 재를 내 유골함에 붓고 그녀의 유골함에는 모래를 채우는 거야. 우리가 묵는 집에 굴러다니는 먼지를 채워 넣어도 되고. 진공청소기로 한 번만 쭉 빨아들이면 되지. 딸은 물론이고 그 누구도 알아채지 못할 거다. 추모를 꼭 무덤 앞에 와서 해야 하는 걸까? 어디서든 원하는 만큼 할 수 있어."

"그래도 진공청소기로 빨아들인 먼지 앞에서 추모……. 그걸 기발한 생각이라고 할 수 있어요?"

"인간은 먼지로 태어나 먼지로 돌아간다, 이건 내가 지어낸 말이 아니야!"

"아빠는 일말의 망설임도 없네요!"

"이런 고집이 있었기에 내가 수많은 생명을 구했던 거야. 기껏 낳아서 키운 자식들이 진열장 안의 벽감에다 우리를 가둬놓겠다고? 우리가 그런 대접을 받아 마땅하다고 생각하니? 알려줘서 고맙구나! 말년에는 양로원, 그다음에는 납골당…… 우리 인생은 고작 그것밖에 안 되는구나."

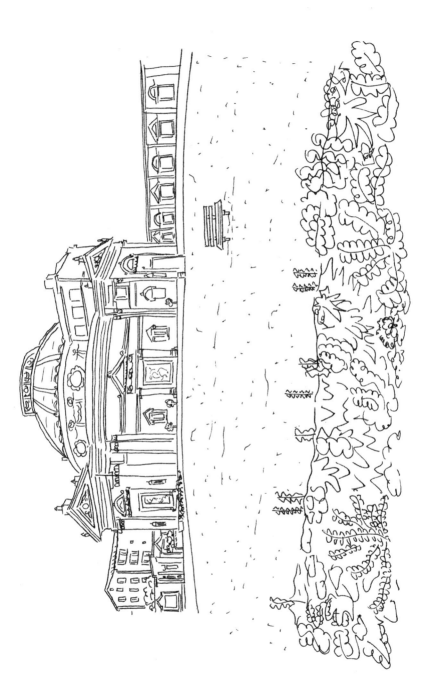

10

토마는 아르겔로 대로에 있는 프랑스 베이커리 아르시코의 테라스에 자리를 잡고 앉았다.

"콜룸바리움*." 레몽이 중얼거렸다. "납골당을 왜 콜룸바리움이라고 부르나 했더니 딱 비둘기장이네. 근데 우리가 거기 있는 동안 왜 비둘기가 한 마리도 안 보였지?"

"아무튼 우리는 다른 계획을 세워야 해요."

"그렇지 않아도 두 가지가 있어." 레몽이 대답했다. "네가 먹으면서 내는 소리 때문에 집중이 안 되는 게 문제지만 아까부터 생각하고 있었다. 플랜 B부터 말해볼게."

"왜 플랜 A가 아니고요?"

---

*   Columbarium. 비둘기장을 뜻하는 말로 고대 로마에서는 유골을 쌓아 안치하는 납골당을 가리켰다.

"첫 번째는 네가 무조건 거부할 걸 아니까. 좋아, 그럼 말할 테니까 들어봐. 너는 슬그머니 조문객들 속에 끼어 있다가 장례식이 끝나면 어슬렁거리면서 시간을 끌어. 설마하니 그 넓은 공간에 숨어 있을 만한 구석이야 있겠지. 어두워지면 다시 나와서 유골함을 슬쩍 들고 나오는 거야. 어때, 간단하지?"

"또 하나는 뭔데요?"

"내가 이럴 줄 알았다니까! 플랜 A도 시작은 같아. 필시 조문객이 많을 거야. 카미유는 사랑받은 여자였으니까. 자만심이 강한 그녀의 남편은 많은 사람을 초대해서 융숭한 대접을 하려고 들겠지. 조문객들이 식사하러 몰려 나가면 너는 혼자 있게 된 때를 이용해서 그녀의 재를 내 유골함 속에 부어 넣은 다음, 그녀의 유골함을 제자리에 두고 나오면 끝나는 거야. 아무도 알아채지 못할 거다."

"그 아무도 알아채지 못한다는 말, 진짜 짜증 나요! 그래도 나는 아빠가 내가 제기한 도덕적인 문제를 고려할 줄 알았어요."

"그 문제를 고려한다고 한 건데……." 레몽이 마지못해 대꾸했다. "하지만 그렇지 않다니까 타협안을 제시하마. 카미유의 재를 유골함에 조금 남겨둬도 돼. 그런다고 크게 달라질 건 없으니까. 그러면 그녀의 딸은 빈 유골함에 추모하러 가는 건 아니니까 됐지? 하지만 조금만 남겨!"

황당한 제안이었지만 토마는 결론을 빨리 내리고 싶었다. 그는 마지막 남은 한 입까지 크루아상을 먹어치운 다음 손가락을 빨면서 그러겠다는 뜻으로 고개를 끄덕였다.

"양복 더러워질라." 아버지가 잔소리를 했다. "가서 옷 갈아

입고 나와서 관광이나 좀 하자."

*

케이블카가 캘리포니아 스트리트를 내려가고 있었다. 레일
에 부딪히면서 케이블카가 덜컹거리자 토마는 그 리듬에 맞춰
손가락으로 장의자를 두드렸다. 아버지가 웃는 얼굴로 케이블
카 승강대에 서 있는데 가까이에서 보니 이상하게도 아버지의
머리칼은 바람에 흩날리지 않고 있었다. 토마는 그 모습을 한
동안 관찰하다 아버지가 훨씬 젊어져 있다고 확신했다.

종착역에 가까워지면서 케이블카가 속도를 늦췄다. 레몽은
아들에게 따라오라고 하면서 아직 운행 중인 케이블카에서
펄쩍 뛰어내렸다.

"아빠의 세상에서는 시간이 거꾸로 흘러요? 시계가 반대
방향으로 도는 것처럼요." 토마가 물었다.

"내 입을 열게 하려고 유도신문을 하고 싶은가 본데 이렇
게 어설퍼서야. 아들아, 나는 목표를 코앞에 두고 일을 망치
고 싶지 않아. 너는 왜 내가 생전에 한 일에 대해서는 관심이
없고 내가 죽은 뒤에 일어난 일에만 질문이 많은 거니? 흘러
가는 시간에 관심이 있다면, 우리가 대화 없이 보내면서 잃어
버린 시간을 만회하고 싶다면 지금이 기회야. 빙빙 돌리지 말
고 물어보렴. 네 아버지에 대해 알고 싶은 게 뭐니?"

이 질문에 토마는 깊은 생각에 빠져들었다.

바르텔 씨는 납골당의 반구형 천장 아래 줄지어 배치한 의자들을 점검하고 있었다. 그는 약간 비뚤어지게 놓인 의자 하나를 똑바로 놓았다.

"이런 사소한 것까지 그렇게 애쓰지 마세요. 엄마의 장례식에 참석하는 분들은 신경도 쓰지 않을 텐데. 그리고 엄마는 약간 무질서한 걸 좋아하는 거 아시잖아요."

"그 점에 있어서 네 엄마와 나는 상호보완적 역할을 아주 잘 수행했지." 바르텔 씨가 대꾸했다. "아무튼 나는 이런 꼴 못 봐."

"어쨌든 이제는 엄마 따라다니면서 정리할 일이 없어졌네요." 마농이 응수했다.

바르텔 씨는 마농에게 다가가서 손을 잡았다.

"애도하는 방식은 각자 다른 거야. 너는 엄마를 잃었고, 나는 아내를 잃었어. 내일은 모든 것이 완벽하길 기대하마. 오르간 연주자는 만났니?"

"아직 안 왔어요." 마농이 설명했다. "하지만 장비는 배달이 왔고, 건반은 너무 눈에 띄지 않게 제단에서 멀찍이 떨어진 곳에 설치하라고 했어요."

"그러면 음악 소리가 들리려나?" 바르텔 씨가 걱정했다.

"전자오르간이니까 볼륨을 올리면 돼요."

"우리가 고른 곡의 목록 가져오는 거 잊지 않았지?"

"아빠가 작성한 대로 악보, 장례식 식순에 따른 악보 목록, 다 챙겨왔어요. 나가서 크로노미터를 사울 수도 있고요, 그래야 안심이 된다면요."

"그렇게까지 요구하는 건 아냐. 준비는 다 된 것 같으니 나는 사무실에 갔다가 나중에 다시 오마."

"여긴 준비 끝났어요." 그녀가 천장을 올려다보며 대꾸했다.

마농은 아버지가 나가길 기다렸다가 의자 몇 개를 움직여 어머니가 그토록 좋아하는 무질서한 상태로 만들었다.

납골당 직원이 오르간 연주자를 데리고 왔다.

육십 대 남자였는데 가슴 장식이 달린 셔츠에 가랑이가 넓은 바지 차림이지만 조의를 표한다는 뜻을 확실히 보여주겠다는 듯 표정이 엄숙했다. 마농은 연주자에게 악보 목록과 장례식의 세밀한 스케줄표를 건네주었다. 그러고는 연주 연습을 지켜보기 위해 기둥에 기대고 서 있었다.

연주가 시작되자마자 마농은 울컥하면서 눈물이 차올랐다. 그녀는 밖으로 나가 잔디 쪽으로 걸어가면서 갓 깎은 풀 냄새를 한껏 들이마셨다.

마농은 장례식만큼이나 다가오는 저녁이 두려웠다. 아버지 집에 가서 저녁을 먹으면 침묵 속에서 자리가 끝날 텐데. 자존심을 버리고 친구에게 구원을 요청할 수도 있을 것이다. 여자들끼리 저녁을 먹으면서 술이라도 한잔 마시는 것이 훨씬 위안이 될 터였다. 어머니도 슬픔에 잠긴 딸을 보는 것보다 그 모습을 더 좋아할 거였다.

"엄마, 이제 그 위에 있으니까 기억이 나요?" 그녀가 하늘을 쳐다보면서 중얼거렸다. "죽음으로 인해 기억이 돌아왔으면 좋겠어요. 엄마가 여기서 편히 쉬고 있으면 내가 가끔 와서 엄마 옆에 앉아 우리가 함께했던 순간들을 얘기해줄게요, 지난 몇 년간 그랬던 것처럼. 엄마가 내 곁에 있다는 걸 알아요. 아직은 엄마의 존재를 느껴요. 어릴 때의 기억이 떠올라요. 내 얼굴을 쓰다듬던 엄마의 손길, 내 뺨이 젖도록 애정과 사랑을 듬뿍 담은 엄마의 뽀뽀, 다정한 말, 폭발적으로 표출하던 기쁨, 내 인생을 빛나게 해준 솔직성, 테라스에서 함께 먹던 점심. 비밀 얘기를 나눌 때는 웃음이 터지기도 하고 의견 대립도 있었잖아요. 엄마의 부재를 오래오래 느끼겠죠. 내일 나는 조문객들 앞에 나서서 추모사 같은 건 하지 않을 거예요. 그래도 섭섭해하지 마요. 아무 말도 할 수 없어서 그래요, 고통이 너무 커서. 그리고 내 말은 오직 엄마를 위해서, 우리 둘만을 위한 거예요. 내일 봐요, 엄마."

마농은 무거운 마음으로 장례식이 열릴 빈소로 돌아갔다. 오르간 연주자가 악보를 분류하고 있었다. 그녀는 연주자가 떠나기 전 그에게 눈인사를 보냈고, 꽃다발을 제단에 올려놓은 후 맨 마지막 줄에 있는 의자에 앉았다.

*

토마는 마켓 스트리트를 산책하고 있었다. 그는 안경점 앞에 멈춰 서서 선글라스를 구경하다 진열창에 비친 아버지를 보고 깜짝 놀랐다. 40년대 모델의 레이밴 빈티지 선글라스를 쓰고 있었다.

"나 어떠니? 내일을 위하여."

"어떻게 한 거예요?" 토마가 물었다.

"전혀 모르겠어. 매 순간 새로운 능력을 발견하면서 나도 놀라는 중이야. 재미있기도 하고. 하지만 나도 내가 무서워지려고 하니 조심해야겠다. 아까 이 가게 앞을 지나갈 때 네 엄마가 굉장히 즐거워하던 가장무도회가 기억났어. 이 선글라스에 가발을 쓴 내 모습을 상상해봐. 네가 어떤 얼굴을 할지 궁금하네. 이 선글라스 쓸까 말까?"

"이미 쓰고 있으면서."

"나한테 잘 어울리는지 물은 거야."

"에어쇼에 가는 거면 완벽한데, 내 가죽점퍼를 빌려줄 수도 있고요."

레몽은 선글라스를 콧등으로 내리고 아들을 노려봤다.

"아주 미남이세요." 토마가 칭찬했다.

"네 엄마를 만났을 때 똑같은 선글라스를 끼고 있었어. 어떻게 만났는지 듣고 싶니?"

"그 얘기는 백 번도 더 들었지만 기꺼이 들어줄게요."

"네가 알고 있는 건 진짜가 아니야."

레몽은 걸으면서 잔의 마음을 어떻게 사로잡았는지 얘기했다.

"부시코 병원에서 인턴을 하고 있을 때였지. 응급실에서 당직 근무를 하던 어느 날 밤, 오토바이 사고를 당한 젊은이가 처참한 상태로 실려 온 거야. 여름휴가 시즌이라서 직원도 별로 없고, 어시스트해줄 의사도 없이 처음으로 나 혼자서 수

술해야 하는 상황이었어. 나는 최선을 다했지만 역부족이었고, 젊은이는 수술 도중 사망했지. 첫 수술 환자의 테이블 데스, 그것이 내 인생에 한 획을 그을 줄이야. 그걸 생각하면 얼마나 아이러니한지. 나는 환자의 가족에게 알려야 했어. 수술 장갑, 모자, 수술복을 벗고 대기실로 향했지. 대기실에 들어가니 다른 가족은 아무도 없고 젊은 여자 한 명만 장의자에 앉아 있는 거야. 대번에 눈에 들어왔어, 아름다운 여자였으니까. 그 여자가 고개를 들었고, 나는 젊은이 때문에 와 있다는 걸 알아차렸어. 내가 슬픈 소식을 전하자 그 여자는 어떤 감정도 내보이지 않고 의연하게 들었어. 고맙다고 말하고는 그 여자가 대기실을 나가는데 정신이 멍했지. 근무를 끝내고 병원을 나가다가 낮은 담장에 올라앉아서 뜨거운 눈물을 쏟고 있는 여자를 발견했어. 그 여자는 밤새 그러고 있었던 거야. 아직도 내가 왜 그랬는지는 모르지만, 그 여자에게 다가가서 약간 강압적인 목소리로 따라오라고 말했지. 그 여자는 순순히 내 차, 심카 1100에 올라탔어. 우리는 한마디도 나누지 않은 채 트루빌까지 내달렸지. 나는 레바퀴르 레스토랑 앞에 주차를 하고 크레이프를 주문해서 먹었어. 서로에게서 시선을 떼지 않은 채, 여전히 침묵하면서. 돌아가는 길에도 침묵은 계속되었지. 나는 그 여자를 집 앞까지 바래다주었고 그 여자는 또 고맙다는 말만 했어. 재미있는 만남 아니니?"

"아빠가 말하는 '재미있는'이 무슨 의미인지 가끔 내 이해 범위를 벗어나긴 하지만 흔한 만남이 아니라는 건 인정해요. 그다음은요?"

"마침내 네 아버지의 인생에 관심을 보이니까 좋구나."

"엄마도 약간 선수였던 거 아니에요?"

"응, 그랬다고 봐야지……. 그리고 3년이 흘렀지. 3월 21일이었어. 나는 그 날짜를 똑똑히 기억해. 봄이 시작되는 춘분이었으니까. 오래전에 내가 자선 칵테일파티에 가겠다고 약속한 적이 있었는데 막상 때가 가까워지자 그 약속을 지키고싶은 마음이 전혀 없더라고. 양심의 가책 때문에 마지막 순간에 할 수 없이 갔지. 파티는 샹젤리제 극장 꼭대기 층에서 열렸어. 전망에 감탄하고 있을 때 네 엄마가 나타났어, 무릎까지 오는 빨간 드레스 차림으로. 숨이 멎을 정도로 아름다워서 그녀에게서 눈을 떼지 못했지. 그녀는 나에게 미소를 지어 보이고는 군중 속으로 사라져버렸어. 네 엄마는 내가 자기를 알아보지 못한 걸 알고 있었던 거야. 이유는 묻지 마, 여자의 본능은 그 어떤 피조물의 본능보다 훨씬 신비로우니까. 변명을 하자면 그녀는 내가 트루빌까지 데려갔던 눈물에 젖은 여자와는 전혀 닮은 데가 없었거든. 그 일이 있은 후 세월이 흐르기도 했고. 우리는 한 시간 동안 술래잡기를 했어. 친구들과 얘기하고 있는 그녀를 발견하고 테이블로 다가가자 그녀가 일어나서 다른 자리로 가버리는 거야. 내가 스탠드바로 다가가니 또 일어나 다른 데로 가서 앉더군. 그러다 갑자기 등 뒤에서 목소리가 들렸어. '내가 누군지 전혀 모르겠죠?' 너는 피아니스트니까 이해가 될 거다. 음에 민감한 너의 귀, 그건 나한테서 물려받은 거야. 내가 얼굴은 잘 기억 못해도 목소리는 절대 잊지 않거든. 낮고 아름다운 음색으로 나에게 두 번이나 고맙다고 했던 그 여자의 목소리는 당연히 잊지 못하지. 나는 돌아보지 않은 채 대답했어. '바닷가에서의 초코 생크림 크레이프, 그건 기억 안 나나 봐요?' 너에게 고백하면서 자존심에 스크래치는 좀 나지만 아무튼 나는 유치하게 되받아치는 걸로 네 엄마를 유혹했어."

"아, 재미있네요." 토마는 즐거웠다. "계속해요."

"우리는 전화번호를 교환했지. 유선전화를 말하는 거야. 휴대폰이라는 건 장관들의 관용차에나 있던 시절이니까. 그 다음다음 날 그녀의 집으로 전화를 걸었더니 바로 그날 비아리츠로 취재를 떠난다는 거야. 네 엄마가 주간지 《파리 마치》에서 기자로 일하고 있을 때였거든. 그녀는 돌아와서 연락하겠다고 약속했지만 비아리츠에서 전화를 걸어 왔어. 그날이 금요일이었는데, 바닷가의 한 술집에서 기사를 쓰는 중인데 일요일에 돌아갈 거니까 같이 저녁을 먹자고. 그런데 일요일 저녁에 문을 여는 레스토랑은 역 주변이나 상가건물밖에 없으니 데이트 장소로는 좀 그렇잖아. 그래서 브르타뉴 거리에 있는 나의 작은 아파트로 그녀를 초대했지. 나는 아침부터 나가서 장을 봤고, 오후 내내 음식 준비를 했는데 오후 5시경에 전화가 또 왔어. 일요일에 오를리공항에 도착하면 교통체증이 걱정이라 월요일에 비행기를 타기로 했다면서."

"그래서 어떻게 했어요?" 토마가 물었다.

"혼자 먹었지. 우리가 두 번째로 만나게 되면 그 만남에서 끝날 거라고 확신하면서."

"그렇게 끝나지 않았잖아요."

"예리한 지적이구나. 그렇게 끝났다면 너는 태어나지 않았을 테니까. 이튿날 출근하려고 나가는데 현관문 앞에 소포가 놓여 있는 거야. 유산지에 싸인 가토 바스크가 들어 있고, 메모가 적혀 있었어. 좋은 하루 보내라고."

"그럼 일요일 오후에 비아리츠에서 돌아온 거잖아요?"

"그렇지, 일요일 오후에 돌아와 있었던 거지. 밤사이 순간 이동을 했다면 몰라도."

"이해가 안 돼요."

"그래서 네가 여자에 대해 더 많은 걸 배워야 한다는 거야. 네 엄마는 내 집에서 둘만의 만남이 이뤄지는 걸 원치 않았던 거지."

"가토 바스크를 발견하고 어떻게 했어요?"

"당직 근무 하면서 먹었지."

"아니, 엄마한테 어떻게 했냐고요? 전화했어요?"

"그러면 너무 식상하잖아. 그녀가 일하는 파리 마치로 꽃다발을 보냈지."

"와우, 로맨틱하네요."

"아니, 로맨틱하고는 거리가 멀어. 보복 심리가 깔린 계산적인 행동이었으니까. 그녀의 직장으로 꽃을 배달하는 건 교묘히 앙갚음하려는 것이었어. 꽃다발이 도착했을 때 직장 동료들이 어떤 반응을 보였을 거 같니?"

"그게 왜 계산적이에요?"

"꽃을 보낸 남자가 누구냐고 캐묻는 동료들에게 일주일 내내 시달릴 게 뻔하니까. 나를 잊고 싶어도 잊을 수가 없잖아!

내 전략은 통했고, 우리는 며칠 지나지 않아서 만났지. 그리고 저녁을 먹고 나온 뒤로는 헤어지지 않았어."

"아빠가 카미유를 만난 그 여름이 올 때까지는."

"그건 그렇게 15년이 흐른 뒤였어. 나는 네 엄마와 함께 산 15년, 그 모든 날들을 전혀 후회하지 않아."

토마는 아버지 쪽으로 고개를 돌렸다. 아버지가 그를 뚫어져라 응시하고 있었다.

"왜 그래요?" 토마가 물었다.

"내 뒤쪽을 봐." 레몽이 감탄했다.

데이비스 심포니 홀의 정면이 보였다. 세계에서 가장 아름다운 콘서트홀 중 하나였다.

"내가 왜 한 시간 동안이나 내 얘기를 하면서 너를 끌고 다녔다고 생각하니? 너를 데려가고 싶은 곳이 여기라고 말했다면 네가 거부했을 테니까. 자, 들어가자."

"생각해줘서 고맙지만 돈키호테가 풍차를 향해 돌진하듯 여기 들어가고 싶지는 않아요."

"네가 풍차에 뛰어든 적이나 있고? 그런 적도 없으면서 어떻게 알아? 나는 여행할 기회가 있을 때마다 세계 곳곳의 동료 의사들이 일하는 병원을 둘러보고 싶어 했는데. 내 아들이 어떻게 이 정도로 호기심이 없는지 믿기지가 않아."

토마는 기둥에 붙은 포스터 앞으로 다가갔다.

'대니얼 하딩(지휘자)', '러시아 국립 오케스트라 지휘자 미하일 플레트뇨프', '아네조피 무터(바이올리니스트)', '장이브

티보데(피아니스트)', '엘렌 그리모(피아니스트)'…… 앞으로 몇 주 안에 연주할 뮤지션들의 목록. 이 콘서트홀은 꿈에 그리던 무대가 아닌가. 그래서 토마는 정문을 밀고 들어갔다.

홀은 텅 비어 있었다. 매표소를 지키고 있는 직원 한 명을 제외하고는.

"사회생활을 어떻게 하는지 좀 가르쳐야겠어." 아버지가 속삭였다. "직원에게 콘서트홀을 둘러봐도 되겠냐고 물어봐. 그리고 네 소개를 해…… 프랑스의 명성 있는 피아니스트인데 샌프란시스코에 출장 왔다고. 나는 네가 극진한 환대를 받을 거라고 확신해."

"나는 그냥 피아니스트예요, 명성이 없는." 토마가 반박했다.

"너는 내 아들이야. 부탁인데 자신감 넘치게 행동해."

직원이 잠깐 기다리라고 하면서 수화기를 들었다. 얼마 후, 데이비스 심포니 홀의 홍보 담당자가 나타났다. 아버지가 예측했던 대로 홍보 담당자는 토마의 방문을 기뻐했다. 그는 토마를 복도로 안내하면서 연주 경력을 묻는 것으로 연주자를 사칭하는 사람이 아닌지 아주 세련되게 확인했다. 토마가 최근에 공연한 연주회들을 열거하자 담당자는 깜짝 놀라면서 12월의 스톡홀름 공연 때 여왕 앞에서 토마가 연주한 모차르트의 〈협주곡 23번〉이 호평받은 것을 알고 있다고 말했다.

"실비아 여왕 앞에서 하는 연주라서 얼마나 떨었는지 모릅니다." 토마는 겸손하게 대꾸했다.

홍보 담당자는 무대 뒤를 지나서 2700석 규모 대형 홀의 무대로 안내했다.

그는 천장에 달아놓은 오목한 패널을 가리키며 음향효과를 높이기 위해 청중과 교향악단 규모에 맞게 설치한 음의 반향 장치라고 자랑스럽게 말했다. 토마는 마르셀이 봤으면 몹시 부러워했을 거라고 생각했다.

"양쪽에 보이는 벽걸이 천도 뗐다 붙였다 할 수 있어요." 홍보 담당자가 덧붙였다. "이것도 잔향, 즉 음원이 진동을 그친 뒤에도 음이 계속 들리게 하는 효과를 주지요. 음향효과를 직접 시험해볼 기회를 드리고 싶지만 엔지니어들이 이미 오늘 저녁 공연을 위해 작업을 마친 상태라서 아쉽습니다. 따라오세요, 보여드릴 게 또 있어요."

토마가 홍보 담당자를 따라가자 아버지도 감탄 어린 표정으로 두 사람을 따랐다. 그들은 반대쪽 문으로 무대를 나가서 옆 건물과 이어지는 통로로 들어갔다.

"연습실을 두 개 갖추고 있는데, 보면 놀라실 겁니다." 홍보 담당자가 설명하면서 밝은 참나무 문 앞에서 멈춰 섰다.

토마는 또 한 번 놀랐다. 연습실의 규모가 필하모니 교향악단 전체를 수용할 수 있을 정도로 컸다.

"굉장하죠? 원래는 발레단이 실제 같은 상황에서 훈련할 수 있도록 설계된 홀이었어요."

홀은 큰 정도가 아니라 거대했고, 무대 위에 놓인 뵈젠도르퍼 피아노가 위용을 자랑하고 있었다. 토마는 개인적으로 낮은 음에서 독보적으로 깊은 음을 내는 스타인웨이 피아노를 선호했다.

"한번 쳐보세요." 담당자가 제안했다.

토마는 마다하지 않았다. 건반에 손도 대지 않은 지 어느 새 사흘이 지났다. 토마는 의자에 앉았고 라벨의 〈물의 유희〉를 치면서 손가락을 푼 다음, 쇼팽의 〈연습곡 다장조〉와 〈연습곡 다단조〉를 연주했다. 홍보 담당자는 토마의 연주를 듣는 영광을 대놓고 기뻐했다.

토마는 마지못해 건반에서 손을 떼면서 홍보 담당자에게 친절한 안내와 연주할 기회를 준 것에 고맙다고 말했다.

"언젠가 꼭 방문해주십시오. 우리는 세계 각국의 음악가들을 초대하고 있습니다. 우리의 청중은 새로운 음악가들을 열렬히 환영합니다. 여러 프랑스 음악가가 여기서 연주를 했고, 이달 말에는 피아니스트 엘렌 그리모가 연주할 예정입니다."

"농담이시죠?" 토마가 대꾸하는 순간 아버지의 팔꿈치 가격이 날아왔다. 빗나가지 않았다면 아마도 비틀거리다 넘어졌을 것이다.

"의향이 있다면 제 주소를 드리겠습니다." 홍보 담당자가 명함을 내밀면서 말했다.

담당자는 아티스트 전용 출구까지 토마를 배웅하고 악수를 청했다.

*

"어째, 내 말이 맞지?" 레몽이 말했다. "나도 너에게 도움을 줄 수 있다니까. 홍보 담당자의 제안이 실현되면 우리 비기는 거다!"

그린 스트리트의 집으로 가는 도중 레몽은 아침의 운전기사와 전혀 닮지 않은 기사를 보면서 차가 바뀌었을 때보다 훨씬 놀랐다.

세인트 패트릭 교회 앞을 지나가는데 영구차가 세워져 있었다. 토마가 갑자기 아버지 쪽으로 고개를 돌렸다.

"아빠의 플랜은 중대한 문제가 있어요."

"완벽한데 뭐가 문제인지 모르겠구나. 하지만 플랜 B가 더 낫다고 생각한다면 네 뜻대로 해."

"A와 B, 둘 다 시작은 똑같잖아요. 누구의 눈에도 띄지 않게 조문객들 속에 끼어드는 방법을 찾아야 해요."

"신부님으로 위장한다면 모를까, 나는 다른 방법을 모르겠는데. 그리고 뜬금없이 무슨 문제가 있다는 건데?"

"내가 마농을 만났잖아요. 그러니 남몰래 움직여야 해요. 그녀는 필시 나를 알아볼 테고 내가 무슨 자격으로 자기 어머니의 장례식에 참석하는지 의문일 거예요."

"그러게 왜 마농을 만났어?" 레몽이 핀잔을 주었다.

"사전 답사 하라고 나를 혼자 들여보냈기 때문인 것 같은데, 기억 안 나요?"

"그래, 내 탓 맞네. 그래도 너희는 우연히 마주친 거니까 내일이면 너를 만난 것도 기억 못 할 거야. 내 말을 믿어, 마농은 지금 정신이 없으니까."

"몇 마디 대화도 나눴는데……."

"얼마나?" 레몽이 팔짱을 끼면서 격노했다.

"몇 분 정도."

"카미유의 딸에게 작업 멘트를 날리고 있었던 건 아니고?"

"그 분야 선수인 아빠의 입에서 그런 말이 나오니까 진짜 웃기네요! 그리고 나는 그딴 짓 안 해요. 그녀가 나를 발견하고 여기서 뭐 하냐고 묻는데 아무 말도 안 하고 후다닥 도망쳐야 했을까요?"

"기억에 남을 만한 말이 아니라 그냥 진부한 대화만 한 거지? 마농은 요 며칠 사이 많은 사람을 만났을 거야. 장례식장 직원들, 꽃집 사람, 요리 배달하는 사람……. 걱정할 필요 없어, 너를 기억 못 할 거야."

"그래도 마음에 걸리는데……." 토마가 한숨을 내쉬었다.

"정확히 마농에게 뭐라고 했는데? 어디 들어보자, 한마디도 빠뜨리지 말고!"

"내일 일어날 일은 두려워하지 말라고, 부재로 인한 아픔은 장례식을 마친 뒤에 오며 아주 오래갈 거라고."

레몽은 조심스럽게 아들을 쳐다봤다.

"경험담이니? 아니면 미리 용서를 구하는 뜻에서 그런 말을 한 거니?"

토마는 차창 쪽으로 고개를 돌렸다.

"그런 립 서비스를 하는 동안 너의 초자아는 뭘 했는지 모르겠다만 너의 자아는 한창 작업 멘트를 날리는 중이었다고 단언할 수 있어. 바보같이 처신하면서."

166

택시가 그린 스트리트의 집 앞에서 멈췄다. 아서가 사브의 보닛을 활짝 열어놓고 엔진을 들여다보고 있었다. 토마가 그에게 다가갔다.

"고장이에요?"

"액셀을 밟았는데 시동이 걸리지 않아서요. 대체 뭐가 문제인지 알 수가 있어야지."

"도와주고 싶지만……."

"연료펌프." 레몽이 중얼거렸다.

"점화 플러그에 그을음이 껴서 그런가." 아서가 추측했다. "아무래도 정비소에 맡겨야겠어요. 오늘 저녁은 외식을 할 거라 안 되고. 트라이엄프는 타지 않으려고 했는데. 뭐라고 했어요?"

"……연료펌프의 관을 뽑고 입으로 불어서 이물질을 제거한 다음 다시 꽂아." 레몽이 확신에 찬 어조로 설명했다. "의심의 눈초리로 쳐다보지 마, 수년간 사브 900을 몰면서 내가 얼마나 관리를 잘했는데. 틀림없다니까."

그래서 토마는 아버지가 한 말을 또박또박 반복했다.

"연료펌프 관…… 그럴지도. 그게 어디 있는지 알아요?" 아서가 물었다.

"여기." 레몽이 손가락으로 가리켰다. "젠장, 내가 할 수만 있다면 벌써 고속도로를 달리고 있을 텐데."

"이거요." 토마가 태연하게 대답했다.

아서는 차고에서 연장을 들고 나와 조임 나사못을 풀은 후 입으로 펌프 관을 불어서 이물질을 제거한 다음 제자리에 꽂

왔다. 그리고 핸들 앞에 앉았다.

"액셀을 여러 번 밟아야 해, 아니면 시동이 안 걸릴 거다!"

"액셀을 여러 번 밟아봐요." 토마가 조언했다.

아서가 키를 돌리고 액셀을 밟자 엔진이 부르릉거리면서 시동이 걸렸다.

"대박, 덕분에 살았어요."

"천만에요." 토마가 대꾸했다.

"아니에요, 나를 구해준 거예요. 내일 하루를 정비소에서 날릴 뻔했는데. 그래서 말인데, 친구들과 저녁 식사 자리에 우리랑 같이 갈래요?"

토마가 시차 때문에 아무래도 힘들겠다고 사양했지만, 아서가 한사코 우겼다.

"가서 또래 사람들과 어울려서 놀아. 나는 그동안 조용히 너의 실수를 바로잡을 방법을 궁리하고 있을게. 너무 늦게 오지는 말고. 9시에는 정장에 넥타이 매고 면도와 머리까지 모든 준비를 마치고 나가야 하니까!"

토마는 아버지에게 본인은 열 살짜리 어린애가 아니라고 상기시키고 싶은 마음이 굴뚝같았지만 아서가 있어 꾹 참았다.

레몽이 돌아서 문을 통과하며 집으로 들어갔다.

아서는 조수석 문을 열어주면서 토마를 올라타게 했다.

"병원에 들러서 로렌을 태우고 곧바로 레스토랑으로 갑시다. 우리 친구들과 잘 통할 거예요. 폴이란 친구가 있는데 내 동업자였다가 작가가 되었죠. 폴의 아내는 어쩌면 당신도 알수도 있어요. 미아 배로우라는 영국 배우거든요. 두 사람은

파리에서 만났고, 폴은 파리에서 꽤 오래 살았으니 할 얘기가
많을 겁니다."

　사브가 출발했다. 창가에 서서 자동차가 멀어져가는 걸 지
켜보고 있던 레몽은 납골당으로 향했다.

11

오랜 친구들과 손님 한 명이 모인 유쾌한 저녁 식사 자리였다.

캘리포니아 억양이 세지 않아서 알아들을 수는 있었지만 계속 이어지는 대화의 속도 때문에 토마는 따라가는 데 어려움을 느끼고 있었다. 하지만 모르는 언어를 사용하는 사람들과 어울리는 것에 익숙해 있어서 그런대로 견딜 만했다. 토마는 예의상 이따금 미소를 짓기도 하고 고개를 끄덕이다가 시차와 싸우기 위해 눈을 크게 뜨면서 버티고 있었다.

폴이 레스토랑 벽면을 따라 놓인 피아노를 연신 곁눈질했다.

"피아노 치세요?" 토마가 물었다.

"네, 아주 어릴 적부터 쳤죠. 파리에 살 때 피아노를 빌렸는데 손도 대지 않았어요. 내키지가 않아서. 그러다 샌프란시스코로 돌아오게 되면서 피아노를 반납했죠."

"몇 구에서 살았어요?" 토마가 예의상 물었다.

"브르타뉴 거리. 하지만 주로 몽마르트르에서 시간을 보냈죠…… 영감을 얻으려고."

"세상이 좁네요, 내 아버지가 그 거리에서 사셨는데. 당신이 소설가라고 아서가 말해줬어요."

"뭐 급한 거라고 빨리도 말했군요. 몇 달째 원고에 진전이 없어서 죽을 지경인데."

"왜요?"

"미아와 사랑에 빠졌고 행복한데, 이상하게 마치 그것으로는 충분하지 않은 것마냥 이렇게 글을 못 쓰고 있어요."

"그렇군요." 토마가 대꾸했다.

"출판사에서 닦달이 말도 못 해요. 저녁에는 책상 앞에 앉아 있어야 하는데 오늘도 그렇고, 자꾸 어딘가로 나갈 이유를 찾고 있어요. 원고를 끝내고 세상에 내보내는 두려움 때문이랄까. 이제 나에 대해서는 많이 말했으니까, 당신은 비즈니스 여행 중이에요?"

"아니요, 나는…… (토마는 머뭇거렸다.) ……아버지 때문에 왔어요."

"브르타뉴 거리에 사신다는 분! 그럼 지금 샌프란시스코에 계세요?"

"이 세상 분이 아니에요. 하지만 골든게이트 아래 바닷가에 유골을 뿌려달라고 해서요."

폴이 호주머니에서 수첩을 꺼내서 끄적이기 시작했다.

"계속하세요." 폴이 펜을 질겅질겅 씹으면서 말했다. "영감이 오는 것 같아서요."

폴은 수첩을 내려다보면서 토마가 말하길 기다리고 있는 것 같았다.

"헛수고하지 마시고 그만두세요. 아무도 믿지 않을 얘기예요. 유령 이야기를 좋아한다면 모를까."

"누구랑 얘기하고 있는지 모르시나 본데, 나는 심령에 관해서는 박사학위도 받을 수 있는 사람이에요. 근데 왜 유령에 대해 말하는 거죠? 아버지 귀신이라도 붙었어요?" 폴이 농담처럼 물었다.

"네, 그렇다고 할 수 있죠."

"와우!" 폴이 외쳤다. "자식에게 볼일이 있어서 저승에서 돌아온 아버지, 생각지도 못한 아이디어인데."

"그렇게 말하는 거 보니까 소설가가 맞네요." 토마가 덤덤하게 덧붙였다.

폴은 토마를 빤히 쳐다보다 수첩과 펜을 집어넣었다.

"미안해요, 내가 실례했군요."

"괜찮습니다, 진짜 괜찮으니까 안심하세요. 피아노에서 눈을 떼지 못하시는데 나가서 한 곡 연주해주시죠."

"안 될 거 없죠." 폴이 수락했다. "미아가 좋아하거든요. 재즈와 클래식 어느 걸로?"

"이 분위기에 클래식은 아닌 거 같은데요."

폴은 토마에게 윙크를 날리고 일어나서 피아노 의자에 앉았다. 그는 피아노 뚜껑을 열고 래그타임*을 치면서 친구들이 듣고 있는지 보려고 고개를 돌렸다.

친구들이 하던 대화를 멈췄고, 다른 손님들도 폴의 연주에 집중하고 있었다. 토마에게서 시선을 떼지 않고 있는 로렌을 제외하고.

"당신도 피아노 칠 줄 알죠?" 로렌이 토마 쪽으로 몸을 숙이면서 속삭였다.

"왜 그런 생각을 했어요?"

"폴이 연주할 때부터 당신이 테이블을 피아노 건반처럼 손가락으로 치고 있거든요."

토마는 고개를 끄덕였다.

"한 곡 부탁해도 될까요?"

"아니요." 토마가 대답했다.

"왜요? 친구들끼리 모인 자리잖아요."

"지금은 당신 친구의 시간이니까요. 게다가 지금 아주 잘 치고 있는데."

"혹시 천부적 재능이 있는 피아니스트 아니에요?"

토마는 신중하게 폴의 연주를 듣고 있는 미아를 힐끔 쳐다봤다.

"저분, 영국 로맨틱코미디 영화의 주인공 맞죠? 내가 잘못 보지 않았다면. 제목은 잊었지만 4, 5년 전 런던에서 영화를 봤거든요."

"런던에서 살았어요?" 로렌이 물었다.

---

* 재즈의 초기 형태 피아노 음악.

"직업적인 일로 잠깐 체류했어요."

"말이 나왔으니까 말인데 직업이 뭐예요?"

"폴과 미아는 어떻게 만났어요?"

"늘 이렇게 질문을 받으면 다른 질문으로 대답하세요?"

"네, 자주."

"뭐에 관심이 있어요?"

"매번 달라요. 나는 상황에 따라 호기심이 바뀌죠. 배우들은 출장을 많이 가는데, 뮤지션들도 그래요. 한 바이올리니스트를 사랑했지만 멀리 떨어져 있다 보니 관계를 유지하는 데 실패했어요."

"폴과 미아는 그 영화 덕분에, 아니 그 영화 때문에 만나게 되었죠. 미아에게 아는 척하지 마세요, 그녀에게는 안 좋은 기억이니까. 영화 속 파트너가 미아의 남편이었는데 영화 찍다가 바람을 피웠죠. 스크린에서 보여주는 성실한 이미지와는 다르게요. 내가 말해줬다는 건 비밀이에요."

"나는 귀가 먹어서 비밀을 진짜 잘 지키는데." 미아가 그들을 돌아보면서 내뱉었다. "몽마르트르에서 레스토랑을 경영하는 친한 친구 집으로 피신해 있었어요. 폴은 레스토랑에 자주 오는 손님이었고요. 이제 우리에게 비밀은 없으니까 친구로서 조언 한마디 할게요. 여행 중인 여자를 사랑하게 되거든 그녀와 함께 여행을 떠나요. 나는 폴과 그랬거든요."

"내가 슬그머니 사라지면 너무 실례가 될까요?" 토마가 물었다. "몹시 피곤하고, 내일 힘든 일정을 앞두고 있어서요."

토마가 지갑을 꺼냈지만, 아서는 손님이니까 그럴 필요 없다고 말했다.

포근한 밤이었고, 하늘에는 별이 가득했다. 토마는 그린 스트리트의 숙소까지 걸어가기로 했다. 혼자 조용히 생각할 필요가 있었고, 걷는 것이 건강에도 좋을 터였다.

*

레몽은 팔짱을 낀 자세로 주변을 세세히 관찰하면서 빈소로 향했다. 예전에 수술을 앞두고 있을 때처럼.

"이런 말은 하고 싶지 않지만, 남편이 당신을 아주 잘 알고 있다는 걸 인정해야겠어요." 레몽은 제단에 놓인 찔레꽃 다발의 냄새를 맡아본 뒤에 말했다. "향기가 전혀 없는 거 보니까. 향기가 나든 안 나든 나야 상관없지만."

레몽은 줄지어 배치한 의자들을 지나쳐서 마지막 줄에 앉았다. 내일 카미유에게 마지막 인사를 하러 오는 조문객들의 시선이 닿는 곳을 봐두기 위해서였다.

"시간 낭비만 하는 거 아닌지 모르겠네. 토마가 맨 마지막에 들어와서 여기 앉는다고 해도 마농은 틀림없이 토마를 알아볼 거야. 이봐, 레몽, 잘 생각해봐. 시간이 없어."

레몽의 시선이 제단에서 출입문으로 움직이다 바르텔 씨의 전용 의자에서 멈췄다. 이어서 첫 번째 줄을 훑어보다 다시 전자오르간에서 출입문으로 움직였다. 그의 시선이 갑자기 앞으로 돌아갔다가 정지되었다.

"신부 복장으로 변장하는 건 안 돼. 아! 좋은 방법이 있는데 왜 그 생각을 못하고." 레몽은 만족해하는 얼굴로 중얼거렸다.

레몽이 일어나면서 손으로 바지 주름을 폈다. 이 습관을 죽어서도 버리지 못하고 있었다. 그는 시간 낭비를 하지 않은 것에 뿌듯해하면서 벽을 통과했다. 정상적으로 하면 될 것을 왜 골머리를 앓았는지.

*

레몽이 토마의 방에 다시 나타났다. 그는 침대 발치에 앉아서 아들을 관찰했다.

"자니?" 그가 속삭였다.

토마는 움직이지 않았다.

"내일 문제를 해결했다. 예정보다 좀 더 일찍, 늦어도 9시에는 출발해야 해. 깨워줄까?"

여전히 대답이 없자 레몽은 귀에 대고 속삭였다.

"나는 잠자리에 들기 전에 네 방에 들어가서 시트 가장자리를 매트 밑으로 접어 넣어주곤 했어. 너는 늘 자는 척했지. 네가 너무 표가 나게 눈을 꼭 감고 있어서 나는 이를 악물고 웃음을 참아야 했어. 애쓰고 있는 네 노력이 가상해서. 너는 종종 랜턴 끄는 걸 잊었지. 이불 속의 랜턴 불빛이 새어 나오고 있었어. 그래서 나는 서재에 가서 책을 읽으며 네가 완전히 잠들기를 기다리다 랜턴을 끄고는 했지. 토마, 내가 더 오래 네 곁에 머무를 수 있다면, 나한테 그럴 권리가 있다면 카미유를 더 기다리게 할 텐데. 내 생의 마지막 몇 년, 네가 몹시 그리웠어. 너는 훨씬 더 나를 그리워했을 거라고 생각해."

레몽은 토마의 이마에 입을 맞추고 이불깃에 손을 올렸다. 이제는 시트를 매트 밑으로 접어 넣을 수 없는 걸 아쉬워하면서.

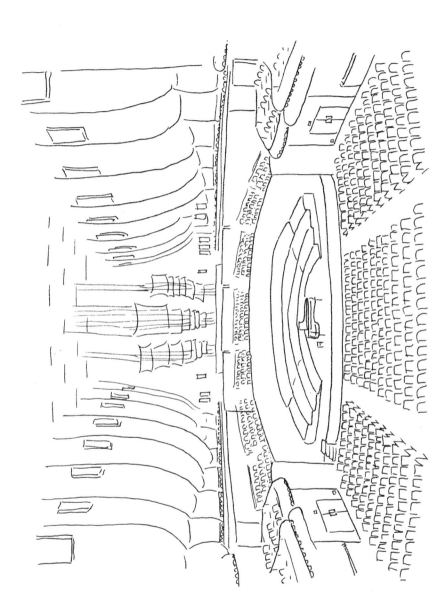

12

"왜 이렇게 일찍 출발해요?" 토마가 넥타이를 매면서 물었다.

"이유가 있으니까." 아버지가 짤막하게 대답했다.

"초조해서요?"

"20년을 기다려온 약속인데 새삼 초조할 건 없지."

"그럼 긴장돼서요?"

"내 입장이라면 떨리지 않겠니? 잘난 척하지 마, 소피가 대기실에 나타났을 때 놀라던 네 얼굴을 똑똑히 기억하는데."

"알았어요. 근데 장례식은 2시간 후에나 시작하는데 입구에서 서성거리고 있으면 몰래 들어가는 데 불리하다고요."

"바로 그거야. 나는 네가 몰래 들어가는 걸 원치 않아. 슬그머니 침투하는 대신 초대를 받고 당당히 들어가라는 거야."

"어느 별에서 살다 온 거예요? 죄송해요, 내 말은 그런 뜻이 아니라 누구도 자기 어머니의 장례식에 생판 모르는 사람을 초대하지 않는다는 거예요. 서프라이즈 파티라면 모를까."

"현장에서 기다리다 보면 방법이 생길 거야. 나를 믿어주면 안 되겠니?"

"나한테 선택권이 있긴 해요? 내가 플랜 A가 더 낫다고 선택해도 결국은 아빠가 다 결정할 거면서. 아빠의 작전이 실패한다고 나까지 무례한 인간이 될 필요는 없잖아요."

레몽이 엷은 미소를 머금고 아들을 빤히 쳐다봤다.

"누구에게 무례한 건데?"

"우선 카미유의 딸에게."

"마농. 그녀의 이름 잊었니?"

"네, 마농. 정 원하시면."

"그게 나한테 무슨 중요한 의미가 있다고 정 원하기까지 하겠어?"

"좋아요. 그럼 이런저런 추측 같은 건 집어치우고 일단 가 보죠, 뭐."

"이제 한 가지 문제만 잘 풀리면 되는데." 레몽이 중얼거렸다. "근데 내 유골함은 어디에 넣어서 가져갈 거니? 또 장바구니에 넣는 건 용납 못 해!"

토마는 주위를 둘러봤다. 여행 가방은 너무 큰 데다 사람들의 시선을 끌 수 있었다. 그는 방으로 들어가서 붙박이장을 뒤졌다.

"찾았어요." 토마가 서점의 이니셜 마크가 찍힌 천가방을 들고 나오면서 말하자 레몽은 너무 허접하다고 생각했다.

"이게 눈에 띄지 않고 좋아요. 그리고 아빠가 들고 다니는 것도 아니잖아요." 토마가 상기시켰다.

레몽은 천가방 안쪽을 살펴보면서 깨끗한지 확인했다. 시계를 보면서 유골함이 천가방에 들어가는 것 자체에 만족하기로 했다.

*

그들은 택시를 타고 공원의 철책 앞에서 내렸다. 토마가 산책로를 걸어가다 납골당에서 50미터 떨어진 곳에서 멈춰 섰다.

"이제 뭐 해요?"

"산책." 아버지가 대답했다.

"산책을요?"

"너 벌써 가는귀먹었니? 걸어 다니라는 게 뭐 그렇게 어려운 말이라고?"

"정확히 어떻게 걸어 다니라는 건데요? 좀 친절하게 말해주시죠. 파리에서 집에 있었으면 편안하게 지내고 있을 사람을 끌고 와놓고 다짜고짜 걸어 다니라니."

"그거야 그랬겠지, 하지만 너무 따분하잖아."

"여긴 활기가 넘쳐서 살맛이 팍팍 나는 곳이고요?"

"그렇게 꼼짝 않고 서 있지 마, 수상해 보이겠다. 저기 벤치에 앉아서 전화받는 시늉을 하든가, 양을 세든가, 아무튼 자연스럽게 행동하란 말이다. 내가 바라는 건 그게 다야."

토마는 아버지를 째려보고 나서 잔디밭 중앙, 빈소를 마주

보는 벤치에 가서 앉았다. 그는 스마트폰을 꺼내 들고 메시지들을 확인했다. 세르주는 여자친구와 재결합했으나 전날 밤에 또 싸웠다는 메시지를 남겼다. 필리프는 촬영에 대한 새로운 소식을 전하면서 편집용 필름을 빨리 보여주고 싶다고 했다. 어머니는 연락이 되지 않는 걸 걱정하면서 엄마한테 인사도 없이 순회공연을 떠난 거냐고 물었다.

"어떤 어려움 앞에서도 한 발짝도 물러서지 않는 이들이 있지." 토마 옆에 나타난 레몽이 재미있어했다.

"누구 말하는 거예요?"

"네 엉덩이를 받쳐주는 벤치를 생각해낸 사람들. 유골함도 그렇고. 그들이 유골에 시멘트를 섞었을 게 틀림없어. 이가 없는 제럴드는 영원히 석고상이 되어 있겠구나. 내가 만든 말이 아니니까 이걸 네가 직접 읽어봐."

토마는 벤치에 새겨진 글자를 읽기 위해 허리를 숙였다.

제럴드 필모어, 여기 잠들다

(1949-2008),

어진 넋을 기리며.

"일생을 고단하게 살았겠지." 레몽이 한숨을 내쉬었다.

토마는 고개를 들었다. 마농이 빈소 입구에서 쳐다보고 있었다.

"알아볼 줄 알았다니까." 토마가 중얼거렸다.

"타이밍이 기막히네." 아버지는 중얼거리면서 안도했다.

"나를 계속 쳐다보고 있어요." 토마가 불안해하면서 말했다.

마농이 토마를 향해 걸어와서 벤치 앞에 멈춰 서더니 앉아도 되는지 물었다. 그녀는 아무 말도 않고 속상한 얼굴로 손만 조몰락거리고 있었다. 토마도 무슨 말을 꺼낼까 머뭇거리면서 잠자코 있었다.

"당신은 행복을 찾았어요?" 그녀가 침묵을 깨고 물었다.

"솔직히 여기서는 행복을 못 찾죠."

토마가 그녀를 웃기려고 했지만 통하지 않았다.

"무슨 안 좋은 일 있어요?"

"나는 어머니 장례를 치르고 있는데 만사가 순조롭네요."

"냉소였어요? 그게 그렇더라고요."

"어머니를 잃은 것이 그리 힘들지 않다는 것처럼 어머니의 유언에 따라 준비를 하고 있으니 참 허망하다는 생각이 들어요. 어머니가 아버지가 아니라 나한테 그 일을 맡겼거든요! 부모는 장례에 대해서 유언을 남길 때 자식의 심정을 헤아려 줄 수가 없는 걸까요?"

"그러게요." 토마가 짤막하게 대꾸했다.

"괜한 말해서 미안해요. 시간이 촉박해서요. 어제 뮤지션이라고 한 거 같은데 내가 꿈꾼 거 아니죠? 어떤 악기를 연주하세요?"

"피아니스트예요."

"하늘이 당신을 내게 보내줬나 봐요!"

"나는 단연코 그런 사람이 아니라…….."

"단순히 낙천적인 사람이라고 생각하진 마세요. 부탁할 게 있어서 그러니까." 마농이 토마를 쳐다보면서 말했다. "사례는 할게요, 당연히."

"무슨 부탁인데요?"

"우리가 고용한 오르간 연주자가 오늘 아침에 사고를 당했거든요. 하필 오늘 그런 일이 일어나다니!"

"그 사람도 죽었어요?"

"아니요, 그런 게 아니라 돌연 정신착란이 일어났대요. 그의 아내가 전화로 알려줬는데 욕실에서 비명을 지르더니 마치 악마에게 쫓기는 사람마냥 뛰쳐나와서도 계속 비명을 지르다 넘어졌다고 하네요. 다리 골절에 뇌진탕이래요. 그래서 부탁하는 거예요, 그 사람 대신 연주해줄 수 있는지를요. 근데 왜 미소를 짓죠? 웃기는 얘기 아닌데."

"미안해요. 다리 골절 운운하다 불쑥 연주를 부탁하니까 긴장돼서요."

토마가 아버지를 노려봤다. 레몽은 흡족한 표정을 감추느라 손톱 밑을 파내는 시늉을 하고 있었다.

"그렇게 노려볼 것까지야." 마농이 항변했다. "수습할 방법이 전혀 없어서 도움을 청하는 거예요. 아버지가 알면 펄펄 뛸 게 뻔해서…….."

"내 아버지도 그래요. 이따가 봐요, 나 믿어도 돼요."

"그분은 돌아…….."

"당신 아버님은 어디 계세요?" 토마가 말을 끊었다.

"화장을 지켜보고 계셔요." 마농이 고개를 돌리면서 대답했다.

그녀의 눈길이 공원 쪽으로 향하다 실편백 울타리 너머로 보이는 건물 지붕에서 멈췄다.

"나는 차마 볼 수가 없어서." 그녀는 슬픈 목소리로 털어놓았다.

"알아요." 토마가 말했다. "하지만 사례는 거절할게요. 무슨 곡을 연주하면 되는데요?"

그 순간 마농은 눈물이 글썽해서 그의 어깨에 머리를 기댔다. 토마는 그녀를 위로했지만 차마 손을 잡아주지 못했다. 그는 호주머니에서 티슈를 꺼내서 내밀었다.

"자요."

마농은 눈물을 닦고 토마를 빤히 쳐다봤다.

"왜 그래요?" 토마가 물었다.

"데자뷔 느낌. 아무튼 일어나죠, 자리로 안내할게요."

그들은 빈소로 향했다. 레몽은 한결 가벼운 걸음으로 따라갔다. 가는 도중 토마는 부리나케 돌아가서 벤치 옆에 두고 온 천가방을 들고 돌아왔다.

*

마농은 오르간 앞까지 토마를 안내한 다음 곧바로 사라졌다. 조문객들이 도착하는 바람에 그녀는 장례식 순서에 대한 설명을 생략했다. 다행히 보면대에 오르간 연주자가 순서대로 정리해놓은 악보들과 장례식 식순에 따른 곡의 목차가 있었다. 토마는 연습을 하고 싶었지만 반구형 천장 아래 이미 조문객들이 거의 다 모여 있었다. 그는 건반을 들여다보면서 많은 버튼 중에서 화성 효과를 위해 눌러야 하는 버튼을 눈여겨보았다. 바이올린, 트럼펫, 기타, 클라리넷, 타악기, 오보에…… 전자오르간은 오케스트라를 시뮬레이션할 수 있었다. 조심스럽게 그랜드피아노 효과를 내는 버튼을 터치해보니 완벽한 화음이 흘러나왔다.

"나쁘지 않아." 토마가 볼륨을 조절하면서 중얼거렸다.

토마는 천가방을 제단 뒤에 감춰놓았다가 다시 옮겨놓았다. 그의 발이 아버지의 유골함이 들어 있는 천가방에 닿았다. 그는 가능한 한 눈에 띄지 않게 손가락으로 건반을 터치해보면서 전자오르간에 익숙해지려고 노력했다.

*

홀이 가득 차 있었다. 조문객들은 의자 앞에 서서 묵념하고, 마농은 출입문 앞에 서 있었다. 바람에 그녀의 얇은 원피스가 가볍게 흔들렸다. 그녀가 빨개진 눈으로 토마를 돌아보면서 장례식이 시작되었음을 알렸다.

첫 번째 곡은 드뷔시의 〈달빛〉이었다. 토마가 수없이 연주한 곡이라서 악보가 필요 없었다. 그의 손가락들이 우아하게 움직였고, 우수 어린 리듬으로 빈소로 들어오는 카미유의 유골함을 맞이했다. 바르텔 씨는 딸에게 유골함을 건네주고 마농은 유골함을 제단 위에 올려놨다. 이윽고 바르텔 씨가 제단을 향해 걸어와서 다소 과장된 음색으로 알퐁스 드라마르틴의 시 「고독」을 낭송했다.

이 계곡, 이 궁전들, 이 초가집들이 무슨 소용인가?
내게는 매력이 사라진 헛된 것들이다.
이토록 소중하고 고독한 숲, 바위, 강,
단 한 사람이 없을 뿐인데 모든 것이 텅 비었다.

태양의 운행이 시작되든 끝나든,
나는 그저 무심한 눈길로 태양의 운행을 좇을 뿐이다,
어둡거나 맑은 하늘에서 태양이 지든 뜨든,
무슨 상관인가? 이 세월에서 내가 기대하는 것은 아무것도 없다.

"오랜 지인들이여, 우리는 오늘 내 아내의 마지막 가는 길을 배웅하기 위해 여기 모였습니다……."

토마는 잠시 주어진 휴식 시간을 이용해 아버지가 어디 있는지 둘러봤다. 셋째 줄에 앉은 레몽은 제단에 시선을 고정한 채 감격해 있는 기색이 역력했다.

바르텔 씨가 기도하는 동안 토마는 선곡 목록을 살펴봤다. 첫 번째 곡의 악보를 치우고 두 번째 곡의 악보를 보면서 그는 난감해졌다.

"이런." 토마가 중얼거렸다. "비발디의 〈글로리아〉를 피아노 연주로?"

토마는 전자음향 합성장치가 된 오르간이라는 걸 생각하면서 어떤 소리가 날지 궁금해 바이올린 버튼을 눌렀다.

건반이 내는 음과 바이올린의 화음이 만들어내는 완벽한 하모니에 토마는 고무되었다. 그는 악보대로 급격하고 불규칙적이며 과도한 리듬을 완벽하게 구사하면서 열정적인 연주로 내달렸다. 놀라움은 거기서 끝나지 않았다. 합창 파트에서 조문객들이 모두 일어나서 노래를 부르기 시작했다. 글로리아, 글로리아, 글로리아, 글로리아, 인 엑셀시스 데오(하늘 높은 곳에서는 하느님께 영광). 그들은 마치 평생 해온 듯 합창했다.

토마는 꿈에 그리던 오케스트라를 지휘하듯 더 활기차게 연주했다. 숭고한 느낌마저 드는 아름다운 연주가 끝나자 박수가 쏟아졌다. 토마는 박수를 받는 것에 익숙해 있기 때문에 자연스럽게 의자에서 일어났고, 바르텔 씨의 못마땅한 시선을 받으면서 정중하게 인사했다.

이번에는 카미유의 오랜 친구가 추모사를 낭독하러 나왔다. 그는 다정하고 감탄을 자아내는 유머러스한 표현으로 카미유를 추모하면서 그녀가 '높은 데서' 지켜보고 있다고 확신했다.

토마는 추모사를 더 이상 듣지 않고 보면대에 놓인 세 번째 악보를 보다가 얼굴을 굳혔다.

토마가 즉시 마농에게 작은 신호를 보내다가 주의를 끌기 위해 크게 손짓을 했다.

"피아니스트가 당신을 부르는 것 같아요." 조문객 중 한 명이 속삭였다.

마농은 답례로 손을 흔들어주려다가 마침내 토마가 급히 할 말이 있다는 걸 알아차렸다. 카미유의 오랜 친구가 추모사를 낭독하는 동안 그녀는 조용히 일어나서 토마에게 다가갔다. 토마는 그녀의 귀에 대고 속삭였다.

"다음 곡은 무슨 실수가 있는 것 같아서……."

"아니, 맞아요. 모든 게 예정대로 진행되고 있어요."

토마는 악보에 시선을 던졌다.

"비지스의 〈Stayin' Alive〉, 이 곡이 진짜 맞아요?"

"당신에게 미리 설명할 시간이 없었어요. 엄마는 엄마의 이미지처럼 장례식이 즐겁길 원하셨어요. 엄마가 말했어요. 재즈의 고향 뉴올리언스에서 열리는 마디그라 축제의 퍼레이드처럼 음악이 우리를 다른 세상으로 이끌어갈 때, 다른 삶이 시작되는 그곳에서 우리의 못 다한 꿈이 실현될 거라고. 엄마가 재즈를 그렇게 많이 좋아한 건 아니지만 디스코의 여왕이었죠. 좀 특이해 보여도 엄마가 살았던 시대는 그랬으니까요. 아버지는 찬성하지 않았지만, 나도 그렇고 엄마의 친구들도 〈Stayin' Alive〉를 찬성하니 아버지가 졌어요. 걱정하지 마요, 모든 게 잘될 거예요. 그리고 당신의 연주 진짜 훌륭했어요. 브라보, 완벽했어요."

마농이 자기 자리로 돌아갔을 때였다. 연주에 몰두해 있던 토마는 조문객들의 의상에 또 한 번 경악을 금치 못했다. 조문객들은 입고 있던 유행이 지난 바바리코트를 벗어버리고 이 시대에 어떻게 저런 옷을 입고 다닐 수 있나 싶을 정도로 바바리코트보다 더 유행이 지나도 한참 지난 구닥다리 옷을 입고 있었다.

두 번째 줄에 앉은 여자는 70년대 작업복풍의 옷이라 목이 파묻혀 있었고, 옆자리 남자는 부푼 초록색 바지, 일명 '부팡 팬츠'를 입었고, 그 오른쪽 남자는 파이크러스트 스탠드칼라 셔츠에 파란색 레깅스 바지 차림이었다. 그 왼쪽 여자는 부기우기 댄스 드레스, 그 뒤쪽 남자는 은색 셔츠와 굵은 바둑판무늬 양복에 은빛 스팽글을 붙인 부팡 팬츠를 입고 있었다. 의자를 따라 비죽 나온 형광색 망사 레깅스들이 보였다. 여기 저기 금빛 장갑, 맥시 프레임 안경이나 버터플라이 안경, 스팽글 붙인 넥타이, 중절모자, 요란한 캡모자도 있었다. 카니발에 와 있는 것 같았다.

"아까 네가 뭐라고 했더라? 아, 그래…… '서프라이즈 파티라면 모를까'라고 했지?" 어느새 제단에 와서 앉은 아버지가 빈정거렸다.

천장 중앙에서 회전하는 디스코볼의 화려한 불빛이 벽과 스테인드글라스에 어른거리면서 진열창 안의 유골함들을 형형색색으로 물들였다.

"그녀가 디니테닷컴에서 다양한 서비스를 제공한다고 한 게 농담이 아니었어." 토마는 고개를 끄덕이면서 중얼거렸다.

마농의 부탁으로 오르간 연주자를 대신하고 있긴 하지만, 조문객들이 의자를 벽 쪽으로 몰아놓고 빌리지 피플의 〈YMCA〉에 맞춰 춤을 추기 시작했을 때 토마는 아연실색할 수밖에 없었다.

바르텔 씨도 춤추고 있었다. 이에 질세라 레몽까지 악마처럼 허리를 흔들면서 군중에 합류하는 촌극을 벌였다. 레몽은 깜짝 놀라서 쳐다보는 아들에게 윙크를 보냈다.

도무지 믿기지 않는 분위기였다. 토마는 오로지 선곡 목록에 따라서 연달아 연주했다.

〈Let's All Chant〉, 〈Just an Illusion〉, 〈Hang In There Baby〉, 〈Ring My Bell〉, 〈Don't Leave Me This Way〉, 〈Heaven Must Have Sent You〉, 〈I Am So Excited〉, 그리고 장례식의 피날레 곡은 〈I Will Survive〉였다.

이윽고 제단 앞으로 다시 모여든 조문객들이 유골함을 바라보며 우레와 같은 박수를 쳤다. 그리고 모자, 스카프, 캡모자들이 공중으로 날아올랐다.

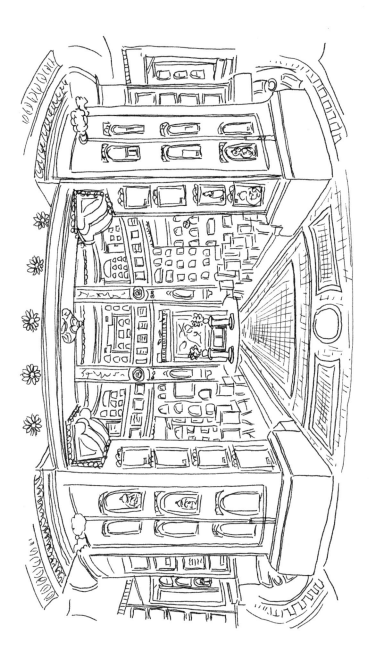

13

축제가 끝났다. 조문객들은 하나둘 장례식장을 빠져나가 간식이 차려져 있는 뷔페 홀로 이동했다. 토마는 천천히 악보를 정리하면서 혼자 있게 되는 때를 엿보고 있었다.

레몽은 토마에게 밖에서 기다리겠다고 했다. 너무 긴장된 나머지 일을 망칠까 두렵기도 하고 주변 상황을 살피기 위해서라고 주장은 했지만 실은 아들이 하려는 일을 도와주면 안 되기 때문이었다.

말소리가 점점 멀어지면서 작아지자 토마는 제단 앞으로 다가갔다.

이제 빨리 움직여야 했다. 카미유의 유골함을 열고, 감춰두었던 아버지의 유골함을 꺼내어 재를 섞은 다음 몰래 도망쳐야 했다.

토마는 뚜껑을 들어 올려야 하는지 비틀어서 열어야 하는지 생각하면서 손을 댔다. 살짝 비트니 뚜껑이 움직였다.

"거기서 뭐 하는 거예요?" 마농이 물었다.

들어오는 소리를 못 들었던 토마가 소스라치게 놀랐다. 그는 재빨리 뚜껑을 돌렸지만 제대로 닫히지 않아 제단에 손을 올린 채 고개만 돌렸다.

"당신 어머니께 인사하고 있었어요." 토마는 우물우물 말했다.

"세심하네요, 고마워요. 하지만 아직은 당신이 필요해요."

"연주 때문에?"

"아니요, 피아니스트가 아니라 당신이 필요해요. 저 사람들 속에 혼자 있는 것이 너무 힘들어서 견딜 수가 없어요."

"집에 바래다줄까요?"

"그러고 싶지만 내가 가버리면 아버지가 나를 죽이려고 들 거예요. 잠시 같이 있어줄래요? 당신은 아무 말도 하지 않아도 돼요. 그저 내 옆에 있어주기만 하면……. 더 이상 조문하러 올 사람도 없고, 할 일도 없거든요."

"약속할게요, 조문객들이 간식을 다 먹을 때까지 당신에게서 한 발짝도 움직이지 않겠다고요. 조문객들이 늑장을 부리면 그건 그때 가서 생각하죠."

"내가 하는 말이 이상하게 들리겠지만, 진짜로 어디선가 당신을 만난 적이 있는 것 같아요."

토마는 잠자코 있었다.

"오케이, 인정할게요. 내가 좀 감상적이었다는 거." 마농이 재빨리 말했다.

"전혀 그렇지 않아요. 자, 갑시다. 당신 아버지가 기다리겠어요. 나도 오늘 아침 아무것도 안 먹었더니 배가 고프네요. 뷔페 홀로 가요."

＊

조문객들이 화려하게 꾸민 뷔페 홀에 모여 있었다. 카미유의 대형 사진이 인조대리석 벽난로 선반에 놓여 있었다. 사진 속에 보이는 오십 대의 카미유. 토마는 아버지가 첫눈에 반해 20년 넘게 편지로 사랑을 나눴다는 여자의 얼굴을 이제야 보게 되었다.

마농은 핑거푸드 한 세트를 접시에 담고 있었다. 그때 잘난 척이 심한 노부인이 황망한 얼굴로 다가오려고 하자 그녀는 재빨리 토마에게 갔다.

"어머니가 미인이세요." 토마는 마카롱 하나를 집으면서 말했다.

"눈부시게 아름답죠. 그 아름다움이 지고 이제는 정말 이 세상에 없는데도 엄마의 미소는 여전하네요. 엄마는 돌아가시기 전에 이미 정신줄을 놔버렸어요. 지난 몇 달 엄마는 나를 마드무아젤이라고 불렀죠. 때로는 나를 간호사로, 때로는 가사도우미로 착각했고, 아버지가 다른 여자와 낳은 자식이라고 생각할 때도 있었어요. 그럴 때는 딸 행세 하지 말라며 나를 내치면서 그 배은망덕한 딸은 엄마를 보러 오지도 않는다고 소리소리를 질러댔죠. 그러다 가끔 얼굴이 환해지기도 했어요. 그럴 때는 엄마가 나를 알아본다고 느꼈어요. 비록 엄마는 침묵 속에 갇혀 있었지만요. 마침내 나는 마음 놓고 슬퍼할 수 있게 됐어요. 미안해요, 즐거운 대화를 해야 하는데…….”

“걱정 말고 하고 싶은 말 있으면 다 해도 돼요. 그래서 내가 여기 있는 거니까.”

“우리 엄마 장례식에 참석하러 샌프란시스코에서 온 것도 아닐 텐데 나 때문에 이러고 있으면 안 되죠. 모쪼록 멋진 추억 만들고 즐거운 여행이 되길 바랄게요.”

“장담하는데 그런 건 애초에 기대하지 않았던 여행이라서.”

“피아노를 진짜 잘 치네요. 당신이 뮤지션이라고 했을 때 나는 그냥 하는 말이라고 생각했어요. 여기는 아티스트라고 떠들어대는 사람이 많거든요. 막상 알고 보면 기대에 훨씬 못 미치는 수준들이었죠.”

“대단한 재능은 없어요, 직업이 피아니스트인 거지.” 토마는 어깨를 으쓱하면서 대꾸했다.

“말할 필요 없이 감정을 표현할 수 있다는 것, 경이로운 직업임에 틀림없어요.”

“그런데 당신은 직업이 뭔지 말해주지 않았어요.”

“당신이 물어보지 않았으니까요.”

“그래서 지금 묻는 거예요.”

“파티시에. 내가 만든 마카롱을 당신이 여덟 개나 먹는 걸 보면서 기뻤어요. 농담 아니고요!”

“파티시에?”

"무슨 문제 있어요?"

"아니요, 파티시에가 직업인 여자를 처음 만나서요."

"미안해요, 속여서. 사실은 유니언 스퀘어 부근에서 서점을 운영하고 있어요. 부탁인데 좋아하는 작가가 누구냐는 질문 같은 건 하지 마요, 다 망쳐버리니까."

"뭘 망쳐요?"

"이 아무런 의미 없는 대화를요. 내가 어디에 있는지, 왜 있는지를 잊게 해주고 있으니까."

레몽이 핑거푸드가 차려진 테이블 앞에서 안달이 나 있었다. 토마는 자신 때문이라는 걸 알아차리고 마농에게 한 접시를 더 가져오는 동안만 잠깐 자리를 비우겠다고 양해를 구하면서 그다음부터는 아무도 접근하지 못하도록 곁을 지키겠다고 약속했다.

토마는 실컷 먹어서 배가 부른 상태로 아버지 옆으로 가 카나페 몇 개를 접시에 담았다.

"시시덕거리는 거 끝내면 말하려고 기다렸는데. 부인하지 마, 시시덕거린 거 맞으니까. 그런데 너 서점이라는 말을 들으면서 뭐 생각나는 거 없었니?"

"나를 엿보고 있었어요?"

"산책하는데 아무도 나한테 말을 안 걸잖아. 바르텔 씨가 사람들과 나누는 대화를 들어보려고 했지만 도무지 듣고 있을 수가 있어야지. 카미유가 안 죽었다면 그게 더 이상할 정도로 얼마나 따분한 인간인지. 아무튼 서점 주인…… 서점…… 아직도 아무 생각 안 나니?"

"책?"

"와우, 많이 접근했어. 사람들이 책을 사면 어디에 넣어서 집으로 가져가지? 서점 천가방! 그럼 거기에 다른 건 뭘 집어넣을 수 있지? 네가 빈소에 두고 나온 나의 유골!"

"이런, 젠장!"

"이제야 알았구나."

"당장 가지러 갈게요."

"관리인이 문을 걸어 잠그지 않았기를, 그리고 오후에 그 가방 안을 들여다보지 않았기를 간곡히 바랄 뿐이야. 이제 네 아버지 장례식은 끝났으니 돌아가서 다시 시시덕거리든가."

"5년 전에 이미 끝났잖아요!"

"자기가 잘못해놓고 되레 무례하게 굴다니. 아무튼 유골함 작전은 완전 실패."

"유골함 작전?"

하지만 레몽은 사라졌고, 토마는 눈살을 찌푸렸다.

"누구에게 말한 거예요?" 마농이 다가오면서 물었다.

"혼잣말이에요, 피아니스트의 고독에서 비롯된……."

알록달록한 가발을 쓴 카미유의 친구가 와서 화이트와인 한 잔을 따르고는 그들에게 윙크를 보내면서 멀어져갔다.

"당신 아버지의 장례식은 클래식했겠죠."

"네. 미완성 교향곡처럼."

그렇게 한 시간이 지났다. 조문객들이 하나둘 떠나기 시작했다. 뷔페 홀이 거의 비었을 때 토마는 한 의자에 멍한 얼굴로 앉아 있는 바르텔 씨를 발견했다.

"아버지에게 가봐야 할 것 같은데요." 토마가 마농에게 속삭였다.

마농이 아버지를 관찰했다.

"아버지는 어머니의 병문안 가는 걸 못 견뎌 했어요. 아니, 성격상 아내를 곁에 두고 지켜주지 못하는 걸 받아들이지 못한 거죠. 아버지는 늘 원하는 걸 가졌거든요. 속임수를 쓴다거나 거짓말을 하지 않고, 아첨 같은 것도 하지 않았고, 오직 사업과 본인의 의지로만 밀어붙였죠. 성공하는 사람들에게서 흔히 볼 수 있는 타입은 아니에요. 곧은 성격이 무던한 성격은 아니잖아요. 나는 아버지만큼 정직한 사람을 본 적이 없어요. 그렇지만 나는 부모님이 이해되지 않았어요. 두 분은 사랑하고 존중하고, 심지어 서로에게 탄복하는 것 같았지만 냉담한 관계였죠. 애정이 느껴지는 다정한 모습은 볼 수 없었거든요. 그런데 어이없게도 엄마는 즐거워했다는 거예요. 그런 결혼 생활을 하면서도 뭐가 그토록 엄마를 반짝이게 하는지 나는 늘 궁금했어요. 하지만 자신의 성격과 반대인 상대에게 끌린다는 말이 맞는 것 같기도 해요. 당신의 부모님은 잉꼬부부였나요?"

"나도 부모님을 전혀 이해하지 못했어요. 아주 최근까지도요. 두 분은 아버지가 돌아가시기 10년 전에 헤어졌어요. 이혼 후에도 두 분의 사이는 아주 좋았죠. 두 분이서 저녁도 자주 먹었으니까요. 어머니는 아버지와 함께 있는 걸 좋아했어요. 아버지는 어머니를 웃게 했고, 어머니는 아버지를 편하게 해주었죠."

"한 분은 재혼하셨어요? 아니면 두 분 다?"

"두 분 다 안 했어요. 그래서 문제죠."

"그래도 당신이 부러워요. 나는 차라리 이혼이 낫다고 생각했어요. 엄마도 같은 생각이었다고 확신하고요. 하지만 아버지는 굉장히 보수적이라서 이혼은 생각할 수도 없는 일이었어요. 당신 말이 맞네요, 아버지에게 가봐야겠어요." 마농이 속삭였다. "고마움을 뭐라고 표현해야 할지 모르겠어요."

"뭐가 고마운데요? 나야말로 정말 오랜만에 즐거웠어요. 물론 피아노에 대해 말하는 거예요."

"당신은 정말 서툴군요." 마농이 미소 지으면서 말했다.

그녀는 토마를 빤히 쳐다보다 머뭇거리면서 고마움의 표시로 다음 날 저녁 식사에 초대하겠다고 제안했다. 토마는 그 시간에 비행기를 타고 있을 거라고 대답했다. 파리로 돌아갔다가 토요일 저녁 공연을 위해 곧바로 바르샤바로 다시 떠나야 한다면서.

"당신이 정말 부러워요." 마농이 털어놨다.

"썰렁한 호텔에서 자다가 내가 어떤 도시에 와 있는지도 모른 채 아침에 일어나는데 그게 부러워요?"

"여행도 하고, 당신의 연주에 매료된 청중과 함께하잖아요."

"내 연주에 청중이 매료된다면 무대로 나갈 때마다 내가 공포 때문에 위가 뒤틀리지는 않겠죠. 클래식을 들으러 오는 사람들보다 더 까다로운 청중은 아마 없을 거예요. 나는 연주할 때마다 콩쿠르 시험을 보는 느낌이 들죠. 마치 청중들이 무릎 위에 악보를 놓고 손가락으로 마디를 짚어가면서 내가 음이 틀리는지 심사하는 것 같아서…… 근데 당신은 왜 여행을 못 가는데요?"

"어머니 때문에, 최근 몇 년간."

"하지만 이제는 자유롭잖아요? 당신 말이 맞네요, 내가 어이없을 정도로 서툴다는 것."

"전화번호는 교환할 수 있겠죠? 혹시 모르잖아요, 내가 파리로 훌쩍 떠나고 싶을지도……."

두 사람은 각자 휴대폰에 서로의 전화번호를 입력했다. 마농이 다시 토마를 빤히 쳐다봤다.

"샌프란시스코에서 산 적 없었어요?" 그녀가 물었다.

"아니요. 당신은 프랑스 어디에서 살았어요?"

"남프랑스에서. 하지만 아주 어릴 적이라서 떠오르는 이미지가 별로 없어요. 볼리외의 길, 반도 끝에 있는 그리스풍의 집, 항구에 있는 피자 식당. 그런데 얘기를 많이 들어서인지, 이 기억들이 내 기억인지도 모르겠어요. 여름에는 피서를 위해 브르타뉴에서 휴가를 보내곤 했어요. 하지만 그 기억은 훨씬 더 흐릿해요. 엄마를 따라 훈련장에 가서 조랑말을 타던 아주 어렴풋한 기억, 나를 공포에 떨게 했던 회전목마는 아주 싫어했던 기억도 나고, 그리고 어디였더라……."

"크레이프 가게!"

"아, 맞아요! 당신이 그걸 어떻게 알아요?"

"아, 그게, 나는 브르타뉴에 가면 위험한 건 안 탄다는 말을 하려다가 헛말이 나왔네요." 토마가 재빨리 얼버무렸다.

"내가 지나치게 말이 많았죠?"

"전혀 지나치지 않았어요."

"아니, 입 다물게요. 샌프란시스코에서의 마지막 저녁 시간을 즐기게 당신을 이만 놔줘야겠어요. 이 을씨년스런 곳에서 당신은 너무 많은 시간을 소비했어요. 좋은 여행이 되길 바라요. 그리고 내 어릴 적의 길을 따라 순례할 결심이 서면 전화할게요."

레몽은 뷔페 홀의 문 앞에서 안절부절못하면서 연신 하품을 하고 있었다. 토마가 아버지에게 가 둘은 납골당을 향해 나란히 걸었다.

"휴, 무슨 수다를 그렇게!" 레몽이 놀라워했다.

"그녀가 혼자 못 있겠다고 해서요. 이런 날은 이해해줄 수 있잖아요?"

"그 아이의 아버지, 그자는 뭐하고?"

"천가방을 가지고 나오면 일단 숙소로 돌아가요."

"카미유의 유골함이 아직 제단에 있으면 좋을 텐데. 지금이 다시없는 기회야."

"없으면요?"

"곳곳을 살펴봐야지, 어디로 옮겨놨는지 알 때까지."

"내가 가서 알아볼게요. 그게 더 간단하지 않겠어요?"

"신중하게 행동해야 해. 그러다 네가 그녀의 유골함을 훔

치려고 진열창을 깨뜨리기라도 하면 범인 잡겠다고 난리가
날 테니까."

토마는 아무 말 없이 영안실로 향했다.
문 앞을 지키는 당직 경찰이 토마의 출입을 막았고, 그들
은 몇 마디를 나누었다. 레몽은 빈손으로 돌아오는 토마를 보
면서 물었다.
"또 무슨 일이니?"
토마는 아버지에게 경찰관에게서 알아낸 것을 설명했다.
이날 오후에 시장 친척의 장례가 있어서 빈소를 꾸미던 중
디니테닷컴 직원이 제단 아래서 수상한 꾸러미를 발견했고,
폭발물 전담반이 출동해서 내용물을 확인하는 중이라고.
"내가 폭탄이라는 의심을 받기는 정말 처음이구나."
"벌써부터 힘 빠지는 소리 하지 말고요. 내가 경찰에 모든
걸 설명할게요."
레몽은 손을 들어 말렸다.
"아무것도 설명하지 마. 경찰이 출동한 이상 그건 안 돼. 제복
입은 카우보이들이 너를 첫 비행기에 태워서 추방할 테니까."
"천가방 하나 때문에요?"
"아버지의 유골함을 가지고 미국 여행을 한다는 것 자체가
합법적이지 않아."
"이제야 걱정이 되긴 해요?"
"전혀 안 하는 것보다는 늦게라도 하는 게 낫지."
"플랜 C는 있어요?"

"아직은 없어, 궁리해보자. 너는 도시 관광이나 해. 나는 여기 있다가 도저히 방법이 없다고 생각되면 숙소로 갈게."

"어떻게 이동하려고요?"

"지금은 그런 얘기하고 있을 때가 아니지!"

"알았어요. 초저녁에 숙소에서 봐요."

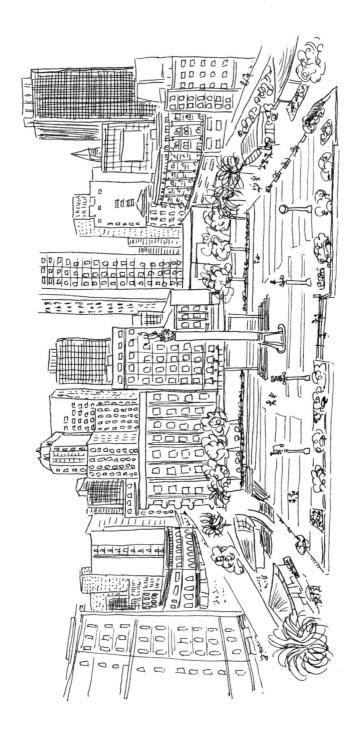

14

디니테닷컴의 관리소장이 초췌한 얼굴로 접대실에 나타났다. 마농은 관리소장이 상황에 맞게 표정 관리를 하는 거라고 생각했지만 완전히 다른 일 때문이었다. 그는 자신의 사무실로 자리를 옮겨서 대화하길 원했다.

바르텔 씨와 마농은 불안한 마음으로 관리소장을 따라갔다. 바르텔은 추가 비용을 요구하면 단칼에 거부하기로 마음먹었다. 견적서에 사인한 것 이상의 요구는 들어줄 생각이 없었다.

관리소장이 어두워진 안색으로 두 사람에게 소파에 앉으라고 했다.

"어떻게 말씀드려야 할지 모르겠습니다." 그는 약간 떨리는 목소리로 말을 꺼냈다. "한 번도 이런 일이 일어난 적이 없었던 터라…… 범인들을 찾기 위해 우리가 할 수 있는 모든 것을 최선을 다해 하고 있습니다."

"범인들이라니요?" 바르텔 씨가 물었다.

"두 분의 아내이자 어머니 되시는 고인의 유골함 밀랍 봉인을 누군가가 훼손했습니다." 관리소장이 목소리를 깔면서 말했다.

"무슨 말인지 모르겠는데요." 마농이 말했다.

"1인 혹은 여러 명의 침입자들이 유골함 개봉을 시도했는데, 하지만 안심하십시오, 우리 대책반에서 조사해본 결과 범인들이 뚜껑은 열지 못한 것으로 결론을 내렸습니다."

"좀 더 친절하고 자세히 설명해주어야지 알아들을 것 같소." 바르텔 씨가 말했다. "대체 침입자는 뭐고, 대책반은 또 뭡니까?"

"화장 담당자에게 유골함에 이상이 없는지 확인시킨 결과 밀랍 봉인이 훼손되어 있었으나 유골은 온전한 상태였습니다. 따라서 침입했으나 미수로 그친 사건이지요."

"미수로 그친 사건이라니!" 바르텔 씨가 소리쳤다. "대체 누가 그런 짓을 했단 말이오?"

"현재로서는 전혀 모르지만 우리가 철저히 수사 중이니까 안심하십시오."

"직원 중 한 명이 실수로 떨어뜨린 것일 수도 있지 않나요?" 마농이 추측했다.

"절대 불가능합니다!" 관리소장이 단언했다.

"하지만 누군가가 유골함을 열려는 시도를 했다면서요?"

"네, 하지만 그것도 뚜껑이 개봉되지 않은 걸 보면 꼭 그랬다고 단정 지을 수도 없습니다. 그랬다면 밀랍 봉인이 훼손되었을 테니까요. 그런데 말씀드렸다시피……."

"……밀랍 봉인이 훼손됐으나 유골은 온전한 상태라는 거잖아요." 마뇽이 대신 말을 맺었다.

"그래서 내 아내는 지금 어디 있소?" 바르텔 씨가 물었다.

"보상 차원에서 우리 납골당 최고의 자리에 모셔놨습니다. 제 사무실 바로 옆 건물, 밑에서 세 번째 열의 멋진 진열창 안에 모셨는데 공원이 바라다보이는 곳입니다. 가장 비싼 곳이지만 그 차액은 우리 측에서 부담할 겁니다."

"그런 짓을 저지른 자들을 찾아서 나한테 데려오는 데 24시간 주겠소. 부끄러운 줄 아시오!" 바르텔 씨가 격분했다.

"그냥 단순 사고일 거예요." 마뇽이 주장했다. "누가 무슨 목적으로 그런 짓을 저지르겠어요? 이유가 없잖아요. 그리고 엄마의 유골이 없어진 것도 아니고."

"미심쩍은 것이 있긴 합니다." 관리소장은 마뇽의 추측을 개의치 않고 말했다. "우리 정원사 중 한 명이 주변을 서성거리는 남자를 봤다고 하거든요."

"장례식이 끝나고 우리가 모두 나간 뒤에 일어난 일이란 말이오?" 바르텔 씨가 물었다.

"장례식이 끝나면 늘 하는 절차가 있습니다. 마지막 조문객이 떠나자마자 우리 직원이 유골함을 안치할 장소로 안내해드리려고 미스 바르텔을 찾으러 갔다가 유골함에 문제가 있는 걸 발견하게 됐습니다."

"그래서 빈소를 마지막으로 떠난 조문객이 누구였는데요?"

관리소장이 어깨를 으쓱하면서 모른다고 했고, 마농은 자신이 마지막으로 토마와 함께 빈소에서 나왔으며, 어머니의 유골함 가까이 서 있는 토마를 봤다는 말은 하지 않았다. 그녀의 부탁으로 오르간 연주자를 대신해 드뷔시의 곡과 비발디의 〈글로리아〉를 열정적으로 연주해주었고, 오후 내내 그녀의 흑기사가 되어준 사람이 그런 짓을 저지를 리 없었다. 그러니까…… 어딘지 모르게 서툴렀던 그의 행동은 어쩌면 고의가 아니라 실수로 유골함을 넘어뜨렸기 때문일지도 몰랐다. 그녀는 그가 얼마나 당황했을지 상상하면서 바보같이 미소를 지었다. 아버지가 봤다면 진정하는 데 전혀 도움이 되지 않을 미소였다.

"나는 단순 사고라고 확신해요." 그녀는 일어나면서 다시 한번 말했다. "범죄가 일어나려면 확실한 동기가 있어야 한다는 말 아시죠? 그런데 이 경우는 동기가 뭐죠? 유골을 훔쳐서 뭘 할 수 있다고? 말이 안 돼요!"

"네가 탐정이라도 되니?" 바르텔 씨가 버럭 화를 냈다.

"화낼 필요 없어요, 결국은 나와 같은 결론이 날 텐데. 나는 이만 어머니에게 마지막 인사를 하러 갔다가 바람 좀 쐴게요. 아빠, 속 끓이지 마요. 저녁은 집에 가서 먹을게요. 우리 어머니를 모셨다는, 공원이 바라다보이는 그 대단한 곳이 어디죠?" 마농이 냉소적인 어조로 물었다.

디니테닷컴의 관리소장은 지체 없이 비서를 불러서 미스 바르텔을 안내하라고 지시했다. 그녀가 나간 뒤 사무실에는

210

더 숨 막히는 정적이 흘렀다.

*

　마농은 진열창 안의 유골함을 쳐다보고 있으니 한결 마음이 진정되는 것 같았다.

　"마침내 우리 둘만 있게 됐어요. 엄마, 이상하게도 엄마가 아직 여기 있는 느낌이 들어요. 지난 몇 달 엄마는 오늘보다도 더 말이 없었어요. 내가 그토록 엄마에게 알려주고 싶던 자유, 엄마는 이제 원하는 곳으로 떠날 수 있어요. 어쩌면 훨씬 더 멀리 떠날 수도 있고요. 이따금 나를 보러 돌아온다는 조건이라면요. 엄마가 내 말을 들을 수만 있다면 세상에서 가장 소중한 것도 내어줄 수 있어요. 엄마의 유골함을 넘어뜨린 피아니스트, 그게 혹시 엄마가 나한테 보내는 신호였어요? 예전의 엄마로 돌아왔다는 걸 나한테 알리려는 엄마의 장난 중 하나예요? 아무튼 자리를 바꾸게 돼서 엄마가 득을 봤어요, 정말로 여기 뷰가 아름다운 걸 보니."

*

　바르텔 씨는 관리소장의 사무실에서 정원사를 기다렸다. 정원사의 설명은 전혀 설득력이 없었다. 이날 아침 일찍, 검정 양복 차림의 삼십 대 남자가 공원을 산책하다가 한 벤치에 앉아 있었다. 정원사가 보기에 그 남자는 혼잣말을 하고 있는 것 같았다. 거기까지는 특이한 점이 전혀 없었다. 그러다 얼마 후, 한 젊은 여자가 그를 데리러 왔다.

"데리러 온 건지 그걸 당신이 어떻게 압니까?" 바르텔 씨가 물었다.

"장례식이 시작되기 직전에 두 사람이 같이 장례식장으로 들어갔거든요." 정원사가 알고 있는 건 그게 다였다.

"그 남자를 반드시 찾으시오." 바르텔 씨가 지시했다.

"하지만 벤치에 앉는 것이 범법 행위는 아닙니다." 관리소장이 상기시켰다. "그리고 그 남자는 고객님의 조문객 중 한 명인 것 같고요."

"우리 친구 중에는 그런 인상착의와 일치하는 사람이 없어요. 하지만 집에 가서 명단을 확인해보지요. 아무튼 늦어도 내일까지는 당신의 답변을 기다리겠소."

바르텔 씨는 관리소장과 비서, 정원사에게도 인사 없이 사무실을 나갔다. 하지만 그는 곧바로 돌아와서 또 다른 요청을 했다.

*

토마는 심포니 홀 앞을 다시 지나가고 싶은 욕망을 억제하지 못했다. 그는 계단에서 잠시 걸음을 멈추고 언젠가 자신의 연주를 들으러 몰려드는 청중을 머릿속으로 그려봤다. 이어서 아트갤러리, 기념품 가게, 미용실 등 쇼핑센터가 있는 유니언 스퀘어로 발길을 옮겼다. 오파렐 스트리트에서 몇 걸음

떨어진 곳의 쉼터에는 아스팔트 바닥에 누워서 자는 사람들이 보였다.

토마는 광장 중앙에 서 있는 원기둥 앞에 멈춰 섰다. 그리스 여신상이 한 발로 서서 하늘을 향해 삼지창을 치켜들고 있었다.

"승리의 여신 니케야." 예고 없이 불쑥 나타난 레몽이 설명했다.

소스라치게 놀란 토마가 아버지를 쳐다보면서 안도의 숨을 길게 내쉬었다.

"놀랐니?"

"그걸 말이라고! 근데 어떻게 한 거예요?"

"눈에 확 들어오고, 한 시대를 대변하는 동상이잖아. 균형감도 일품이고!"

"내 말은, 어떻게 이동한 거냐고요?"

"몰라. 그럼 나도 한번 물어보자. 너는 어떻게 걷니? 각자의 방식이 있는 거야. 나는 내 방식대로 왔다 갔다 해. 니케 여신상은 미국과 에스파냐의 마닐라 전투에서 승리한 드위 제독을 기리기 위해 건립되었지. 삼지창 중 가지 하나는 당시 대통령이던 매킨리를 상징해. 이 기념비가 낙성된 지 여섯 달 후 매킨리가 피살되었고, 뒤를 이어 대통령이 된 루즈벨트가 삼지창 중 가지 하나를 매킨리에게 헌정했거든. 반박할 수가 없는 역사적 결론이지. 생전에 창이 아니던 매킨리가 사후에 창이 되었으니."

"아빠가 샌프란시스코에 대해 이 정도로 잘 아는지 몰랐어요." 토마가 놀라워했다.

"방금 너한테 얘기한 건 기단석에 새겨진 글을 읽은 거야. 어떻게 영원성을 동상으로 표현하겠다는 웃기는 생각을 했을까? 동상이라니, 슬프잖아."

"모든 사람에게 아들을 만나러 돌아오는 기회가 있는 건 아니겠죠?"

"그래, 누구에게나 있는 기회는 아니지. 너무나도 고마운 일이야. 근데 내 입을 열게 하려고 유도하는 거라면 괜한 헛수고다. 이제 관광객 놀이 끝났으면 저기 계단에 가서 얘기 좀 하자."

토마는 아버지를 따라가다 버스킹을 하는 기타리스트와 가까운 곳에 앉았다.

"그들이 내 유골함을 압수해갔어! 디니테…… 뭐 어쩌고 하는 곳의 관리소장이 유골함이 그렇게 버려진 것에 대해 엄청 분개했는데, 그 사람이 통탄하는 말을 듣고 있으니 내가 교회 계단에 버려진 어린아이라도 된 듯한 느낌이 들더구나. 그의 비서는 가난한 사람들이 묘지를 마련할 돈이 없어서 운명을 하늘에 맡긴 거라고 동정론을 폈고 말이야. 그러자 관리소장이 아무리 궁핍해도 시신을 벽난로에 넣어서 화장하는 사람은 없다고 받아치면서 자기들끼리 옥신각신하는 거야. 벽난로라니, 당치도 않게! 굴욕적이었어! 어쨌든 그자가 나를 자기 사무실에다 가둬버렸어. 명색이 외과 의사였던 내가 쓰레기처럼 버려지다니! 대체 내가 무슨 잘못을 그렇게 했다고 그런 대접을 받아야 하는 거니?"

"보통은 이렇게 말하는데요. '하느님, 내가 무슨 잘못을 했기에 이런 지경에 이르렀나이까?'"

"내가 하느님 타령하지 말라고 했잖아. 하느님이란 말을 입 밖에 내지 마! 내가 말은 완전 실패라고 했지만 이건 대재앙 수준이야."

"아빠의 유골함이 어디 있는지 알았으니 좋은 소식이네요. 내가 내일 가서 달라고 할게요. 간단히 해결할 수 있어요."

"이번에는 내가 물어야겠구나. 너 어느 별에서 살다 왔니? 그들에게 가서 뭐라고 말할 건데? 네 아버지의 유골과 여행 온 거라고? 그리고 그 유골함이 네 것이라는 건 어떻게 증명할 거고? 증빙서류도 없이 너를 믿어달라고 애원할 거니? 누구를 대통령으로 선출한 뒤로 이 나라에서 외국인을 어떻게 대하는지 네가 알아? 운이 좋으면 너를 추방할 거고, 운이 나쁘면 카미유의 유골함과 관련된 작은 사건과 연관 지어 너를 당장 구속시킬 거야."

"작은 사건이라니요?"

"장례식이 끝난 뒤 유골함을 열려다 실패하면서 네가 뚜껑을 제대로 닫지 않은 모양이야. 뚜껑이 밀봉되어 있었는지는 나도 몰랐는데 네가 그걸 훼손했고, 그래서 그들이 불법침입이 있었다고 판단한 거지. 아르센 뤼팽이 아니어도 그 정도는 유추할 수 있으니까!"

토마는 눈이 동그래졌고 아버지는 아들의 뺨이 붉어지는 걸 보고 놀랐다.

"카미유의 딸도 알아요?" 토마가 걱정스럽게 물었다.

"아마도. 딸의 눈이 무슨 색이니?" 레몽이 물었다.

"블루 토파즈." 토마는 대답했다. "왜요?"

"블루 토파즈…… 또 그녀의 이름을 잊어버린 척 애쓰는구나."

"그녀의 이름은 안 잊었고, 무슨 연관이 있는지도 모르겠어요."

"나는 네 아버지야. 나도 네 나이였을 때가 있었고. 네가 그녀에게 빠진 게 아니라면 그녀의 눈동자 색깔을 알고 있을 정도로 관심을 기울이지도 않았겠지. 그건 뭔데? 나한테는 어렵 없다, 아들아. 넌 나의 판박이니까. 사과는 나무에서 멀리 떨어지지 않아, 어쩌다 멀리 굴러가는 것도 있기야 하겠지만."

"아빠는 죽어서도 아무 말이나 막 던지네요. 그녀 곁에 두 시간을 있었어요. 그녀의 눈이 무슨 색인지 알기에는 충분한 시간이라고요. 그리고 잊었을까 봐 상기시키는데, 내가 왜 그러고 있었는데요? 아빠를 도와주기 위해서잖아요."

"진짜?"

마침 기타리스트가 밥 딜런의 〈I Shall Be Released〉를 치기 시작했다. 그래서 레몽은 아들에게 아무 실수도 하지 않았는지 확인했다.

"알았어요, 실수한 거 인정할게요. 그러니까 내가 바로잡으면 되잖아요. 오늘 밤 납골당으로 갈게요. 그 사무실에 들어갈 방법을 찾아서 장식장을 부수어서라도 아빠를 파리로 데려가면 되죠."

"그건 너무 위험해. 토마, 네가 위험에 빠지게 내버려둘 수 없어. 애초에 이 일에 너를 끌어들인 것이 잘못인데. 농담은 여기까지 하는 걸로. 그리고 나는 네 엄마 집으로 돌아가고 싶지 않아. 그럴 나이도 아니고. 운이 좋으면 카미유에게서 그리 멀지 않은 곳에 있게 될 거고, 운이 나쁘면 내 유골을 어디다 뿌려버리겠지. 그래도 내가 지난 5년을 보낸 먼지 쌓인 책장보다는 이 공원이 더 이국적이잖아."

"그래도 사람을 죽이기야 하겠어요."

"또 말 함부로 한다! 신성한 곳을 불법침입한 것으로 간주될 텐데, 체포되면 네 행동이 정당하다는 증명을 할 수가 없어. 판사의 관용을 바랄 수도 없고. 너를 샌프란시스코로 데려오면서 나는 언젠가 미국에서 연주하고 싶은 너의 오랜 꿈이 이뤄지게 도와주고 싶었는데 쇠고랑을 차게 생겼으니."

기타리스트가 혼잣말하는 사람을 더는 참을 수 없는지 짐을 챙겨서 좀 더 멀리 떨어진 곳으로 자리를 옮겼다.

토마는 입을 꾹 다문 채 손잡고 산책하는 관광객 커플을 관찰했다.

"그래도 잘못된 여행은 아니었어요. 아빠가 말했잖아요, '삭막한 곳에 있느니 차라리 죽는 게 낫다'고."

"그래, 그랬었지. 하지만 네가 지적한 대로 나는 이미 죽었잖아. 앞날이 창창한 네가 그런 위험을 무릅쓰는 건 용납 못 해."

"나도 용납 못 해요. 아빠를 여기 두고 혼자는 못 가요. 나중에 아빠의 손자들에게 내가 뭐라고 하겠어요? 그 어느 때보다 나를 필요로 하는 순간에 내가 할아버지를 버렸다고 해요?"

"너 임신했니?"

"이것 봐요, 아빠도 가끔 허튼소리 한다니까요."

"아마도. 하지만 나는 네 엄마를 허튼소리 덕분에 유혹할 수 있었어. 이따금 재치 있는 말을 던질 기회를 놓치지 않는 것이 키포인트지, 특히 힘든 상황에서는."

"그 사무실은 1층에 있겠죠?" 토마가 물었다.

"왼쪽 첫 번째 건물의 1층, 세번째 창문. 땡잡은 거지." 레몽이 별 뜻 없이 대답했다.

"그럼 자정 지나서 털자고요."

레몽이 아들의 어깨에 팔을 둘렀다.

"네 말이 맞아. 잘못된 여행이 아냐. 하지만 하나만 약속해 주기 바란다."

"뭔지 들어보고 대답할게요."

"언젠가는 샌프란시스코로 돌아와 심포니 홀 무대에서 연주할 것, 그리고 연주회가 끝나고 청중이 갈채를 보내면 네 아버지를 생각할 것."

"나는 무대에 오를 때마다 아빠를 생각해요."

레몽은 잠시 침묵했다.

"너와 더 많은 시간을 함께 보냈어야 했는데." 레몽이 말했다. "세상에서 가장 친한 친구로 남을 수 있게. 나는 너의 롤 모델이 되어 내 방식대로 너를 가치르고 내 가치관을 심어주고 싶었는데 그것이 오히려 우리 사이를 멀어지게 했던 거 같아. 자신의 인생이 모범적이라고 생각하는 인간의 오만한 죄라고 해야겠지. 하지만 네가 이룬 인생은 내 기대 이상이었어. 겉으로 표현은 안 했지만 네가 자랑스러워. 어엿한 남자가 된 현재의 너는 물론이고, 어릴 때도 너는 이미 기대 이상이었어. 너의 결단력, 너의 용기, 타인에 대한 관심, 불가능이란 없다는 생각이 들게 하는 너의 눈빛."

"그만해요, 아빠."

"중요한 얘기 하는 거니까 겸손해할 필요 없어. 나는 시간이 많지 않아. 차츰 내가 지워지고 있는 것이 느껴져. 그러니까 내 말을 명심하고 약속을 지켜주기 바란다."

토마는 아버지를 뚫어져라 쳐다보면서 약속했다.

15

토마는 빠른 걸음으로 유니언 스퀘어를 가로질러 광장 아래쪽 쇼핑센터로 향했다.

"어디 가는 거니?" 레몽이 물었다.

"야회복 사러 가요." 토마가 대답했다.

"운동용품 파는 상점이잖아?"

"침입하려면 활동하기 편한 시커먼 옷을 입는 게 낫잖아요."

"아르센 뤼팽은 양복 차림으로도 잘만 하던데." 레몽이 중얼거렸다.

*

그린 스트리트의 숙소에서 잠시 휴식을 취한 뒤 토마는 옷을 갈아입었다. 그들은 납골당까지 가지 않고 여섯 거리 전에 택시를 세웠다. 의심 살 만한 행동을 원천봉쇄하는 방법으로 레몽이 텔레비전을 보다가 배운 것이었다. 그들은 택시가 시야에서 사라지길 기다렸다가 걷기 시작했다. 기어리 스트리트와 보몬트 스트리트가 만나는 교차로에서 멜 극장식당 앞을 지나가다 레몽이 갑자기 멈춰 섰다.

"진짜 드라이브인이잖아!" 레몽이 파란색 네온사인 간판을 보면서 탄성을 질렀다. "이렇게 반가울 수가! 50년대 영화에 나오는 드라이브인 그대로네. 들어가자, 빈속으로 작전 수행하는 건 무모한 짓이야. 그러다 어지러워서 쓰러지기라도 하면 그 꼴을 어떻게 보라고."

토마는 손목시계를 봤다. 자정이 되려면 아직 멀었고, 아버지가 악담을 날리긴 했지만 전혀 틀린 말을 한 것도 아니었다. 토마는 드라이브인의 문을 열어보고 시설이 갖춰진 곳인지 확인했다.

줄지은 부스마다 창유리를 따라 놓인 인조가죽 장의자, 포마이카 테이블과 의자들이 놓인 홀, 회전의자들이 놓인 스탠드바. 원기둥을 등지고 요란하게 반짝이는 주크박스도 있었다.

"이것 좀 봐!" 레몽이 외쳤다. "〈Rock Around the Clock〉에 맞춰서 네 엄마와 춤도 췄었는데. 너 동전 있니?"

토마는 호주머니를 뒤져서 주크박스 구멍에 동전을 집어넣었다. 빌 헤일리의 흘러간 노래가 들리자 스탠드바에 앉은 손님들이 반가운 미소를 지으며 돌아봤다. 토마는 부스 안으로 들어갔다. 핑크색 튜닉에 흰 앞치마를 걸친 종업원이 토마에게 메뉴판을 가져왔고, 커피 한 잔을 따라주었다.

"스물다섯 살 때의 나를 되찾은 느낌이구나." 레몽이 장의자를 어루만지면서 말했다.

"드라이브인에 자주 갔어요?"

"목요일마다 극장에 갔고, 언젠가 영화 속의 드라이브인에서 저녁 먹는 게 꿈이었어. 극장을 나와 친구들과 폼 잡고 쏘다니면서 배우 흉내를 내곤 했지. 그때는 온 세상이 우리 발밑에 있었으니까. 여기 있는 것이 나를 얼마나 행복하게 하는지 넌 상상도 못 할 거다. 극장 스크린이 아닌 데서 영화를 보는 건 처음이야."

토마는 훨씬 젊어져 있는 아버지를 관찰했다. 젊었을 적의 꿈을 이뤘고, 〈Rock Around the Clock〉의 가사처럼 사라질 시간이 다가오고 있기 때문일까?

*

그들은 자정이 지나서 공원 철책 앞에 도착했다. 그런데 철책이 생각보다 훨씬 높았다. 그리고 철망은 발을 디딜 데가 전혀 없었다. 어찌어찌 철책을 타고 기어 올라간다고 해도 철침에 찔릴 터라 매달리는 것도 불가능했다.

"내가 아빠라면 이 정도는 일도 아닐 텐데." 토마가 말했다. "하지만 나는 여기서 포기하는 것이 더 두려워요."

토마는 정문과 양쪽의 석조기둥을 살피다 기둥과 철망 사이에 벌어진 틈을 찾았다.

"여길 잡으면 될 것 같아요." 토마가 기어오르면서 말했다.

"그러다 목 부러질라." 철책 너머에서 아버지가 걱정했다.

하지만 토마는 기어이 올라가서 젖은 수풀 위로 뛰어내렸다.

그들은 본관 건물로 향했다. 레몽이 순찰을 도는 경비가 있는지 살피면서 길을 열었고, 토마는 그 뒤를 따라갔다.

"창문이 있는 거 확실해요?"

"내가 네 아버지인 것만큼 확실해. 그리고 우리는 판에 박은 듯 빼닮았고."

토마가 유리창을 박살내기 위해 화단에서 돌멩이 하나를 주웠다.

"경보가 울리지 않길 바라자."

레몽이 멈추라는 손짓을 보냈다.

"잠깐! 무슨 소리가 들렸어. 너는 어디 숨어 있어. 내가 가서 살펴보고 올게."

숨어 있을 만한 곳은 잔디밭 중앙에 보이는 벤치 뒤가 유일한데 거기까지 가다가는 발각될 게 뻔했다. 하현달이지만 그 달빛이면 눈에 띄기에 충분했다. 토마는 장미나무 사이에 납작 엎드리는 것 말고는 다른 선택이 없었다. 발목과 팔뚝이 온통 가시에 찔려서 아프지만 참으려고 입술을 깨물었다.

"이상 없어. 잘못 들은 모양이야. 내가 꿈을 꾼 건지, 쥐가 그런 건지." 레몽이 돌아오면서 해맑게 말했다. "이상하네. 나는 잘 들어서, 성가실 정도로 잘 들어서 탈인데. 근데 너 어디 있니?"

"여기요." 토마가 일어나면서 대답했다.

"땅바닥에서 뭐 하니?"

"손에서 피가 나는데 연주회에 이 상태로 나가면 꼴좋겠네요." 레몽이 힐끔 상처를 쳐다보면서 어이없다는 얼굴로 말했다.

"에이, 그까짓 찰과상으로 엄살은."

"경보장치 있는지 확인했어요?" 토마가 손목을 주무르면서 물었다.

"친절하게 부탁했으면 열심히 찾아봤을 텐데." 아버지가 너스레를 떨었다.

레몽은 건물을 따라 본관의 문으로 향했다. 토마가 조심하라고 주의를 주자 아버지는 그러는 척하다가 장난기 있는 얼굴로 말했다.

"이런, 내 정신 좀 봐!" 레몽이 쉽게 할 수 있는 일을 왜 이렇게나 어렵게 하고 있는지 모르겠다면서 툭 내뱉었다.

레몽은 오던 길을 되돌아가다가 자연스럽게 벽을 통과했다.

토마는 황당함에 분통이 터지려는 것을 간신히 억눌렀다. 잠시 후, 아버지가 창문 앞에 서 있었다.

"아름다운 밤이구나!" 레몽이 명상에 잠긴 듯 난간에 팔꿈치를 괸 채 하늘을 살피면서 말했다.

"내가 아빠를 위해 목숨을 거는 동안에는 집중 좀 해주실래요?"

"긴장 좀 풀어보겠다고 기껏 애를 썼더니 그걸 또 불평하는구나! 그래, 내가 전문가는 아니지만 꼼꼼히 살펴봤고 경보장치 비슷한 건 발견하지 못했어. 창문이나 문에도 감지기나 탐지기 같은 건 없고."

"그래도 꽤 많이 알고 있네요."

"내가 집에서 나올 때 네 엄마 집에 경보장치를 설치했거든. 결혼 생활을 끝낸 뒤로는 큰 도움을 주진 못했지만 적어도 나라는 존재가 네 엄마에게 위안이 됐지. 그러면서 설치해 준 게 한두 가지가 아니야. 이 타일 한번 깨뜨려봐, 견적서는 내가 금방 뽑아줄 테니까."

토마가 비켜서 있으라고 하자 아버지는 몹시 재미있어했다.

한 번의 돌팔매질로 유리가 박살나면서 창문이 뚫렸다. 날렵하게 기어오른 토마는 마침내 디니테닷컴 관리소장의 사무실 안으로 뛰어내렸다.

"이거예요?" 토마가 문 옆에 있는 세모꼴 장식장을 가리키면서 물었다.

"나는 영수증 묶음과 팸플릿 더미 사이에 처박혀 있어. 이런 자들이 감히 존엄Dignité이라는 말을 함부로 사용하다니!"

토마는 눈이 어둠에 익숙해질 때까지 기다렸다가 행동에 들어갔다. 그는 책상 위에 있는 묵직한 은빛 종이칼을 집어 들고 자물쇠를 내리쳤다. 장식장 문이 덜컥 열리면서 하마터면 경첩이 떨어져 나갈 뻔했다.

"그렇게 심하게 내리칠 필요까지야. 관리소장이 내일 아침 사무실에 들어오면 바로 알아차리겠어."

"타일을 깨뜨렸다면 그게 오히려 단서가 됐을 거 같은데요."토마가 태연하게 받아쳤다.

토마는 선반에 놓인 유골함을 보면서 안도의 숨을 내쉬었다.

"그래도 이상하구나. 네 엄마 집 서재에 나타난 나를 봤을 때보다 내 유골함을 보면서 더 기뻐하는 걸 보니까."

"아빠는 아무 때나 내키는 대로 농담을 던질지는 몰라도, 내가 아빠를 여기 버려두지 않을 거라고 한 말은 농담이 아니었어요."

"그래, 내가 농담을 많이 하지. 마음속에 두고 있는 말을 뭐라고 표현하면 좋을지 모를 때 농담을 하니까."

토마가 양탄자 바닥에서 돌멩이를 주웠다.

"돌팔매질 한 번 더 해야 되는 거 아니에요?"토마가 물었다. "이왕 들어왔는데 왜 카미유의 유골함을 찾으러 가자고 안 해요? 그래야 미션을 완수하는데."

레몽은 창문 앞으로 미끄러지듯 움직여서 납골당 쪽을 바라봤다.

"이제 저기 없으니까."그는 한숨을 쉬었다. "여기 도착한 순간 느꼈어. 그래서 아까 무슨 소리가 들린다고 하면서 확인하러 갔던 거야. 미안하다."

"어디 있는데요?"토마가 물었다.

"몰라. 그녀의 남편이 무슨 냄새를 맡은 게 틀림없어. 네가 나를 빼닮았기 때문에 아마 어디다 숨겼겠지. 그자가 이번에도 이기려나 보다. 우리가 헤어진 뒤, 그가 카미유를 데리고 멀리 떠났던 것처럼. 그가 이미 그녀의 유골을 어딘가에 뿌렸을지도 몰라. 아무튼 내가 또 진 것 같다. 이제 여길 나가자. 내일 나를 해변으로 데려가. 그리고 이번에는 정말로 거기서 작별하자. 나는 파리로 돌아가고 싶지 않아. 차라리 여기 있고 싶어. 카미유가 살았던 이곳에. 이해하지?"

"그럼 나는, 아빠의 계획 속에 나는 있긴 했어요? 아빠에게 말하고 싶을 때 나는 어디로 가야 하는데요? 아빠가 없으면 누구에게 조언을 구하라고요?"

"나는 5년 전에 떠났어, 토마. 너는 아주 잘하고 있어. 네가 연주할 때 우리는 다시 만날 거야. 네가 한 여자를 위해 연주하는 날이 올 거고, 그녀에게 조언을 구하게 될 거다. 그러다 네 아이들을 위해 연주하는 날이 오겠지. 그게 인생이야. 너에게 자리를 내어주려면 나는 사라져야 해."

레몽이 토마에게 다가와 꼭 끌어안고 다정한 미소를 지었다.

"내 아들, 눈물 닦으렴. 함께 보내는 이 소중한 시간을 낭비하지 말자. 우리는 즐거운 시간을 보냈고, 뜻밖의 순간도 맞이했어. 학회에 참석하느라 세계를 돌아다녔지만 네 아버지로 함께하는 이 여행이 나의 가장 아름다운 여행이야."

16

마농은 시 클리프 애비뉴 길가에 차를 세웠다. 도시에서 가장 아름다운 동네 중 하나를 가로지르는 구불구불한 길이었다. 베이커 비치와 바다 쪽으로 줄지은 저택들이 경쟁하듯 울창한 정원에 둘러싸여 있었다.

집사가 문 앞에서 기다리고 있다가 그녀를 식당으로 안내했다. 아버지는 실내복 차림으로 기다리고 있었다.

"딸이 오는데 좀 멋지게 입지 그랬어요."

"서운해하지 마, 오늘 저녁은 옷 갈아입을 의욕이 없었어. 그렇다고 너를 만나는 기쁨이 반감되기야 하겠니."

바르텔 씨는 마농에게 자리에 앉으라고 했다. 식사 준비는 30분 전에 끝났고, 찬모가 언제 차리면 되냐고 벌써 두 번이나 왔다 갔다면서.

마농은 바로 일어나서 찬모 테레사를 보러 갔다. 테레사는 이곳에 있던 시간을 꼽아보는 게 무의미할 정도로 긴 세월 동안 바르텔의 집에서 일했다. 마농은 자신의 성장을 지켜본 테레사를 가족의 일원으로 여기고 있었다.

"아버지가 너무 힘들게 하는 건 아니죠?" 마농이 테레사를 끌어안으면서 속삭였다.

"지금 힘드신 분은 아버님이죠, 마농. 까다로운 성품이야 늘 그랬던 거고 나한테는 뭐라고 하지 않으셔요. 그러는 마농은 늘 그랬듯 오늘도 늦었네요."

"긴 하루였어요."

"알죠." 테레사가 속삭였다. "하지만 이제 끝났어요. 앞으로는 그 삭막한 곳에서 오후를 보내지 않아도 되니까요. 어머니에게도 지금 계시는 곳이 더 낫고요."

"엄마가 어딘가에 계시기는 할지." 마농이 말했다.

"당연히 어딘가에 계시죠!"

"저승과 연락이 닿아요?" 마농이 놀리는 어조로 물었다.

"저승과 무슨 연락이 닿겠어요? 하지만 이 집에서 내가 모르는 일은 없으니까요."

"피곤해서 그런지 무슨 말을 하는지 전혀 모르겠어요."

"난 아무 말도 못 해요. 나한테는 그럴 권리가 없어요." 찬모가 받아치면서 냄비 안의 스프를 조심스럽게 그릇에 부었다. "하지만 내 생각에 이건 좋지 않아요."

"뭐가 좋지 않아요?"

"아무것도 아니에요! 총사령관으로부터 입 다물라는 지시가 있어서요. 아버지가 비위를 거스를 때마다 어머니는 바르텔 씨를 그렇게 불렀죠."

"무슨 지시요?" 마농이 집요하게 물었다.

"조용히 식탁으로 가요. 식은 음식 먹이려고 내가 이 고생을 한 게 아니거든요. 내가 하도 오븐에 넣었다 뺐다 해서 이 불쌍한 가자미 요리도 현기증을 느끼게 생겼고요. 뭘 하든 식사가 끝난 뒤에 해요. 예를 들어 책을 찾으러 서재에 들어가 본다거나 하는 건 마농의 자유니까요."

"좋아요, 지금 가볼게요."

"지금은 안 돼요!" 테레사가 마농의 팔을 잡았다. "전쟁 중이었다면 아주 형편없는 연락원이었겠어요. 지금 당장 내 주방에서 나가 아버지와 식사하세요."

테레사는 마농이 어렸을 때처럼 눈을 부릅떴다. 성인이 되어서도 마농은 그녀의 지시에 토를 달지 않았다. 바르텔 씨도 여간해선 테레사에게 잔소리를 하는 일이 없었다.

마농은 아버지와 마주 보는 자리에 앉아서 테레사가 완두콩 콩소메를 접시에 덜어주고 나가길 기다렸다.

"인테리어를 바꿔야겠어요. 벽지도 그렇고 내장재도 너무 칙칙해요."

마농은 벽난로 선반 위에 걸린 셔먼 제독의 초상화를 쳐다봤다. 그녀가 어렸을 때 무서워하던 초상화였다.

"음험한 눈으로 31년이나 나를 응시하는 저 초상화, 밝은 그림으로 바꾸면 안 될까요? 한 번도 열지 않는 저 커튼도 그렇고요. 바깥 경치를 아예 안 볼 거면 아름다운 동네에 뭐 하러 살아요?"

"네 집이나 원하는 대로 꾸미고 내 집은 가만 내버려둬라. 장례식에서 오르간을 연주한 그 남자는 누구니?" 바르텔 씨가 물었다.

"그냥 오르간 연주자요." 마농은 건성으로 대답했다.

"이름이 있을 거 아냐?"

"물론 있겠지만 몰라요. 왜요?"

"마음껏 즐기더구나. 어찌나 열정적이고 활기차던지 네 어머니 친구들도 아주 좋아했고."

"그게 엄마가 원한 거잖아요?"

"아마도. 그래도 좀 지나쳤어. 그 남자가 누군지 전혀 몰라?"

"알아야 해요?"

"어디서 그런 실력자를 찾았나 싶어서. 디니테닷컴의 관리소장에게 물어봤더니 음악은 네가 담당해서 모른다고 하던데."

"잘못 아셨어요. 오르간 연주자를 구해달라고 관리소에 부탁했어요."

"처음에는 그랬지. 하지만 그들이 구한 연주자는 올 수 없었어, 오늘 아침에 사고를 당하는 바람에. 그 사실을 알고 네가 뒷수습을 한 거잖아."

"왜 그 남자에게 관심을 갖는데요?"

"내가 날마다 아내의 장례를 치르는 것도 아니고, 뭐든 세세히 다 알고 싶어 하는 내 성격 알잖아. 나는 그저 그가 누군지 알고 싶을 뿐이야. 게다가 뷔페 홀에 있는 동안 우리 친구들 중 누구와도 말을 나누지 않고 내내 그 남자와 얘기하고 있던데. 아주 무례했어."

"나도 날마다 우리 엄마의 장례를 치르는 건 아니에요. 나는 애도하면서 충분히 예의를 지켰어요. 그렇게 알고 싶다니까 말할게요. 내가 그 남자에게 부탁했어요. 아무도 나한테 다가오지 못하도록 한순간도 내 곁을 떠나지 말아달라고요. 그 남자는 미션을 완벽하게 해냈죠. 그리고 나는 아버지와 어머니의 친구들이 무슨 생각을 하든 아무 관심 없어요."

"그가 자기 이름을 말하지 않은 것도 이상하구나."

"내가 물어보지 않았으니까요!"

"그건 더 이상하구나."

"뭘 알고 싶은 거예요?"

"넌 아직 내 질문에 대답하지 않았어. 성령이 보내준 사람이라면 몰라도 그 남자를 어디서 찾아냈니?"

"공원 벤치에서 그 남자가 아름다운 음성으로 콧노래를 부르고 있었어요. 그래서 내가 운을 시험해봤는데 행운을 잡은 거죠. 그래서 연주를 부탁했어요. 이제 만족하세요?"

바르텔 씨는 침통한 표정으로 딸을 쳐다봤다.

"앞으로는 서점에서 더 많은 시간을 보낼 생각이니?"

"앞으로는 사무실에서 더 적은 시간을 보낼 생각이에요?"

"그런 식으로 말대답할 필요 없다. 다른 동네에 2호 서점을 열고 사업을 확장할 생각을 하라는 뜻으로 한 말인데."

"돈 벌겠다는 욕심 때문이 아니라 책과 시간을 보내는 것이 좋아서 하는 일이에요. 그리고 책 얘기 하니까 생각났는데 책 한 권 빌려갈게요."

마농은 의자를 뒤로 빼고 아버지를 혼자 둔 채 식당을 나갔다. 식사할 때부터 테레사가 암시한 말이 머리에서 떠나지 않았고, 서재 문을 여는 순간 무슨 뜻인지 알게 됐다.

어머니의 유골함이 그랜드피아노 위에 놓여 있었다.

마농은 정적이 흐르는 서재 안으로 들어갔다. 뒤따라온 아버지가 정적을 깨트렸다.

"음악을 좋아하던 엄마에게 최고의 자리라고 생각하지 않니?"

"엄마가 왜 여기 있어요?" 마농이 소리쳤다. "아빠는 진짜 엄마를 가만 내버려두질 않는군요."

"납골당에서 그런 일이 일어났으니 안전하게 보관하고 싶었어."

마농은 돌연 태도를 바꾸고 아버지에게 다가가서 두 손을 잡았다.

"아빠, 그게 진짜 이유가 아니라는 거 잘 알아요. 엄마는 더 이상 이 집에 머물 수 없어요. 아빠는 아무런 책임 없어요. 엄마 책임도 아니고요. 자학하지 마세요. 나는 아빠를 잘 알아요. 아빠는 감당하지 못할 것이 없다고 자부하는 사람이지만, 엄마의 병은 아빠나 그 누구도 막을 수 없는 병이었어요."

"나는 한 번도 면회를 가지 않았어. 네 엄마가 나를 알아보지 못하는 걸 받아들일 수 없어서. 이 나약함의 이유를 뭐라고 설명할 순 없지만 그리 단순하지 않아. 몇 번이나 차를 몰고 달려갔지만 문 앞에서 돌아서곤 했어. 끝내 용서를 구할 기회조차 만들지 않은 거야. 그래서 아까 집으로 돌아와 이

의자에 앉아 있다가……."

"엄마는 돌아가시기 전에 아빠를 용서했어요." 마농이 슬픔으로 눈이 빨개진 아버지를 보면서 말을 끊었다. "이따금 제정신으로 돌아올 때마다 엄마가 말했어요. 엄마는 그냥 이렇게 지내는 것이 좋다면서 아빠가 만나러 오는 걸 거부했어요. 아빠의 면회를 금지하면서 이기적인 걸 자책하면서도 아빠의 기억 속에 좋은 모습만 남길 바랐어요."

"정말로 엄마가 그렇게 말했어?" 바르텔 씨가 물었다.

마농은 선의의 거짓말을 믿게 하려고 고개를 끄덕였다.

"그러니까 엄마가 편히 쉬어야 하는 곳, 납골당으로 내가 모셔 갈게요. 피아노 위는 아니에요."

바르텔 씨는 유골함에 손을 얹었다.

"당장은 아냐. 조금만 더 여기 두자. 네가 괜찮다면 며칠만이라도."

"며칠 만이에요." 마농이 말했다.

테레사는 서재 밖에서 대화를 엿들으면서 두 사람 모두 식탁으로 돌아올 마음이 없다고 판단했다. 그녀는 식탁을 치우고 차를 준비했고, 서재에 들어와 차를 따라주고 나갔다.

마농은 소파에, 아버지는 안락의자에 앉았다.

"무슨 책인데?" 바르텔 씨가 물었다.

"네, 뭐라고요?"

"책 한 권 빌려가겠다면서?"

마농은 책장 앞으로 가서 책을 찾는 체했다.

"재미있구나, 너는 거짓말을 능란하게 하다가도 어떤 때 보면 너무 허술하단 말이야." 바르텔 씨는 언제 나약한 모습을 보였나 싶을 정도로 어느새 본연의 모습으로 돌아와 있었다. "내일 아침 테레사에게 몇 마디 해야겠어."

"테레사를 어떤 말로도 나무라지 마세요. 아빠를 위해서 그런 거니까."

"나를 행복하게 해주는 것이 뭔지, 그건 내가 더 잘 알아."

마농은 피아노 위에서 반짝이는 유골함을 바라봤다.

"엄마는 많은 시간을 갇혀서 보냈어요." 마농이 단정했다. "내일 다시 올 테니까 바닷가에 가서 뿌려드려요. 엄마는 그걸 원할 거예요. 마침내 자유로워지는 것."

"네가 그걸 어떻게 알아? 네 엄마는 유언장을 남기지 않았어. 화장되길 원한다는 건 네 엄마의 친구를 통해서 알았고, 우스꽝스럽게 치장하고서 웃고 떠드는 장례식을 원한다는 것도 너를 통해서 알았지. 나는 할 수 없이 받아들여야 했어."

"아빠는 진짜 구제불능이네요. 엄마 비판하는 거 더는 못 들어주겠어요. 엄마는 무슨 일이 일어날지 생각할 수도 없었다고요. 아빠는 늘 모든 걸 통제하려고 했어요. 아빠가 자제력을 잃었다는 걸 깨달았으면 뭐가 달라졌을까요? 엄마는 마지막 순간까지 엄마다움을 잃지 않았어요. 그게 유언장보다 더 낫다는 생각 안 들어요?"

"나는 네 엄마 떠나보내는 거 허락 못 해." 바르텔 씨가 대답했다.

"엄마는 이미 떠났어요. 어떤 남자도 여자를 소유할 수 없어요, 그게 아빠라도."

"그만해, 싸우고 싶지 않아. 오늘은 우리 둘에게 끔찍한 하루였어. 네 집으로 돌아가. 차 있는 데까지 배웅해주마. 차분히 생각하고 나서 내일 다시 얘기하자."

마농은 프리우스에 오를 때까지 아버지의 배웅을 받았다.

"딱지 수집하니?" 바르텔 씨는 앞 유리창에 붙은 주차위반 딱지를 떼어내면서 말했다.

마농은 아빠의 손을 잡아준 다음 핸들 앞에 앉았다.

바르텔 씨가 차창 쪽으로 몸을 숙이면서 말했다.

"그 오르간 연주자, 나는 그가 저지른 짓이라고 확신해."

"무슨 짓요?"

"내가 뭘 말하는 건지 잘 알잖아. 그 남자를 어떻게 만났는지 알고 싶어."

"진짜 어이가 없네요. 그가 공원을 산책하고 있을 때 마주쳤어요. 간단한 대화를 하던 중 그가 피아니스트라고 했어요. 오늘 아침에 우연히 그를 다시 봤고, 연주해줄 사람이 필요하다고 했더니 흔쾌히 도와주겠다면서 내 부탁을 들어준 나무랄 데 없는 젠틀맨이었어요. 그 일은 직원이 저지른 단순 사고에 지나지 않아요."

"그 젠틀맨이 이틀 내리 공원에는 무슨 일로 왔는데?"

"진짜로 누군가를 잃은 사람이 세상에 아빠밖에 없다고 생각하는 거예요? 아빠 말대로라면 그는 엄마의 유골함을 열기 위해 일부러 파리에서 온 거네요, 그렇죠?"

"파리에서 온 걸 어떻게 알아?" 바르텔 씨가 퉁명스럽게 물었다.

"프랑스인이에요. 나 이제 가도 될까요?"

마농은 아버지에게 인사하고 차창을 닫은 다음 시동을 걸었다.

바르텔 씨는 멀어져가는 프리우스를 바라봤다.

그리고 집으로 들어가서 카미유의 유골함을 서재 벽장 안에 넣고 경보장치를 작동시킨 다음 잠자리에 들었다.

*

레몽은 거실에서 텔레비전을 보고 있었고, 토마는 방에서 반쯤 잠들어 있었다.

쇼타임 드라마 채널에서 〈레이 도노반〉 시리즈를 방영하고 있었다.

"뤠이, 제법이야." 레몽이 '레'를 '뤠'처럼 발음하면서 크게 말했다.

"뭐라고요?" 아들이 소리쳤다.

"뤠이가 레몽보다 훨씬 젊을 때네. 들어봐, 뤠이가 당신에게 와인 한잔 사주고 싶은데요? 진짜 웃기지 않니?" 아버지가 밝은 목소리로 물었다.

"아빠 몇 살이에요?" 토마가 외쳤다.

"굿 뉴스를 알려줄게, 나는 더 이상 나이를 먹지 않는다는 거!"

토마가 침대에서 몸을 일으켰다. 그의 아버지는 속마음을 감추려고 애쓰고 있지만 토마는 속지 않았다. 아버지의 유골함을 찾아오는 건 성공했어도 여행의 목적은 실패로 끝나는 건데…….

그는 살금살금 일어나 가방에서 노트북을 꺼냈고, 마농이 방금 보낸 메일을 발견했다.

친애하는 토마,

조금 전에 내 집으로 돌아와서 밀린 일을 하려고 컴퓨터를 켰어요. 내가 말했는지 모르겠는데 나는 기어리 스트리트에서 서점을 운영하고 있어요. 크지는 않지만 애착을 갖고 있죠. 하지만 오늘은 일에 집중할 수가 없어서 인터넷으로 당신에 대해 검색해봤어요. 알아요, 대단히 실례라는 거. 우리 시대가 허락한 문명의 이기를 누리기 위해 당신의 이름, 피아니스트, 프랑스를 쳐보고 당신이 누구인지 알았어요. 무대에 오른 당신의 모습을 보는 것만으로도 오늘 당신이 나에게 얼마나 큰 선물을 해주었는지 알았어요. 당신의 연주를 듣기 위해 스톡홀름의 콘서트홀을 찾아온 청중이 몇 명이나 되었을까요? 천 명? 2천 명? 아마 훨씬 더 많았겠죠?

조문객 오십 명을 위해, 그것도 빈소에서 당신에게 연주를 부탁했으니 얼마나 민망한지 모르겠어요!

당신은 아무것도 요구하지 않았고, 아무런 대가도 바라지 않았어요. 당신에게 나는 외국인이고, 당신의 레퍼토리와는 거리가 먼 곡을 부탁했는데도.

이렇게라도 고마움을 표하기 위해 편지를 쓰지 않을 수가 없었어요. 무엇보다 나를 위해서 당신이 해준 것을 영원히 기억하겠다는 말을 전하고 싶었고요.

나는 책과 시간을 보내는 걸 좋아하고, 다른 무엇으로도 직업을 바꾸지 않을 거지만, 연주할 때 당신의 눈빛에서 내가 본 것은 아주 특별했어요. 당신이 부러워요.

어느 날 프랑스를 여행하게 되면 당신의 연주를 들으러 갈 거예요. 순회공연을 하는 중에 마주치는 수많은 얼굴들처럼 당신은 나를 잊었겠지만, 내 어머니의 장례식에서 연주를 해주었고, 모르는 여자를 위로해주었던 그날을 내가 당신에게 상기시킬게요.

내 앞에 나타나줘서 그리고 그토록 관대하게 베풀어주어서 고마워요.

마농.

토마는 메일을 두 번 읽고 나서 답장을 썼다.

친애하는 마농,

나는 당신이 생각하는 것처럼 사심 없이 관대한 그런 남자가 아니에요.

내게 당신은 모르는 여자가 아니었고, 외국인도 아니었어요. 말로 표현할 수 없는 진실이 있어요. 그 일부라도 당신에게 밝힐 권리가 나한테 있는지 모르겠지만 털어놓을게요.

내 아버지와 당신의 어머니는 20년 넘게 열렬히 사랑하는 사이였어요. 침묵 속에서, 두 분에게 주어진 지구 반대쪽의 먼 거리를 넘어서, 그들 시대의 도리를 넘어서. 나도 최근에야 알았어요. 내 아버지의 유언장을 발견하면서요.

당신에게 거짓말했어요. 나는 공원을 우연히 산책한 게 아니었어요. 나는 당신이 어머니 장례를 치르는 바로 그날, 당신 어머니의 유골을 훔쳐서 영원히 함께하겠다는 두 분의 유언을 이뤄주기 위해 그곳에 갔던 거예요.

내 행동을 정당화할 말을 찾고 싶지만, 그런 말은 존재하지 않아요.

따라서 당신은 나에게 고마워하지 않아도 돼요. 오히려 사과는 내가 당신에게 해야 해요.

내 아버지에 대한 사랑 때문에 그런 행동을 했다는 것만 알아줘요. 영원성이 거짓말보다 더 큰 가치가 있다고 생각했기 때문에.

용서를 구합니다.

토마.

텔레비전 소리가 갑자기 멈췄다. 토마는 미처 메일을 보낼 겨를도 없이 재빨리 노트북을 닫고 이불 속으로 들어가서 베개 밑에 머리를 파묻었다.

레몽이 문턱에 나타났다. 그는 아들을 살펴보다 미소를 지었다.

"나도 잠이 오지 않는구나. 아, 말이 그렇다는 거야. 너는 내일 저녁 비행기에서 자면 돼. 방해하지 않고 나가마. 나는 거실에 있을게. 그래도 눈을 붙이려고 노력해봐."

토마는 대답하지 않았다. 레몽은 그렇게 눈을 세게 감고 있으면 아플 거라고 걱정해준 뒤 거실로 나갔다.

*

조용해지길 기다린 후 토마가 일어났다. 노트북을 가방에 집어넣는데 나무상자가 눈에 들어왔다. 그는 한참을 쳐다보다가 욕실에서 손톱깎이를 찾아왔다.

그는 손톱깎이를 이용해서 조심스럽게 자물쇠를 열고 상자 안의 편지를 꺼내서 읽기 시작했다.

새벽 2시, 토마는 카미유의 마지막 편지를 봉투 안에 도로 집어넣었다. 그리고 편지를 나무상자 안에 넣으면서 어쩌면 실패로 끝나지 않을지도 모른다는 한 가닥 희망을 가졌다.

17

필게즈 형사는 납골당 주차장에 포드를 세웠다. 그는 몸을
부르르 떨면서 관리소 건물로 향했다.

관리소장의 비서가 문 앞에서 형사를 맞아주었다. 두 사람
의 얼굴이 누가 더 심하다고 할 것 없이 구겨져 있었다.

사무실로 안내된 형사가 본 관리소장의 얼굴은 아예 우거
지상이었다.

"아, 오셨군요! 그들이 창문을 박살내고 장식장까지 부숴
놨습니다." 관리소장이 울상을 지었다.

"내 시력은 아직 좋지만 굳이 말해주시니 고맙군요. 근데
이 근사한 장식장은 누가 닫았습니까. 설마 소장님이 그 두툼
한 손으로 닫아놓은 건 아니겠지요? 현장 보존을 해놔야지,
이렇게 지문을 마구 묻혀놓으면 똥개 훈련시키는 것도 아니
고……."

관리소장이 어물어물 말을 더듬자, 형사가 본격적으로 질문했다.

"돈이나 채권 같은 귀중품이 들어 있었습니까?"

"서류만 들어 있었습니다."

"이런 곳을 불법침입한 것으로 보아 위험을 무릅쓰고서라도 가져갈 게 있었다는 건데."

"서류는 그대로 두고 유골함 하나만 훔쳐갔습니다."

"무슨 함이요?" 필게즈가 눈살을 찌푸리면서 물었다.

"장례 유골함이요."

"아! 또 없어진 건요?"

"그것만으로도 엄청난 손실입니다."

"금으로 만든 겁니까, 그 유골함이?"

"그 자체로는 별 가치가 없습니다만."

"그럼 뭐가 들어 있었습니까?"

"유골이지요, 당연히."

"아!"

"귀에 거슬리게 자꾸 '아', '아' 하시네요. 아무튼 망자를 훔쳤다는 건 굉장히 심각한 일이지요."

"망자가 누굽니까?"

"문제는 우리도 그걸 전혀 모른다는 겁니다."

"아!"

갑자기 분위기가 썰렁해졌다.

"벽장 안에서 시신이 발견되는 사건들은 경험했지만, 소장님 말대로 심각한 일인지는 조사해보면 알 테고. 근데 망자가 사무실에 왜 있었습니까?"

"어제 아침나절에 부끄럽지도 않은지 누군가가 유골함을 버리고 갔습니다. 우리는 발견하는 즉시 수거했고, 밖에 놔둘 순 없기 때문에 사무실에 갖다 놨지요."

"그러니까 길 잃은 영혼을 거두어줬다는 거군요. 관리소장이란 직업이 보기에는 화려하나 생각보다 실속이 없나 봅니다."

"비꼬는 말로 들립니다, 형사님. 형사님의 이력에는 의욕이 안 생기는 시시껄렁한 사건으로 보이지만 그럼에도 총력을 기울여서 꼭 찾아주시기 바랍니다."

"구체적으로 뭘 찾아달라는 겁니까?" 필게즈 형사가 무게 잡는 어조로 물었다.

"그게…… 우리도 모릅니다." 관리소장이 난감한 얼굴로 대답했다.

"내가 무슨 잘못을 했다고 이렇게 해괴한 사건을 주시나이까?" 필게즈 형사가 구시렁거리자 관리소장이 성호를 그었다. "자, 요약해봅시다. 누군가가 유골함을 묘지에 버렸다. 근데 말입니다, 이건 누가 생각해도 그리 비상식적인 일로는 보이질 않으니……."

"묘지가 아니라 납골당에 내버렸다니까요." 관리소장이 냉소적으로 토를 달았다.

"소장님이 유골함을 장식장 안에 넣고 잠갔는데 밤사이에 사라졌다……." 필게즈 형사는 관리소장의 말에 개의치 않고 말을 이어나갔다. "형사 생활 31년에 이런 골 때리는 사건은 처음입니다. 그 유골함에 재 이외의 것이 들어 있을 가능성은 없습니까? 이를 테면 마약 가루라든가."

"불가능합니다. 열어봤거든요."

"어떻게 확신합니까? 혹시…… 물론 그럴 리는 없겠죠. 마약은 아니라고 칩시다. 그렇다면 왜 몇 시간 전에 버리고 간 것을 다시 훔쳐 갈까요?"

"그게 형사님이 알아내야 할 일이지요."

"예, 예! 자, 그럼 처음부터 다시 시작합시다." 필게즈 형사가 재킷 주머니에서 수첩과 연필을 꺼내면서 말했다. "불법침입이 일어난 시간대는?"

"철책을 닫는 시간이 오후 8시라서 그 직전에 사무실을 나섰습니다. 우리 경비원들이 공원을 돌면서 야간 순찰을 했지만 특이한 점은 전혀 없었어요. 그 이상은 아는 것이 없습니다."

"관리소장의 장식장 안에 넣어둔 장례 유골함 도난 사건." 필게즈 형사가 중얼거리면서 수첩에 적었다. "가치 금액을 얼마로 적을까요?"

"감정적 가치를 돈으로 평가할 수는 없지요."

"그럼 보험료가 많이 나가겠군요. 근데 CCTV도 없습니까?"

"여긴 아주 안전한 지역이고 위험한 일이 일어난 적도 없어요. 어젯밤까지만 해도 그렇게 생각했는데, 곧 설치하라고 조치하겠습니다."

"지문도 없고, CCTV도 없고, 신원 파악도 안 되고, 일종의 납치사건을 해결하려면 작은 단서라도 있어야 하는데."

"납치사건요?" 관리소장이 소리쳤다. "돈을 요구해 올 거라고 생각하세요?"

"설마하니."

"어떻게 그렇게 확신합니까?"

"인질이 망자인데 죽이겠다고 협박하진 못할 테니까요. 그리고 기물파괴 손해배상에 관해서는 누구의 유골인지도 모르는 상황이니 그건 소장님이 알아서 판단하셔야겠습니다."

관리소장은 고개를 끄덕이면서 안락의자에 털썩 주저앉았다.

"도대체 왜 이러는 걸까요?"

"좋은 질문입니다. 솔직히 동기가 분명치 않아요. 특이한 점은 없었다고 하셨는데 조금이라도 이상한 일이 있었다거나 단서가 될 만한 비정상적인 일은 없었습니까?"

관리소장은 턱을 꼬집으면서 아주 진지한 얼굴로 생각에 잠겼다.

"아, 있습니다! 우리 회사 소속 오르간 연주자가 어제 아침에 사고를 당해서 급히 다른 사람으로 교체된 일이 있었어요."

"바로 그런 것이 단서가 될 수 있죠!" 형사가 무릎을 치면서 반겼다. "순식간에 사건이 해결될 수도 있고."

"정말입니까?" 관리소장과 비서가 동시에 외쳤다.

"뭐, 꼭 그렇다고 장담할 수는 없지만요. 오르간 연주자에게 무슨 일이 있었는데요?"

"샤워를 하다가 넘어졌답니다."

"점입가경이네! 그래서 교체된 사람은 누굽니까?"

"우리도 모르는 사람입니다. 우리 회사 소속이 아니거든요. 아! 그리고 우리 정원사가 수상한 남자가 전전날에 공원을 배회하는 걸 봤습니다."

"하지만 유골함은 어제 버려진 거라면서요?"

"형사님은 그냥 지나치는 게 없는 줄 알았는데…… 그자가 사전 답사를 하고 있었는지도 모르잖습니까? 우리 정원사가 봤거든요, 바르텔 씨의 딸이 그 남자와 얘기를 나눴고, 그 남자를 만나러 왔다가 공원에 함께 있는 걸."

"어디 가면 그 여자를 만날 수 있습니까?"

"그 여자 아버지의 연락처를 갖고 있어요."

필게즈 형사는 연락처를 수첩에 적었고, 오늘은 더 이상 확인할 것이 없다면서 관리소장의 사무실을 나갔다.

*

토마는 늦잠을 자다 거실에서 나는 소리에 잠을 깼다. 아버지가 텔레비전을 보고 있었다.

"텔레비전을 어떻게 켰어요?"

"글쎄, 간절히 생각했더니 짠! 켜지더구나. 전파 회선은 뚫을 수 없는 건데……. 리모컨으로 환생하는 외과 의사, 와우, 대박!"

토마는 아버지 옆에 가서 앉았다. 역할을 바꿀 수만 있다면 한 번만이라도 아버지를 보호하고 안심시켜주는 아들이고 싶었고, 내일은 모든 게 잘될 거라고 말해주고 싶었다. 비록 더는 함께할 날이 없다는 걸 알면서도. 하지만 레몽이 선수를 쳐서 토마를 위로했다.

"슬퍼하지 마, 아들아. 함께 노력했잖아. 이 여행은 우리에게 주어진 덤의 시간이야. 누구에게나 주어지는 건 아니지. 나 때문에 불행해하는 너를 보고 싶지 않아. 나는 멋진 인생을 보냈고, 네 인생은 훨씬 근사할 거야. 너를 기다리는 모든 걸 생각해. 너의 연주회, 사랑, 아름다운 아침, 살아 있는 기쁨, 네가 아직 경험하지 못한 모든 것들을. 살아볼 만한 멋진 인생이잖아. 네가 얼마나 운이 좋은지 알아? 내 운명에 대해 탄식하는 것으로 이 귀한 시간을 단 한순간도 날려버리면 안 돼. 내 선택이었고, 조금도 후회하지 않아. 나는 열심히 일했어. 그리고 너를 키웠고, 너를 사랑했고, 네가 성장하는 걸, 어엿한 남자가 되는 걸 봤어. 이렇게 멋진 남자가 된 너를! 그러니까 내 말을 믿으렴. 나는 미련 없이 다시 떠나는 거야. 카미유와 관련된 일만 빼고. 하지만 그녀는 이해할 거라고 확신해. 더 오래 머물 필요 없이 이제 가자. 묻고 싶은 게 있으면 뭐든, 아니 딱 하나만, 너에게 가장 중요한 것으로 물어봐. 솔직하게 대답하겠다고 약속할게."

토마는 애정 어린 시선으로 아버지를 쳐다봤다.

"아버지가 뭐예요?"

"몇 시 비행기라고 했지?"

*

마농은 셔터를 반쯤 올리고 허리를 굽혀 서점 안으로 들어갔다. 경보기를 해제한 후 주위를 둘러봤다. 영업을 시작하기 전 그녀가 가장 좋아하는 시간이었다. 이 시간에는 혼자 자유롭게 책장 사이를 오가기도 하고, 재고를 조사하기도 하고, 책상 위에다 골라놓은 책을 읽기도 하고, 오후에 어머니에게 읽어줄 책을 고르기도 했었다. 그녀는 잠시 생각에 잠겼다. 오늘부터는 정상적인 일상으로 돌아가는 건가. 되는 대로 살아가는 성격은 아니지만, 어머니에게서 낙천적인 성격을 물려받은 마농은 카미유를 많이 닮은 딸이었다. 그녀는 창고에 가서 여름에 판매할 출판물이 들어 있는 박스 몇 개를 뜯었다. 계절별로 출판되는 책들이 있어서 그걸 분류하는 것은 마농이 날마다 가장 신경 쓰는 작업이었다. 책들을 판매대에 진열할 때는 주제별이 아니라 손님들의 시선을 끌기 위해 표지 색깔별로 배치했다. 손님들이 아무것도 묻지 않는 서점이라면 그녀의 직업은 더 이상 의미가 없는 것이었다. 좀 투박한 손님일지라도 조언해주고, 원하는 책을 찾게 해주고, 독자와 행복을 나누는 것이 그녀의 기쁨이었다. 그녀는 문득 옆집 골동품 가게 주인이 책을 주문했던 게 기억났다. 일주일 동안 받은 우편물을 뒤져서 주문받은 책을 꺼내놓았다. 이어서 책상 앞으로 돌아가서 회계 장부를 들여다봤다. 그녀를 기다리는 고지서들, 그리고 그녀가 기다리던…… 메시지가 방금 그녀의 휴대폰 화면에 떴다.

*

아버지가 새로 보기 시작한 드라마의 8화를 보는 사이 토마는 가방을 싸야 한다는 핑계를 대며 방으로 들어갔다. 그대로 창문으로 나가 정원을 가로질렀고 주택을 빙 돌아서 주인 집의 문을 두드렸다.

얼마 후, 토마는 왔던 길로 되돌아갔다.

그는 용기를 내어 매니저에게 전화를 걸어서 도움을 청했다.

"샌프란시스코에서 뭐 해요?" 마리 도미니크가 물었다. "파리에 있다고 믿었는데."

"내 아버지 왈, 믿음은 종교적인 일이라고 했는걸요."

"아버지 타령은 하지 말고요. 비행기에서 밤을 보내고 도착하는 당일 저녁에 연주하는 것이 무리라는 생각 안 들어요?"

"연주회를 취소하는 것보다는 낫죠. 선택의 여지가 없어서 그래요, 하루 더 머물러야 해서."

"그러니까 비행기 티켓 알아봐달라는 거네요." 마리 도미니크는 한숨을 내쉬었다. "또 변심하면 안 돼요."

"또 변심하면 당신이 나를 사랑하지 않을 텐데."

"내가 당신을 사랑한다고 누가 그래요? 아, 성가신 남자."

"마리, 내가 간청할게요. 아니 간곡히 애원할게요."

"그냥 부탁한다는 말로 충분해요. 샌프란시스코에서 바르샤바로 가는 항공권을 구해볼게요. 직행이라는 약속은 못 하지만, 당신이 제시간에 도착할 수 있도록 애는 써보죠. 그리고 신들린 듯 훌륭한 연주를 해야 이롭다는 것만 알아둬요. 피곤에 지쳐서 오면 절대 안 된다는 것도 명심하고요."

"늘 그러지 않았나요?"

"잘난 척은 됐고요. 지난 금요일 플레옐에서의 실수가 내 귀에도 들어왔는데. 지휘자가 격노했다는 얘기도 들었고."

"실력이 없으면 도구 탓만 한다더니. 그가 지휘를 잘했으면 불평할 일은 일어나지 않았을 텐데."

"아이고, 어련하실까. 당연히 지휘자 잘못이겠지. 나는 당신의 매니저 말고도 이젠 여행사 직원까지 됐으니 당신의 문제를 책임지고 당장 알아보죠. 메일로 알려줄게요. 그 비행기는 놓치면 안 돼요, 토마. 바르샤바가 당신을 기다리고 있고, 전석 매진이라고요."

토마는 약속하면서 전화를 끊었다. 그는 휴대폰을 손에 쥐고 있다가 아버지가 있는 거실로 나가기 전 문자메시지를 타이핑했고, 이번에는 전송했다.

*

마농은 휴대폰 화면에 뜬 메시지를 다시 읽어보면서 빙긋이 웃었다.

> 비행기를 놓쳤어요.
> 저녁 식사 초대 아직
> 유효해요?

> 이 정도 재능으로
> 어떻게 성공했을까요?
> 오후에만 이륙하는
> 비행기일 텐데.

그걸 어떻게 알아요?

나는 재능이 있으니까요.

내 재능은 아직 출발하지
않은 비행기를 놓치는 거예요.

오케이.

???

저녁 식사!

가고 싶은 데 있어요?

저녁 7시에 서점으로
나 데리러 오세요.

기어리 스트리트?

기억력이 좋네요.
이따 봐요.

토마는 휴대폰을 방에 두고 거실로 나갔다.

"가방은 다 쌌니?" 아버지가 물었다.

"안 가요."

"그게 무슨 말이니?" 아버지가 물었다.

"아빠가 아직 여기 있는데, 나는 마지막 순간까지 같이 있을 거예요. 그래야 아들이죠."

레몽이 돌아보면서 미소 띤 얼굴로 말했다.

"누군지 아들 하나 잘 뒀네."

그러고는 드라마가 끝날 때까지 텔레비전에 집중했다.

*

필게즈 형사는 정오 무렵 바르텔 씨의 집을 방문했다. 베테랑 형사는 오랜 경력으로 경찰 배지를 보였을 때 사람들의 반응을 살피는 데 각별히 신경을 썼다. 보통은 불신이나 호의 둘 중 하나로 반응하는데, 바르텔 씨의 반응은 그 범주에 들어가지 않았다. 마치 기다리고 있었다는 듯 거의 안도하는 얼굴로 형사를 맞아주었다.

"그래도 그들이 고소를 해주었군요. 내가 할 참이었는데."

"그 유골함의 주인이십니까?"

"물론이지요, 내 아내의 유골함인데."

"유골함이 어디 있는지 아십니까?"

"서재에 있어요."

"왜 그랬습니까?"

"뭐라고 했소?"

"아내의 유골이 들어 있는 함인데 왜 훔치셨습니까?"

"나는 아무것도 훔치지 않았는데 무슨 소리를 하는 겁니까? 내가 유골함을 그곳에 보관하는 걸 왜 거부했는지 납골당의 관리소장이 잘 알고 있어요."

"그 사무실에 다녀왔는데 관리소장은 그런 비슷한 말도 꺼내지 않았는데요."

필게즈 형사는 구석구석을 유심히 살폈다. 내장재, 몰딩, 목공품, 진품 가구들, 벽에 걸린 명화들, 온갖 사치품이 곳곳에 진열되어 있었다. 18세기 안락의자 한 쌍을 보면서 자신의 1년 치 월급으로도 살 수 없을 거란 생각에 입이 다물어지지 않았다.

"뭔가 착오가 있나 봅니다. 바르텔 씨 같은 분이 왜 변호사에게 맡기지 않고 직접 나섰는지 선뜻 이해가 안 됩니다. 어떻게 된 일입니까?"

"나는 무슨 말을 하는지 한 마디도 알아듣지 못하겠소. 장례식이 끝난 뒤 누군가가 내 아내의 유골함을 열려고 했어요. 처음에는 정신이상자의 소행이라고 생각했다가 그런 일이 또 발생할까 봐 납골당 측에 돌려달라고 하고 유골함을 집으로 가져온 겁니다."

"그 경우는 고인이 되신 아내의 유골함을 말씀하시는 것이고요."

"그게 무슨 말이오?"

필게즈 형사는 대답하지 않고 바르텔 씨에게 딸이 집에 있는지 물었다.

"마농요? 내 딸이 이 일과 무슨 상관이 있다고요?"

"납골당에서 아내분의 유골함만 사라진 게 아니거든요. 간밤에 또 하나의 유골함을 도둑맞았는데 내가 의심스럽게 보는 유일한 단서는, 공원을 배회하는 낯선 남자를 봤다는 정원사의 진술에 근거한 겁니다. 따님이 그 남자와 함께 있는 것도 봤다고 하고요."

"따라오시오." 바르텔 씨가 말했다. "낯선 남자는 형사님이 생각하는 것만큼 많지 않으니까 보여드리죠."

필게즈 형사는 바르텔 씨를 따라 서재로 들어갔다. 서재에서 발견한 사치품들은 좀 전과는 비교도 안 될 정도로 어마어마했다. 루이 16세의 책상, 루이 16세 시대의 안락의자들, 페르시아 양탄자, 페르시아 태피스트리와 커튼. 하나같이 고가품들이었다. 거기에 피카소와 반고흐의 그림들까지, 필게즈 형사는 눈이 돌아갈 지경이었다.

"그림을 좋아하시오?" 바르텔 씨가 물었다.

"미술관에 가는 걸 좋아합니다. 무슨 일 하시는지 물어봐도 되겠습니까?"

"수사에 도움이 될 거라고 생각해서 묻는 거라면……."

"아니요, 그저 호기심입니다. 용의자를 알고 있다고 하셨는데요?"

"나는 그자가 누구인지 생각해보라는 뜻으로 말한 거니까 같은 말은 아니지요. 몇 가지 더 알려주기 전에 이 일과 관련해 내 딸을 따로 만나서 귀찮게 하지 않겠다는 약속을 받아야겠소."

"형사로서 수사를 하겠다고 약속드릴 테니 계속 말씀하십시오."

두 남자는 눈싸움하듯 서로 노려봤고, 마침내 바르텔이 컴퓨터 화면을 보여주었다.

"오늘 저녁 콘서트홀에 가십니까?" 필게즈 형사가 컴퓨터 화면을 보면서 물었다.

"이자가 바로 범인이에요."

필게즈 형사는 화면 쪽으로 몸을 숙이고 스톡홀름 오페라하우스의 무대 그랜드피아노 앞에 앉은 연주자의 용모를 유심히 살폈다.

"이 사람이라고 어떻게 확신하십니까? 스웨덴은 거리가 먼데요."

"어제 장례식에 있었고, 내가 알아봤어요."

"그렇지만 아까는 모르는 사람인 듯 누군가라고 지칭하시더니, 이 남자가 토마 소렐이라는 걸 어떻게 아셨습니까?"

"구글에서 '피아니스트' '프랑스인' '콘서트'를 쳐봤으니까요. 내가 경찰서에 기부할 테니 그 고물 타자기들은 컴퓨터로 교체하시죠." 바르텔의 대꾸에서 깔보는 티가 났다.

필게즈 형사가 성난 시선을 날렸다.

"성공한 부자라고 돈 자랑을 하고 싶은가 본데 나는 바르텔 씨의 럭셔리쇼 따위에는 관심도 없습니다. 나를 초대해도 이 집에서 하룻밤도 보낼 생각 없거든요. 대화를 계속할 생각이라면 그런 오만한 말투부터 바꾸시죠."

바르텔은 시선을 내리고 상을 당한 슬픔 때문에 실언했다면서 사과했다.

"그 남자가 프랑스인이라고 누가 말해줬습니까?" 필게즈 형사가 책상 모서리에 걸터앉으면서 물었다.

"마농."

"그럼 따님과 잘 아는 사이입니까?"

"아니요. 내 딸과는 어제 공원에서 만났어요. 우연히 마주쳤는데 자기가 뮤지션이라고 했겠지요. 내 딸은 아침에 우리와 계약한 오르간 연주자가 사고를 당했다는 소식을 들었고 그래서 그 남자에게 대신 연주해달라고 부탁한 거예요."

"그 남자가 부탁을 수락했고요."

"납골당에 들어가는 게 목적이었다고 확신해요."

"문으로 들어가면 되는 거 아닌가요? 납골당은 누구나 들어갈 수 있는 곳인데요."

"카미유에게 접근하기 위해서!"

"그렇다고 쳐도 명성 있는 연주가가 무슨 목적으로 유골함을 열려고 했겠습니까? 그건 지나친 억측인데요."

"복잡한 사연이 있어요……. 내가 지금부터 형사님에게 털어놓는 얘기는 마농이 전혀 모르는 거니까 아까 한 약속을 지켜주기 바랍니다."

바르텔 씨가 자신의 삶과 30년 전에 프랑스에서 멀리 떨어진 미국으로 아내를 데려온 이유를 얘기하는 동안, 필게즈 형사는 인내심을 갖고 잠자코 들었다.

"그렇다고 쳐도 아버지의 여자가 어떻게 생겼는지 가까이에서 보고 싶었는데 좀 늦은 것일 수도 있잖아요? 그리고 그것이 위반행위인 건 맞지만 아직 범죄라고 단정 짓기는 어렵습니다. 또한 그 일이 내가 수사하는 유골함 도난 사건과 무슨 연관이 있죠?"

"확실해요, 이 사내는 내 아내의 유골함을 노린 겁니다. 그리고 분명히 말하는데 내 아내는 그 무례한 외과 의사의 여자였던 적이 없어요. 기회를 놓치자 이자가 야밤에 다시 왔다가 카미유의 유골함이 보이지 않으니 안전한 곳으로 옮겨놨을 거라고 추측하고 관리소장의 사무실을 불법침입한 거예요. 이 멍청한 인간이 다른 사람의 유골함이라는 것도 모르고 가져갔지만."

"사후 복수극이라⋯⋯. 좀 지나친 억지라고 생각하지 않으십니까? 아무튼 나는 그렇게 보지 않습니다."

"내 아내를 납치하는 것으로 자기 아버지가 실패한 복수를 하고 싶었던 게 확실해요."

"무도회라도 데려가려고요? 바르텔 씨, 이성적으로 생각하세요. 바르텔 씨의 아픔은 이해하지만 모든 게 말이 안 됩니다. 이 젊은이의 나이가 삼십 대잖아요? 스웨덴 여왕 앞에서 연주한다는 것은 피아니스트로서 성공했다는 증거인데⋯⋯ 그런 사람이 아버지의 복수를 위해 목숨을 걸고 대서양을 건너왔을까요? 그것도 유골을 훔치려고요? 이렇게 동기가 불확실한 소송에 착수할 검사가 있을지 모르겠습니다."

"내 아내를 훔쳐가려고 하던 남자의 아들이 내 아내의 장례식에 나타난 게 우연이라고 생각하시오?" 바르텔이 주먹으로 책상을 내리치면서 화를 냈다.

"아내는 루이 16세 가구가 아닙니다. 그리고 아내가 남편을 따라 먼 미국까지 왔으니 아무도 훔쳐가지 않은 거고요. 게다가 어제오늘의 일도 아니고 30년도 전의 일인데 이 젊은 이가 어떻게 바르텔 씨의 부인을 알겠습니까?"

"분명히 알고 있어요, 카미유와 레몽은 아이들을 핑계로 만났으니까요. 아이들에게 회전목마를 태우면서, 해변 놀이터에서 시소를 태우면서 은밀히 만났어요. 현장에서 나한테 들켰고요."

"하지만 따님도 소꿉친구였던 소년을 기억하지 못할 정도로 오래전 일이잖아요. 그런데 그 어린 소년이 아내분과 계속 연락하는 사이였습니까? 그 후에도 그들이 다시 만났습니까?"

그런 질문을 한다는 자체에 바르텔은 격분했고, 그런 일은 절대 없었다고 격하게 부정했다.

"훨씬 더 논리적으로 납득이 되는 버전을 제시해보겠습니다. 우리의 피아니스트가 연주회 때문에 샌프란시스코에 왔다가 신문에서 우연히 아내분의 부고 기사를 읽었는데 장례식 날짜가 체류 기간 중이었던 거죠. 그리고 그는 부모의 과거에 대해 알고 있었고요. 바르텔 씨의 말씀에 따르면 따님은 부모의 과거를 전혀 모르고 있고요. 아무튼 피아니스트는 호기심 때문에 장례식에 가보기로 한 겁니다. 그런데 자기를 못 알아보는 어릴 적 친구가 오르간 연주를 부탁하자 그는 어쩌면 아버지의 행동에 대한 속죄의 뜻으로 부탁을 들어주게 된 거고요. 운명이 보내는 윙크라고 할까요. 아무튼 원칙적으로 피아니스트와 관련해 몇 가지 조사는 하겠지만, 내 경험을 믿으세요. 이 피아니스트는 범인이 아닙니다."

"어디에 있는지 어떻게 알고 피아니스트를 찾겠소?" 바르텔은 자신의 추론이 맞는다고 확신하면서 말했다.

"이민국에 전화 한 통만 하면 되니까 내일 알려드리지요."

필게즈 형사는 쓸데없이 시간을 낭비했다는 생각이 들었다. 어차피 결론이 나는 사건이 아니었다. 누군지도 모르는 유골 도난. 이유를 아는 사람도 없으니, 어쩌면 가정사에 얽힌 문제일지도 몰랐다. 상속자 또는 가까운 친척이 묘지 사는 돈이 아까워서 슬그머니 버렸다가 후회가 되어 생각을 바꾸고 한밤중에 회수해 간 것일지도 모르는 거였다. 누가 되었든 벌써 유골은 어딘가에 뿌렸을 게 틀림없었다. 불기소처분으로 종결될 공산이 큰 사건이었다.

혹시 모르니 필게즈 형사는 차 안에서 세관에 근무하는 동료에게 전화를 걸어서 토마 소렐이라는 남자가 미국에 들어올 때의 입국 서류를 부탁했다. 피아니스트가 무고하다면 입국 당시 신고한 주소에 묵고 있을 터였다. 이어서 노트북으로 마농 바르텔을 검색했고, 서점을 운영하고 있다는 걸 알았다. 그는 기어리 스트리트를 향해 출발했다. 어쩌면 마농은 그녀의 아버지가 생각하는 것보다 더 많은 걸 알고 있으리라 확신하면서.

*

마농은 형사가 찾아온 것에 별로 놀라지 않는 태도로 맞아주었다. 그녀는 누가 형사를 보냈는지 알고 있었다. 형사에게 의자를 권하고 나서 그녀는 계산대에 기대고 섰다.

"협소하지만 예쁜 곳이죠, 아닌가요?" 마농이 물었다.

"이런 말을 해도 되는지 모르겠지만 아버님의 집보다 더 매력적입니다."

"나를 만나서 알아보라고 한 사람이 아버지라는 것에 내기를 걸게요. 아버지가 고집불통이거든요."

"그럼 내기에 지셨네요. 그 반대로 아버님은 딸에게 접근하지 말라고 하셨거든요. 어기면 가만두지 않을 거라면서."

"엄마의 유골함 밀랍 봉인이 훼손된 사건 때문에 극도로 예민해져서 그러시는 거예요. 장례부 직원이 실수로 떨어뜨렸을 게 틀림없는데. 납골당 측에서는 낯선 남자에게 책임을 전가하면서 잘못을 가리려고 했고요. 진짜 어이가 없고, 이해가 안 돼요. 시쳇말로 형사님에게 똥개 훈련시키는 것도 아니고."

"좀 더 심각한 일로 찾아온 겁니다."

필게즈 형사는 마농에게 유골함 도난 사건에 대해 얘기하고 바르텔 씨가 토마 소렐이라는 남자를 고소했다고 밝혔다. 마농은 토마와 얘기를 나눈 것은 사실이며, 그 사람은 그렇게 높은 수준의 음악가이면서도 관대하게 호의를 베풀어준 신사였다고 덧붙였다. 만약 그때 명성 있는 피아니스트라는 걸 알았다면 감히 그런 부탁을 하지 못했을 거라면서.

"뭐 하나 보여드릴게요." 마농이 휴대폰을 꺼내면서 말했다.

그녀는 유튜브를 찾아서 토마가 스톡홀름에서 공연한 연주회 영상을 보여주었다.

"연주할 때 이 사람의 표정을 좀 보세요."

짧게 발췌된 영상을 보면서 필게즈 형사가 관찰한 것은 마농이었다. 소리는 들릴락 말락 했지만, 화면에 힐끔 눈길을 주는 것만으로도 피아니스트가 얼마나 뛰어난 연주를 하는지 짐작할 수 있었다.

"이제부터는 잘 들어보세요." 마농이 한술 더 떠서 연주가 들릴 수 있게 하이파이 오디오 버튼을 누르면서 말했다. "그 사람의 피아노 연주예요." 그녀는 이렇게 말하고 입을 다물었다.

프란츠 리스트의 〈위로〉를 연주하는 피아노 선율이 서점에 울려 퍼졌다. 마농은 도중에 볼륨을 더 높였다.

필게즈 형사는 책상에 놓인 크리넥스 통을 마농에게 내밀었다.

"자요. 지금은 이런 음악 피하셔야 할 때인데. 나까지 눈물이 나려고 하네요."

"이 앨범을 녹음한 사람이 그런 짓을 저지를 영혼을 지녔다고 생각하세요? 나는 아빠가 왜 고집을 부리는지 모르겠어요. 이 남자와 내가 얘기하는 모습을 지켜본 아버지의 어이없는 질투 때문일까요?"

"아마도."

"아무것도 아닌 일로 아버지가 귀찮게 해서 죄송해요."

"아는 사이였습니까?"

"말씀드렸던 대로 어제 공원에서 처음 만났는데, 왜요?"

"아무것도 아닙니다."

마농은 형사 쪽으로 몸을 숙이고 얼굴을 빤히 살폈다.

"뭔가 숨기고 있군요?"

"아무것도 말하지 말라는 아버님의 당부가 있어서……."

"그 사람에 대한 증거를 갖고 있나요? 아니, 내가 멍청했네요. 형사님이 내가 뭔가를 숨기고 있는지 알아내려고 유도 신문을 하신 건데. 그건 낡은 수법이에요, 텔레비전으로 많이 봤거든요."

"텔레비전을 너무 많이 보셨군요. 아버님과 얘기 나눠보세요, 많은 걸 알게 될 겁니다."

"나는 아버지와 얘기하느니 형사님을 택하고 싶은데요. 털어놓으시죠."

"좀 전에 내가 해야 하는 대사를 빼앗은 거 알아요? 그런 식으로 상대를 흔드는 것은 형사의 몫입니다."

"아, 그런가요? 그럼 이렇게 한번 일상에서 벗어나보는 것도 신선하잖아요."

"왜 오늘은 다들 내 일상을 깨뜨리려고 하는지! 피아니스트 토마 소렐, 당신은 생각보다 훨씬 오래 전부터 그 사람과 알던 사이예요." 필게즈 형사가 툭 내뱉었다.

마농이 더는 아무 말도 하지 않았기 때문에 필게즈 형사는 바르텔 씨의 비난이 사실무근이라고 결론 내린 자신의 판단이 잘못된 건지 잠시 의문이 들었다. 진상을 명백히 파악하기 위해 형사는 협상을 제안했다.

"비밀 대 약속."

"무슨 약속이요?"

"어떤 비밀이 있냐고 나한테 물은 거라고 생각했는데요. 내가 지금부터 알려드리는 것을 아버님에게는 말하지 않겠다는 약속 말이에요. 농담이 아닙니다. 나를 배신하면 분명히 말하겠는데, 서점 앞 인도를 침범한 차에 대한 특혜를 다시는 누리지 못할 겁니다. 내 동료 경찰에게 주차위반 딱지를 붙이게 할 거고, 그렇게 되면 이 도시에서는 자전거밖에 못 타게 되겠죠."

"오케이, 자전거밖에 못 탄다는데 무서워서라도 약속해야죠. 그리고 나를 협박할 필요 없어요. 나는 일구이언하지 않아요."

마농이 어머니의 과거에 대한 진실을 알았을 때, 어릴 적의 기억이 하나둘 떠오르면서 마침내 토마의 얼굴을 왜 낯이 익다고 느꼈는지 알았다.

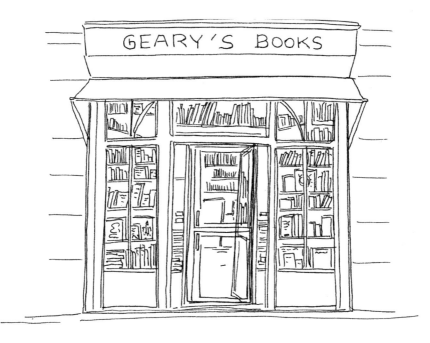

18

"그 의사와 내 어머니가 연인 관계였다는 걸 아버지가 말해줬다고요?"

"아버님은 그 반대라고 단언하셨죠. 그저 한순간의 일탈에 불과했다면서. 하지만 아버님이 멀리 떠나서 살기 위해 모든 걸 버렸다는 것은 어머님이 단순히 일시적인 사랑에 빠졌던 건 아니라는 생각이 들어서요."

"나는 아버지의 말을 믿어요. 엄마는 그런 얘기를 한 적이 없었고, 나한테는 비밀이 없었거든요."

"자식에게 그런 비밀을 털어놓는 부모는 거의 본 적이 없어요. 어떤 어머니가 딸에게 아버지가 아닌 다른 남자를 사랑했다고 말할 수 있을까요?"

마농은 말이 나오지 않았다. 필게즈 형사는 충격적인 사실이니만큼 그녀에게 생각할 시간을 주었다. 마농은 이해하기가…… 힘들어서…… 판단을 유보했다. 어머니가 다른 남자를 사랑했다면, 그 순간도 어머니 인생의 한 부분이다. 하지만 분명한 것은 어머니가 미련 없이 과거를 잊어버린 것이니 그 과거는 불문에 부치는 것이 옳다. 마농은 왜 프랑스를 떠나 샌프란시스코에 와서 살기로 했는지 물었을 때 어머니의 모호한 대답을 떠올렸다. 어머니는 아버지의 직업 때문이었다고 늘 똑같은 대답만 했다. 가족은 물론이고 친구들과 멀리 떨어져 사는 것이 힘들지 않았는지 궁금해할 때도 어머니는 매번 미소를 지으며 어깨를 으쓱할 뿐이었다. 그렇지만 어머니는 아버지의 직업 '때문'이라고 했었다, 직업 '덕분'이 아니라. 형사의 말대로 일시적인 사랑 때문이라면 그런 식으로 모든 걸 버리고 떠나지 않는다. 마농은 그런 비밀이 있을 거라고는 의심조차 해본 적이 없는 자신이 한심했다. 어머니가 경험한 열정적인 사랑 얘기를 그토록 듣고 싶어 했으면서 낌새도 채지 못했다니. 어머니의 심장을 뛰게 한 그 남자는 어떤 사람이었을까? 어떻게 생겼을까? 어머니의 마음을 사로잡기 위해 어떤 약속을 했을까? 몇 마디 말과 은밀한 눈짓에 그친 사이였을까, 아니면 열렬히 사랑한 사이였을까?

"토마도 알고 있다고 생각하세요?" 마농이 물었다.

"그건 내가 대답할 수 있는 질문이 아니에요. 나보다는 당신이 그를 더 잘 아는데. 나는 그를 만나지도 못했어요. 여전히 그가 무고하다고 생각하죠?" 필게즈 형사가 물으면서 일어섰다.

"모르겠어요." 마농이 대답했다. "제단 앞에서 보인 그의 행동이 어딘가 모르게 서툴긴 했지만 나머지는…… 아니……
아니에요, 그럴 리 없어요."

"나도 믿기 어려워요. 하지만 그가 납골당에 나타난 걸 단
순한 우연이라고 보기에는 석연치 않은 구석이 있어서요."

마농은 잠시 침묵했다.

"혹시 자기 아버지를 그 납골당에다 모시고 싶었던 건 아
닐까요?"

"그럴 수도 있고 아닐 수도 있고……. 그가 어느 호텔에 묵
는지 말했어요?"

"아니요. 그리고 너무 늦게 오셨어요." 마농이 손목시계를
보면서 대답했다. "이미 떠났어요, 오늘 오후 비행기로."

"그 유골함이 기적처럼 다시 나타나길 기대해봅시다. 그래
야 나도 사건을 종결하고 넌덜머리 나는 조서 작성을 면할
수 있거든요. 그를 만나게 되면 얘기 좀 해줘요, 혹시 모르잖
아요."

필게즈 형사는 마농에게 인사하고 서점을 나가면서 둘만의
협약을 상기시키기 위해 손가락으로 그녀의 차를 가리켰다.

*

토마는 오래전부터 한마디도 않고 침통한 얼굴로 방을 왔
다 갔다 하면서 여행 가방과 아버지를 번갈아 쳐다보고 있었
다. 아버지는 소파에 앉아 있었다. 레몽은 우울해하는 아들을
더는 볼 수가 없었다.

"정신 사납게 왜 가만히 있질 못하니?"

"아빠를 홀로 두고 가야 한다는 생각, 우리의 마지막……
저녁이라는 생각 때문예요."

"오후에 스타디움에서 경기가 있다는데, 비록 미식축구지
만 가서 보면 즐거웠던 추억이 떠오를 텐데. 여덟 살 때였으
니까 기억날지 모르겠지만, 너는 파리 생제르맹 축구팀을 열
렬히 응원했었지. 파리 생제르맹이 내리 3연패한 날, 나는 너
를 약 올리려고 신문을 집어던지면서 이 순간부터 올랭피크
드마르세유를 응원하겠다고 내뱉었어. 너는 일주일 넘게 토
라져서 나한테 눈길도 주지 않았지. 내가 배꼽이 빠지도록 웃
으면서 재미있어하니까 네 엄마까지 나서서 장난 좀 그만하
라고 부탁할 정도였어. 내가 너를 불행하게 만들었다면서. 저
녁마다 사과하려고 네 방에 들어갔지만 네가 단단히 삐쳐 있
어서 진땀을 빼야 했지."

"나는 경기장에 갈 생각 없어요." 토마가 단칼에 잘랐다.

"네가 그때 뭐라고 했는지 알아? 어려운 시기에는 포기하
지 않고 기다리다가 파리 생제르맹이 우승컵을 드는 날에 마
음대로 해도 된다, 하지만 그 전에, 파리 생제르맹이 우리의
응원을 필요로 하는 한 포기해선 안 된다고."

"그래서요? 그땐 내가 여덟 살 때였잖아요."

"그러니까 포기하지 말라고."

"아빠에 대해 말하는 거예요?"

"아니, 너에 대해, 사는 기쁨에 대해 말하는 거야. 나는 그
어느 때보다 사는 기쁨을 느낄 필요가 있어. 아니면 내가 훨

씬 죄책감을 느낄 테니까."

"진짜 경기장에 가고 싶어요?"

"너를 데리고 나가서 아이스크림이라도 사주고 싶지만 나는 그럴 수가 없으니까."

"시간이 얼마나 남았는데요?" 토마가 아버지를 쳐다보면서 물었다.

"나는 불치병에 걸린 게 아니야."

아버지가 너스레를 떨었지만 토마는 웃지 않고 방으로 들어가려고 돌아섰다.

"미안하다." 레몽이 아들 앞을 가로막으면서 말했다.

"나는 우리에게 남은 시간이 얼마나 되냐고 물은 거예요."

"몇 시간, 어쩌면 한나절, 아무튼 하루 이상은 아닐 거야. 소환되고 있는 게 느껴지고, 이동하는 게 힘들어지기 시작했어. 흐릿하게 보이고 잘 들리지도 않고. 늙는 거지!"

"나는 오히려 그 반대라고 생각해요. 그리고 생뚱맞은 유머도 그만하고요. 아빠만 혼자 웃긴다고 생각하는 거니까."

"너를 떠나야 하는데 내가 재미있겠니? 하지만 시련이 닥쳤을 때 유머보다 더 폼 나는 걸 아직 찾지 못해서 그래."

"차라리 연민을 불러일으키는 게 낫죠."

"아들아, 네가 원한다면 그럴게. 다른 사람들에게 발설하지 않는다는 조건으로."

레몽이 꺼진 텔레비전 앞에 앉았다.

토마가 다가갔다.

"리모컨은 그냥 둬. 텔레비전을 보고 싶었다면 나 혼자서도 얼마든지 켤 수 있으니까."

"그럼 뭘 원하는데요?"

"나를 골든게이트로 데려가. 내 유골함도 함께."

"산책하러 가는 거면 오케이지만, 유골은 여기 놔둘 거예요. 내가 포기는 안 된다고 분명히 말했어요. 아직은 나한테 아버지가 필요해요."

레몽은 입가에 미소를 머금고 고개를 끄덕였다.

"네 친구 우버에게 전화해서 드라이브 가자고 해!"

*

마농은 휴대폰을 손에 쥐고 서성거리고 있었다. 그녀는 재고 조사 때문에 서점을 일찍 닫아야 한다면서 손님 한 명을 내보냈다. 형사가 떠난 뒤 상반되는 생각을 두고 갈등하고 있었다. 열 번도 더 저녁 식사 약속을 취소하고 싶었지만, 몇 가지 이유 때문에 생각을 바꿨다. 갑자기 얼굴이 달아올라 너무 더워서 에어컨을 작동시키고 책상 앞으로 돌아갔다.

계산도 잘 안 되는 데다 주문서 작성도 자꾸 틀렸다. 일손이 잡히지 않고 주문서를 외국문학 판매대에 올려놓고는 어디에 뒀는지 몰라서 한참을 찾으러 다녔다. 마침내 발견한 주문서를 집으려는 순간, 환풍기 돌아가는 소리에 불현듯 켜켜이 쌓인 세월의 먼지 속에 묻혀 있던 회전목마가 떠올랐다. 빙글빙글 돌아가는 목마가 까맣게 잊고 있던 과거의 여름으로 그녀를 데려갔다.

황금빛 목마 갈기를 매달리듯 붙잡은 소녀가 벤치에 앉은 어머니 앞을 지나가고 있었다. 어머니 옆에서 한 남자가 소방차를 운전하는 소년을 향해 모자를 흔들면서 미소를 지었다.

*

택시가 바다로 향하는 구불구불한 도로를 달리고 있었다. 레몽은 시 클리프 애비뉴 언덕에 위치한 한 저택 앞에서 잠시 차를 세워달라고 했다. 그는 차창에 이마를 대고 저택을 바라봤다.

"내가 떠난 뒤에 너는 뭘 하며 지냈니?" 아버지가 멍한 목소리로 물었다.

"계속 연주하러 다녔죠."

"그래도 너에게 기대를 했는데."

"나에게서 뭘 기대했는데요?"

"네가 절망하지 않기를. 너의 슬픔 때문에 온 세상을 원망하지 않기를. 네가 슬퍼하는 걸 원치 않았어. 어쩔 수 없을 때만 아주 조금 슬퍼하길. 내 말이 무슨 뜻인지 알 거다."

"아니, 몰라요."

"그다음에는? 콘서트홀에서만 시간을 보낸 건 아니잖아."

"그러다 소피를 만났죠."

"아, 그래, 소피. 그다음에는?"

"나는 아빠처럼 여러 여자를 만나지 않았어요."

"나는 뭘 하면서 살았는지 물은 건데."

"나는 피아니스트니까 피아노 치면서 살았죠! 내가 다른 거 하길 바라는 거예요?"

"내 비밀 하나 얘기해줄게. 나는 외과 의사였으니까 수술하면서 시간을 보냈어."

"비밀 얘기라더니."

"급하기는! 비밀이라고 한 게 농담이었어. 나는 낮이고 밤이고 병원에서 보냈지. 너를 데리고 산책하거나 네 엄마와 즐거운 시간을 갖기는커녕."

"그러니까 피아노 연주 집어치우고 나도 산책이나 하러 다니라는 거예요?"

"네가 오래 버티지 못할까 봐 그래, 토마. 내 말은 네가 행복해지는 날이 오길 바란다는 거야. 행복한 삶을 위해 뭐든 하라는 거야. 기회를 놓쳐버린 아버지를 기억하고, 그래서 우리가 함께 보내지 못했던 시간을 생각하라는 거야."

"나를 가르치기에는 좀 늦었다고 생각하지 않아요?"

"자책은 그만하라고. 이제 기분이 한결 나아졌으리라 확신하는데, 아니니?"

토마는 차문을 열고 길가에 버려진 빈 깡통을 발로 걸어찼다.

"아빠가 작별 인사도 없이 떠났잖아요. 마음의 준비를 할 시간도 주지 않고."

"그래서 돌아왔잖아."

"카미유 때문에 돌아온 거잖아요."

"너와 작별할 시간이 없었어. 너는 연주하러 세계를 돌아다니고 있었고, 나는 네가 돌아오길 기다렸는데 하루아침에 심장이 멈출지 누가 알았겠니. 내일은 그런 실수를 하지 않겠다고 약속하마."

"근데 왜 이 집 앞에서 멈춘 거예요?" 토마가 차창 밖으로 고개를 내밀면서 물었다.

"인사하러 온 거야." 아버지가 속삭였다.

"그녀가 여기 살았어요?"

"지금도 여기 있어." 레몽이 대답했다. "그자가 집으로 가져왔어. 20년 감옥살이로는 충분하지 않다는 듯! 가자."

택시가 출발하여 베이커 비치 주차장으로 내려갔다. 토마는 택시 기사에게 잠깐 바람 좀 쐬고 시내로 다시 갈 테니 기다려달라고 했다.

"내가 이럴 줄 알았다니까!" 택시 기사가 간죽거렸다. "나한테도 조금만 주면 안 될까요?" 기사가 윙크를 날리면서 물었다. "공짜로 드라이브시켜주고 대기도 해주는데."

"뭘 달라는 겁니까?" 토마가 깜짝 놀랐다.

"20분이나 혼자 중얼거렸잖아요. 품질이 되게 좋은 건가 봐요, 자메이카산인가요? 나도 밤에 차에 혼자 앉아 있으면 무지 외롭거든요. 그러니까 손님이 피우는 거 나한테도 조금만 나눠달라는 겁니다."

"택시비는 섭섭지 않게 계산할게요." 토마는 차문을 열면서 대꾸했다. "핸들 잡은 사람에게는 현명한 생각이 아니라서요."

레몽은 바다로 향하다 확 돌아서서 좀 전에 멈춰 서 있었던 저택 쪽을 응시했다. 언덕 위로 흰색 건물과 파란색 덧문들이 또렷이 보였다.

"베이커 비치, 여기가 명당이구나." 레몽이 말했다. "여기서 산책하다가 운 좋으면 그녀가 창문에서 나를 발견할지도 모르고. 내가 상상한 그림은 아니지만 다 가질 수는 없는 거니까. 멋진 파노라마가 펼쳐지겠어."

"관점의 문제죠." 토마가 구시렁거렸다.

"이기적으로 살지 마. 너는 앞날이 창창해, 네 인생은 앞으로 네가 어떻게 하느냐에 달려 있어. 하지만 심포니 홀에서 연주하는 날이 오면, 나는 네가 약속을 지킬 거 아니까, 너도 이 해변으로 산책하러 와. 그때 여기서 나를 생각하면 그 어느 곳에서보다도 훨씬 즐거울 거다."

"내 눈에는 즐거울 게 전혀 보이지 않아요."

"편협한 시선으로 보니까 그렇지. 존재했던 아버지라고 생각하지 말고 부재하는 거라고 생각해. 그리고 우리에게 주어진 행운으로 함께한 모든 걸 떠올려봐. 너를 데리고 고성들을 보러 간 적이 있었는데 기억나니? 루아르강을 따라 달리는 자전거 여행이었지. 우리는 온종일 페달을 밟았고, 저녁에는⋯⋯."

"⋯⋯빛과 소리의 쇼를 구경시켜줬죠. 샹보르, 슈베르니, 블루아, 쇼몽, 내 엉덩이에 불이 났었고."

"앙부아즈를 빠뜨렸잖아! 하지만 너는 밤늦도록 잠을 못 잤어. 너무 달려서 다리가 떨어져 나갈 듯 아팠고, 눈이 빠질 것처럼 아파서 말이야. 언젠가 네 아들딸을 데리고 그런 여행을 하고, 페달을 밟고 달리면서 계속 뒤돌아봐줘. 아마 아버지라는 것은 그렇게 단순한 것일 거야. 길을 열어주고 끊임없이 돌아봐주는 것."

토마는 몇 걸음 걷다가 백사장에 앉아서 수평선을 유심히 살폈다. 아버지가 와서 팔꿈치로 쳤다.
"저녁 식사 약속에 늦겠다. 나도 따라가도 될까?"
"어떻게 안 된다고 하겠어요."
"눈에 띄지 않게 있을게, 약속해. 멀찍이 떨어진 스탠드바에 앉아 옆 사람들이 나누는 대화를 들으면서 영어 공부 좀 하려고. 진짜 필요하거든. 거기서 누구를 만나게 될지 나도 궁금해."
"거기까지 어떻게 갈 건데요?"
"서둘러, 여자를 기다리게 하는 건 예의가 아니야."

레몽이 돌아가다가 걸음을 멈추고 장난기 가득한 미소를 지었다.
"여기서 마른 해초 몇 개 주워서 호주머니에 넣었다가 기사에게 줘라. 잊지 못할 밤이 될 거라고 말하면서."

*

해가 저무는데 마농은 재고 노트를 한 장도 채우지 못했다. 그녀의 생각은 서점과 샌프란시스코에서 아득히 먼 곳에 가 있었다.

이번에는 회전목마가 아니라 조랑말에 채찍질을 하면서 평보로 전진하는 소녀가 보였다.

마농이 지나갈 때 카미유는 건성으로 손을 흔들었고, 벤치에서 대화하던 남자, 그 남자가 이번에는 카미유의 손을 잡고 있었다. 속보로 조랑말 타는 모습을 자랑하고픈 소년에게 관심도 주지 않았다.

진열창을 똑똑 두드리는 소리가 났다. 마농은 손짓으로 인사하는 토마를 발견하고 소스라치게 놀랐다.

마농이 문을 열어주었다.

"너무 늦은 거 아니죠?" 토마가 물었다.

"몇 시인지도 몰랐어요."

"저녁 먹으러 갈까요?"

마농이 레인코트를 걸치려고 하자 토마가 하늘에 구름 한 점 없다고 저적했다. 그녀는 하늘을 쳐다보면서 토마의 말이 맞는지 확인했다. 그래도 그녀는 우산을 챙겨 들었고, 서점의 문을 닫았다.

"이게 다예요?" 토마가 물었다.

"뭐가 다예요?"

"경보기, 셔터는? 그렇게 안전한 도시예요?"

"아, 둘 다 아니에요." 마농이 돌아섰다.

셔터가 반쯤 내려왔을 때 토마가 중지시켰다.

"왜요, 셔터에 뭐가 걸렸어요?"

"아니요, 뭐 좀 물어보려고요. 혹시 손가방 판매해요?"

"재미있는 질문이네요, 여긴 서점인데."

"나도 그렇게 생각하는데, 그럼 진열창 안에 있는 저 손가방은 당신 거군요."

마농은 문을 다시 열고 들어간 김에 손가방을 들고 경보기를 작동시켰다.

"괜찮아요?" 광장 쪽으로 내려가는 동안 토마가 물었다.

"당신이 온 뒤부터요? 네, 괜찮아요. 레스토랑을 예약해놨는데…… 어디였더라? 아, 그린스 레스토랑에 2인 테이블 예약. 현대 미술관 뒤, 강변에 위치한 채식주의자 전문 레스토랑인데 이의 없죠? 유제품, 달걀, 생선은 먹는데 육식은 중단했어요. 그렇지 않아도 동물들이 서로 잡아먹는데 인간까지 먹으면 남아나는 동물이 없을 테니까."

"소와 양이 육식동물이란 얘기는 금시초문이네요." 토마가 조심스럽게 대꾸하면서 그녀를 살폈다.

"네, 이론적으로는 맞는 말이죠."

"진짜 괜찮은 거 맞아요?"

"어, 잠깐만, 내 차, 서점 앞에다 주차해놨는데……."

마농이 되돌아가는 길은 벌써 100미터 넘게 걸은 거리였다.

"차는 그대로 있네요. 하긴 내가 아무 말도 안 했는데 협박을 실행에 옮길 이유가 없지."

"누가 당신을 협박해요?"

"천만에요······ 협약에 얽힌, 당신이 들으면 몹시 곤란해할 일이 있어요."

토마는 성큼성큼 걸어가는 마농을 쫓아가느라고 걸음을 재촉했다.

"생각해보니까 스테이크도 괜찮을 거 같네요, 어쩌다 한번 먹는다고 어떻게 되는 것도 아니고."

"내가 운전할까요?"

마농은 그의 말을 듣지 않고 있었다. 그녀는 가방을 뒤지다 마침내 키를 찾았고, 차문을 열고 토마에게 조수석에 앉으라고 했다.

"잘못 왔다고 생각하죠?" 마농은 강변 쪽으로 커브를 틀면서 물었다.

"연속으로 빨간불을 무시하고 달린 것 때문이요? 아니요, 누구에게나 한 번씩 있는 일이잖아요."

"어머니의 장례를 치른 다음 날 모르는 남자와 저녁을 먹는 것. 하지만 당신은 완전히 모르는 남자는 아니니까 크게 문제될 일은 아니라고 생각해요."

"기분 더러운 하루였어요?"

"놀라움으로 가득한 하루였죠."

"좋은 거예요, 나쁜 거예요?"

"글쎄요······. 오후 들어서는 아무것도 못 했어요. 당신 말대로······ 기분 더러운 하루인 걸로 하죠."

"운전에 집중해요, 얘기는 식사하면서 하고요."

마농이 갑자기 커브를 틀어서 옛 군사기지 건물 앞 주차장에 차를 세웠다.

"예전에 요새였던 곳이에요." 마농이 차에서 내리면서 설명했다. "지금은 포트 메이슨 문화예술센터라고 불리는데 미술관, 극장, 바이오 제품 시장, 그리고 우리가 가는 레스토랑이 있어요."

토마는 건물의 문을 열어주고 마농이 먼저 들어가게 했다. 뒤따라 들어가는데 아버지가 스탠드바에 팔꿈치를 괴고 윙크를 보냈다. 토마는 손님을 맞아주는 주인에게 눈길도 주지 않았다.

"저 여자와 저녁 먹고 싶어요?" 마농이 물었다.

"누구요?"

"스탠드바의 여자요. 당신이 쳐다보는 저 여자. 저 여자도 싫지 않은 모양인데."

토마는 대꾸하지 않고 그들의 테이블로 향했다.

웨이터가 메뉴판 두 개를 가져왔고 두 사람은 침묵 속에서 메뉴를 살펴봤다.

메뉴판에 적힌 것들은 토마가 전혀 모르는 요리였다.

"치크 피 허시 퍼플cheak pea hush pupple, 이게 무슨 요리인지 당신은 알아요? 어반 매크로 볼urban macro bowl, 이건 또 뭐고요?"

마농이 아보카도 샐러드와 매운 두부를 주문하자, 토마도 같은 걸 주문했다.

282

"아버지가 돌아가셨을 때 나는 스스로 우는 걸 금지했어요. 장례식에서도 그랬는데 며칠 후에 무너졌죠. 당신이 딴데 정신이 팔려 있는 거 이해해요. 그러니까 억지로 앉아 있지 않아도 돼요. 이왕 시켰으니 빨리 먹고 일어납시다."

"당신은 모순으로 가득 차 있는 사람이군요." 마농이 내뱉었다.

"왜요?"

"완벽한 젠틀맨인가 하면 뻔뻔한 남자니까요."

토마는 눈살을 찌푸렸다.

"내가 기분 상하게 하는 말을 했나요?"

"엄마는 강제로 승마 모자를 쓰게 했죠. 아니면 말 탈 생각은 하지도 말라면서. 나는 웃긴다고 생각했어요, 다른 아이들은 모자를 쓰지 않았으니까요. 내 또래의 소년이 있었는데 나를 '코코넛'이라고 부르면서 장난을 쳤죠. 얼마 후에는 자기 크레이프를 나한테 줬어요. 엄마가 깜빡 잊고 나한테 돈을 주지 않았거든요. 어느 날은 내가 오후 내내 공들여 쌓아 올린 모래성에 두 발로 펄쩍 뛰어올라서 무너뜨렸고, 그다음 날은 또 나를 도와서 다른 모래성을 쌓아주었죠. 내가 아이스크림을 먹고 있을 때는 팔꿈치로 툭 건드려서 아이스크림에 코를 처박게 하고 웃음거리로 만들었어요. 최악은 내 엄마까지 웃었다는 거예요. 내가 시소에서 떨어졌을 때는 그 꼬마 괴물이 나를 일으켜주고는 쏜살같이 달려가서 엄마한테 내가 무릎을 다쳤다고 알렸죠. 엄마가 밴드를 붙이는 동안에도 내 곁을 떠나지 않고 달래주었고. 토마, 이제 말해요, 우리 엄마 장례식에서 무슨 짓을 한 건지, 왜 나한테 거짓말을 했는지."

토마가 그녀를 뚫어져라 쳐다봤다.

"또 다른 어느 여름, 그 소녀가 내 파란색 덤프트럭을 빼앗았는데 덤프가 덜렁거리는 거예요. 일부러 망가뜨린 거죠. 아버지가 준 선물이라서 내가 애지중지하던 장난감 트럭이었는데. 내 아버지도 내가 해변으로 나갈 때는 무조건 모자를 쓰게 했어요. 다른 아이들은 모자 없이 해변에서 놀았는데. 아버지가 사준 해군 모자는 챙에 노란색 닻이 수놓여 있어서 얼마나 창피했는지. 친구가 되고 싶었던 말괄량이 소녀까지 나를 뽀빠이라고 부르면서 놀리는 바람에 말이죠. 마농, 나는 그 공원에서 당신을 본 순간 바로 알아봤어요."

"브라보, 하지만 그게 내 질문에 대한 대답은 아니에요."

"내가 온 건 아버지가 장례식에 참석하고 싶어 했기 때문이에요."

"당신 아버지는 돌아가셨다고……." 마농은 홀짝거리던 와인을 단숨에 삼키고 대꾸했다. "유언장에 쓰여 있었나요?"

"아니요, 나한테 직접 말했어요."

"내 어머니가 돌아가시면 당신에게 장례식에 참석하기 바란다고 말했다는 거예요?"

"아니, 아버지가 직접 참석하고 싶어 했어요."

"하지만 아버지는 돌아가셨……."

"네, 5년 전에요."

마농은 웨이터에게 같은 와인으로 한 잔 더 달라는 손짓을 했다.

"미안하지만 수작 부리지 마요, 나한테는 안 통하니까."

"지금부터 내가 하는 이야기를 듣고 나를 미친놈이라고 생각해도, 그건 유감스럽지만, 이 이야기를 나와 공유해줄 사람은 이 세상에 당신밖에 없으니까."

마농은 와인을 단숨에 마시고 잔을 테이블에 내려놓은 후 터프하게 손등으로 입술을 닦고 토마를 노려봤다.

토마는 그녀의 눈을 피하지 않으면서 마리화나를 피우게 된 이상한 순간부터 유령이 출현하는 훨씬 더 이상한 순간까지, 이야기의 일부를 얘기했다.

"받아들이기 쉽지 않다는 거 알아요. 나도 처음에는 이성적으로 받아들이기가 굉장히 힘들었으니까." 토마가 고백했다.

"우리 어머니의 장례식에 동행해달라고 부탁하기 위해서 아버지가 저세상에서 돌아왔다는 거예요?" 마농이 잔이 넘치도록 가득 와인을 따르면서 다시 물었다.

"내 생각에 '저세상'은 우리가 생각하는 것과는 전혀 다른 차원의 세계인 것 같아요. 나도 여러 번 유도신문을 해봤지만 아버지는 끝내 입을 열지 않았어요. 마치 비밀을 누설했다가는 즉시 그들에게 소환당하는 것처럼."

"그들……." 마농은 혀를 차면서 말했다.

"말이 그렇다는 거고, 그 이상은 나도 몰라요. 하지만 아버지가 형벌의 족쇄를 질질 끌면서 수의 차림으로 나타난 건 아니니까 안심하고요." 토마가 냉소적으로 말했다.

"그럼…… 아버지가 어떤 모습으로 다시 나타났는데요?"

마농이 말을 끊으면서 물었다. "물론 순전히 호기심으로 물어 보는 거예요."

"아까도 말했지만 책 읽을 때 아버지가 늘 앉던 안락의자, 거기서 목소리가 먼저 들렸죠."

"어떤 모습이었냐니까!" 마농은 집요했다.

"아버지의 예전 모습 그대로였어요. 흰색 셔츠에 플란넬 바지, 몸에 딱 맞는 재킷 차림으로. 하지만 아버지가 떠나실 때보다는 더 젊은 모습이었죠."

마농은 고개를 끄덕이면서 입술을 삐죽거리더니 와인 한 모금을 꿀꺽 넘겼다.

"그리고 당신과 함께 비행기를 탔고요……."

"다행히도. 기내에서 승객 한 명이 쓰러지는 위급 상황이 발생했는데 우리가 목숨을 구해줬죠. 나는 아버지가 지시하는 대로 했을 뿐인데 승객의 의식이 돌아왔거든요."

"기가 차서 말이 안 나오네요…… 의사도 아닌 사람이." 마농이 큰 소리로 조소했다.

"그렇지 않아도 내 옆 좌석 여자가 나는 의사가 아니라고 소리소리를 질렀지만 아무도 듣지 않았죠. 그 바람에 그 여자가 얼마나 히스테릭해졌는지, 솔직히 엄청 웃겼어요."

"농담하지 말고요. 그래서 당신이 비행기를 비상착륙이라 도 시켰나요?"

"아니요, 하지만 그다음에 일어난 일은 훨씬 거짓말 같아 서 어디서부터 말해야 할지 모르겠어요."

"스톱! 그만 듣는 게 낫겠어요. 이런 상상력이라면 지금부터라도 직업을 바꾸고 소설가가 되지 그래요? 그럼 대박 날 텐데. 책 파는 사람으로서 하는 말이에요. 그렇다고 해서 내가 당신의 책을 사서 읽을 거란 말은 아니에요. 판타지 소설은 내 취향이 아니라서."

"내 얘기를 하나도 안 믿는군요."

"입장 바꿔서 생각해봅시다. 방금 당신이 한 얘기를 내가 했고 당신에게 같은 질문을 했다고 칩시다. 당신은 뭐라고 대답했을 거 같아요?"

"내가 오래전에 읽었던 책을 예로 들게요."

"아, 그렇구나. 그 책 얘기한 거였어요?"

"불가능하게만 보이는 이야기들이 간절히 믿고자 하면 사실이 될 수도 있다는 내용이었죠. 이번에는 내가 당신에게 물어봐도 되죠?"

"상황이 상황이니만큼……."

"우리의 어린 시절, 그리고 우리 부모님이 비밀리에 서로 사랑하던 시절, 엄마가 됐든 아빠가 됐든 밤마다 요정과 악마가 나오는 동화를 읽어줬을 거예요. 당신은 놀라운 힘을 가진 미지의 괴물들 이야기를 안 믿었어요? 판타지 세계를 동경한 적이 전혀 없어요?"

"믿었죠, 모든 아이들과 마찬가지로."

"그 뒤로 무슨 일이 있었던 거예요?"

"그런 동화를 읽어주던 엄마가 나를 떠났어요, 바로 어제." 마농이 대답했다.

"내 아버지는 다른 동화를 얘기해주려고 돌아왔고, 내가 왜 피아니스트가 되었는지 상기시켜주었죠. 그래서 나는 그 이야기를 믿기로 마음먹었어요. 미친놈으로 보이는 위험을 무릅쓰고. 이제 내가 역할을 바꾸자고 제안할게요. 잘 들어봐요……. 어느 날 아침 또는 저녁, 내일 또는 5년 후, 당신의 어머니가 나타나서 도움을 청해요. 어머니의 영원성이 달려 있는 문제라면서. 당신이라면 어떻게 하겠어요? 미친 사람이 되는 위험을 무릅쓰겠어요, 아니면 등을 돌려버리겠어요?"

마농이 와인 한 잔을 더 주문하자, 토마는 네 잔째라고 지적했다.

"나는 오늘 저녁 울적한 기분이 풀리길 기대했는데, 내가 저녁 식사에 초대한 남자는 자기의 유령 아버지와 여행을 왔다고 하네요. 내가 벌렁 나자빠지더라도 오늘 마신 보르도산 와인 한 병 탓은 아닐 것 같군요." 술에 취해 있는데도 그녀는 또박또박 말했다.

토마는 재빨리 고개를 돌리고 스탠드바를 힐끔 쳐다봤다. 레몽이 한 커플의 대화를 엿들으면서 몹시 재미있어하는 것 같았다.

토마의 곁눈질을 마농은 놓치지 않았다.

"아까 여기 들어올 때 내가 괜한 시비를 거는 것처럼 들은 척도 안 하더니." 마농이 빈정거렸다. "당신이 쳐다보는 사람이 바로 유령 아버지였군요."

토마는 잠자코 있었다.

"계산서 달라고 하고 일어납시다. 집에 바래다줄게요." 토마가 말했다.

"아, 아니요, 저녁 식사는 아직 안 끝났어요. 디저트 먹고 싶어서 죽을 지경이에요."

마농은 핑거스냅으로 딱 소리를 내며 웨이터를 불렀다.

"달달한 것이 필요한데 초콜릿 들어 있는 디저트와 스푼 두 개, 그리고 와인 한 잔 더 부탁할게요. 초콜릿 좋아해요?" 그녀가 토마에게 물었다.

"네. 내가 쳐다본 사람, 아버지 맞아요. 여기 오시고 싶다고 해서 우리 둘만 얘기하게 조용히 있겠다는 조건으로 받아들였어요."

"당신의 확신, 어이가 없네요." 마농은 한숨을 내쉬었다.

"서툰 것이 내 특기라서."

그녀는 호기심 어린 눈으로 토마를 쳐다봤다.

"내 어머니와 당신의 아버지…… 당신은 오래전부터 알고 있었어요?"

"아니요. 아버지가 다시 나타났을 때 내 도움이 필요한 이유를 설명해야 했고, 그래서 알게 됐죠."

"아니었으면 비밀은 영원히 무덤 속에 묻혀 있었을 테고요." 마농은 여전히 빈정거리는 어조로 대꾸했다. "그럼 당신이 믿는 것만큼 내가 믿을 수 있게 무슨 증거라도 보여주든가."

"두 분이 30년 동안 서로 사랑했다는 것, 매해 여름 만났다는 것, 그러다 당신의 부모님이 이곳에 정착한 날부터는 멀리 떨어져서 서로 사랑했다는 것, 그것 말고는 나도 말해줄 게 별로 없어요."

"그건 당신 아버지의 버전이거나 당신이 날조한 억측이고 요! 일시적인 사랑이 아니었다는 증거는 아무것도 없어요."

"우리가 처음 만났을 때 내가 왜 아무 말도 하지 않았는지 는 설명했고. 그리고 나는 거짓말하지 않았어요. 내가 만나자 마자 모든 걸 털어놨다면 당신이 어떻게 나왔을까요?"

"내가 당장 꺼지라고 소리칠 거라고 예상했고, 그래서 아 무 말도 안 했다는 거군요."

"아마도. 그래서 후회하고 있어요."

"왜요?"

"디저트 끝나면 내가 데려다줄게요. 당신은 운전할 상태가 아니니까. 그리고 우리 부모들의 과거가 너무 복잡한 결과를 초래할 것 같아서요."

"무슨 결과가 복잡해지는데요?"

"미안해요, 아버지는 누구도 못 말리는 분이라서요." 토마 가 옆 테이블을 쳐다보면서 한숨을 내쉬었다.

마농은 토마의 눈길을 좇다가 빵 터졌다.

"아버지가 지금 옆 테이블에 앉아 있는 거예요?"

레몽이 장난스러운 표정을 지으며 쩔쩔매는 아들에게 난 처한 상황에서 구해주겠다는 신호를 보냈다. 레몽이 또다시 토마의 입을 빌려 말하기 시작했다.

"날씨가 흐린 어느 날 오후, 당신과 당신의 어머니는 똑같 이 파란색 꽃무늬 원피스를 입었어요. 마치 자매처럼. 내 아 버지는 당신에게 캐러멜을 주었고, 당신의 어머니는 잠자코 있었죠. 두 사람은 벤치에 앉아 당신이 사방치기 놀이를 하는 동안 몰래 손을 잡고 있었어요. 당신이 돌아와서 물었어요, 이 아저씨는 누구냐고. 당신의 어머니는 대답했어요, '여름 친구'라고. 그러자 당신은 천진난만한 얼굴로 다시 놀러갔어요. 가을이 오자 당신은 또 한 번 캐러멜을 준 남자에 대해 물었어요. 당신의 어머니는 눈높이를 맞춰주기 위해 꿇어앉으면서 이번에는 진실을 말해줬어요. 마음을 나누는 소중한 사람이라고, 이 비밀은 아무에게도 말하지 않겠다는 약속을 받으면서. 그렇게 10년이란 세월이 흘렀고, 그 사이 당신은 무용 콩쿠르에서 상을 휩쓸고 있었는데 기계체조 수업을 받다가 평균대에서 미끄러지면서 쇄골이 골절되는 사고를 당했어요. 당신이 절망에 빠지자 당신의 어머니는 기분 전환을 시켜주려고 뉴멕시코주로 데려갔죠. 엄마와 딸은 이 여행을 시작으로 해마다 추수감사절 시즌이 되면 둘이서 여행을 떠났어요. 앤털로프캐니언, 애리조나 그랜드캐니언, 유타주의 소금호수, 옐로스톤, 뉴올리언스, 나이아가라 폭포, 배턴루지, 미시시피강, 러시모어 바위산, 그리고 열여섯 살 생일을 맞아서 로마와 베네치아 여행을 떠났고요. 당신은 착하지만 반항이 심한 학생이어서 퇴학당할 위기에 처했죠. 그리고 아버지의 기부 덕분에 학교에서 용서를 받았고요. 열다섯 살 때는 아이스하키 팬이었는데, 샌프란시스코 불스가 아니라 캘리포니아 새너제이 샤크스를 응원했죠. 당신의 어머니는 공격수 빌 린제이에게 반한 거라고 의심했고요."

"말을 막 던지네요, 내가 그렇게 못생긴 린제이를! 난 토드 하비에게 미쳐 있었는데, 그리고 열일곱 살 때였어요! 근데 당신이 어떻게 그걸 다 알죠?"

웨이터가 계산서를 메뉴판에 끼워서 가져와 토마 앞에 내려놨다.

"내가 초대했으니까 계산은 내가 해요." 마농이 말하면서 계산서를 집으려고 했다. 하지만 토마가 이미 웨이터에게 슬그머니 신용카드를 건네준 뒤였다. 그는 영수증에 사인한 다음 신용카드를 지갑에 넣었다.

"눈속임이 대단하네요, 눈치도 못 챘는데." 마농이 항의했다.

"서툰 것이 내 특기라서."

토마가 옆 테이블 앞에 멈춰 서서 아버지에게 알아서 숙소에 들어가라고 하자 레몽은 한숨을 내쉬면서 사라졌다.

마농은 주차장을 향해 비틀거리면서 걸어갔고, 자신의 차가 보이자 토마에게 키를 던져주고 집 주소를 알려주었다.

토마는 프리우스 운전대를 잡고 캘리포니아 스트리트를 달렸다. 포트 메이슨 문화예술센터를 떠날 때부터 무거운 침묵이 흘렀다. 마침내 마농이 침묵을 깨고 말했다.

"뭐 안 될 거 없겠죠. 각자 나름의 추모 방식이 있는 거니까. 그렇게라도 아버지의 존재를 느끼고 싶다면 당신의 방식대로 해요, 그건 당신의 자유니까. 술을 입에 대지도 않던 나는 실컷 마시고 취했으니 내일 아침에는 머리가 깨질 것 같은 두통 때문에 잠을 깨겠죠. 벌써 신호가 오니까. 그리고 오늘 들은 말도 안 되는 일들은 없었던 일이 될 거고요."

"나도 그렇게 생각했는데…… 마리화나를 피운 뒤에."

마농이 차창을 열고 한숨을 내쉬면서 말했다.

"근데 아까 나에 대해 말한 것들은 어떻게 알고 있는 거예요?"

그들은 목적지에 도착했고, 토마는 프리우스를 길가에 주차했다. 그는 뒷좌석 쪽으로 몸을 돌리고 손가방을 집어서 마농의 무릎에 올려놨다.

"자요, 이건 당신 거예요."

"이게 뭔데요?"

"아버지가 당신 어머니의 편지를 보관해놓은 상자예요. 어느 날 내 아버지가 보낸 편지를 찾게 될 때 나에게 알려주면 고맙겠어요. 나도 당신에게 이메일로 편지를 썼는데 보내지 않았어요. 당신이 다시는 나를 보고 싶지 않다고 할까 봐 두려워서. 내가 보내지 못한 편지도 프린트해서 안에 넣어뒀어요."

마농은 토마를 응시했지만 한마디도 할 수 없었다. 헤어지려는 순간 그를 향한 이 놀라운 감정도 이해할 수 없었다. 그녀는 이대로 앉아서 그가 얘기해주는 어린 시절을 좀 더 듣고 싶었고, 어머니에 대한 또 다른 비밀을 더 듣고 싶었다. 이번에는 빈정거리지도, 의심도 하지 않고 많은 걸 묻고 싶었다. 설사 그 모든 것이 상식과는 거리가 먼 얘기라고 해도, 그저 그의 목소리를 듣기 위해, 집에 혼자 들어가지 않기 위해서. 하지만 토마는 아무 말도 하지 않았다. 그녀는 프리우스에서 내리고 걸어가려다가 말했다.

"이게 내 차라는 게 방금 기억났어요."

"아, 그렇죠." 토마는 미안해하면서 자동차 키를 돌려주었다. "문 앞까지 바래다줄게요."

"혼자 갈 수 있어요." 그녀는 딱 잘라 거절하면서 집을 향해 비틀비틀 걸어갔다.

"그럴 줄 알았어." 마농이 기대고 있던 가로등을 따라 서서히 미끄러지는 걸 보면서 토마가 뛰어갔다.

토마는 그녀를 일으켰고 어지러움이 가라앉을 때까지 잠시 기다려주다 정문 앞 계단을 올라갈 때 부축해주었다.

그들은 계단으로 2층까지 올라갔고, 토마는 그녀가 현관문을 열 때까지 기다렸다.

"침대까지는 혼자 갈 수 있겠죠?"

"스튜디오라서 들어가기만 하면 돼요. 아직 가지 말고 기다려요. 우리 부모들의 과거가 너무 복잡한 결과를 초래할 것 같아서, 그 말 무슨 뜻이에요?"

토마는 마농을 빤히 쳐다보다 다가서서 그녀의 입술에 키스했다.

"잘 자요, 마농."

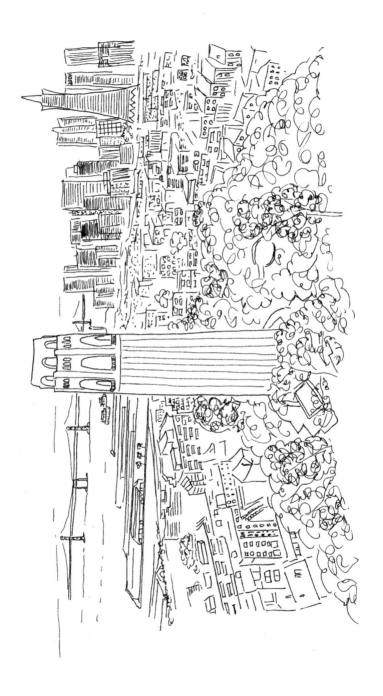

19

금요일, 새벽 3시.

집으로 들어간 마농은 샤워를 오래 하면서 컨디션을 웬만큼 회복했지만 두통이 가라앉지 않았다.

그녀는 롱 티셔츠를 입고 카펫 위에 책상다리를 하고 앉아서 상자를 한참 쳐다봤다. 그러고는 마침내 용기를 내고 심호흡을 하고 나서 뚜껑을 열었다.

어머니의 글씨가 적힌 봉투를 발견하는 순간 마농은 울컥했다.
그녀는 어머니가 레몽에게 보낸 첫 번째 편지를 집었다.
날짜는 20년 전으로 거슬러 올라갔다.

아주 멀고도 아주 가까운 내 사랑,

어느덧 1년이 지났네요. 우리가 사는 아파트는 그리 크지 않아요. 프랑스의 내 집, 추억이 어려 있는 그 집이 그리워요. 당신보다는 덜 그립지만. 침실을 나의 은신처로 만들고 내게 남은 추억들을 모아놨어요. 당신이 여름에 찍어줬던 사진 몇 장. 나는 그 사진들을 멍하니 쳐다보곤 해요. 마치 저무는 날을 보면서 서글프지만 아침이 곧 돌아올 거란 희망을 품으며 눈이 시리게 아름다운 석양을 멍하니 바라보는 것처럼.

작은 공간에 카펫을 깔고 들여놓은 책장에 내가 좋아하는 책들을 꽂아놨어요. 저녁에는 우리가 벤치에서 얘기했던 책들을 읽으면서 많은 시간을 보내요. 샌프란시스코만 쪽으로 난 창문들 덕분에 거실은 아주 밝고, 세월을 짐작케 하는 고가구들은 고색창연한 빛을 발하죠. 장의자는 화려한 담요를 씌워놨어요. 그랑드 거리의 고가구 상점에서 당신이 운치 있다고 감탄했던 장의자 기억나요? 다음 날 내가 다시 가서 몰래 샀거든요. 나는 책상 앞에 앉아서 당신에게 편지를 쓰고 있어요. 샌프란시스코만을 한눈에 감상할 수 있는 곳이죠. 오른쪽으로는 베이브리지, 텔레그래프 힐이 있고, 그 언덕 위의 코이트 타워에서는 샌프란시스코 전경이 내려다보이죠. 이름이 좀 재미있죠? 예사롭지 않은 한 여성이 타워를 건립했는데, 도시의 경관을 위해 상당한 재산을 기부했던 그녀를 기리기 위해 지은 이름이에요. 그녀는 시가를 피우고 당시에는 허용되지 않는 바지를 입고 다녔대요. 남장을 하고 도박장에 들어갈 정도로 상습 도박꾼이었죠. 이 여성의 용기가 얼마나 부러운지 모르겠어요. 해마다 수많은 사람들이 코이트 타워에 올라서 들고나는 선박들을 바라보며 꿈을 키운다고 해서 나도 올라가봤어요. 관심사도 아닌 얘기를 왜 길게 늘어놓는지 의아하겠지만 당신에게 상처를 주지 않으려면 무슨 말을 해야 할지 몰라서 그래요. 마농은 새로운 생활에 잘 적응하고 있어요. 갑자기 프랑스를 떠난 것에 혼란스러워할까 봐 그렇게 걱정했는데. 벌써 영어로 말하고, 기특할 정도로 꿋꿋하게 지내요. 마농은 내가 유일하게 마음을 털어놓을 수 있는 딸이자 절친한 친구예요. 그래서 이따금 내가 엄마라는 걸 잊을 정도죠. 마농은 훌쩍 컸고, 벌써 멋진 여인의 모습이 엿보이기 시작했어요. 하지만 성깔이 보통이 아니라서 내가 한 번씩 자제시키려고 노력해요. 날마다 딸에게 매료되고 경탄하고 있음을 애써 감추면서. 여기 도착하면서 무용을 시작했는데 선생님이 마농에게 탁월한 재능이 있다고 해요. 나는 마농이 발레리나가 되겠다고 하지 않기를 바라고 있어요. 너무 고생을 많이 하는 직업이라서요. 하지만 마농이 원하면 반대하지 않을 거예요. 어차피 딸의 강한 의지와 반항적인 성격은 아무도 막지 못할 테니까요.

오후 3시예요. 이제 마농을 데리러 나갈 거예요. 오늘은 날씨가 포근해서 창문을 활짝 열어놨어요. 레일에 부딪히는 케이블카 소리가 들리네요. 케이블카에 오르면 승강대에 서 있을 수 있어요. 바람에 날리는 머리칼, 상쾌한 느낌, 파리에서 옛날 버스의 뒤쪽 승강대에 서 있을 때의 느낌과 비슷해요.

저녁에는 바다에서 올라오는 물보라 냄새가 나를 이 풍경에서 먼 곳으로 데려가요. 우리가 함께 바라보던 바다가 아닌 또 다른 바다의 향기를 맡고, 시커먼 파도를 타고 돌아오는 어선들에서 머나먼 어느 반도의 냄새를 맡아요.

나에게 당신은 모든 걸 말할 수 있는 사람이고, 나는 당신을 이해하고 당신을 사랑하는 사람이에요. 그래서 나는 알아요, 내가 무슨 말을 하고 싶어 하는지 당신은 알고 있다는 걸. 비록 표현은 좀 서툴지라도.

내 사랑, 나의 세계, 당신은 잘 알고 있어요, 나는 떠나지 않았다는 걸. 내 마음속의 노래처럼 당신에 대한 추억이 내 안에 있기에.

카미유.

마농은 편지를 접어서 봉투 안에 넣었다. 그리고 다른 편지를 읽기 시작했다.

멀고도 아주 가까운 내 사랑,

당신의 편지 반갑게 받았어요. 나는 목요일마다 편지를 수령하기 위해 우체국에 들러요. 우체국에 갈 때는 극비 지령을 받으러 가는 스파이가 된 기분이죠. 그 경우와 크게 다르지 않겠죠? 하지만 나를 미행하는 사람은 없어요. 마농은 학교에 있고, 그는 내가 모르는 곳으로 출장을 떠났거든요.

무엇보다 당신을 걱정시키고 싶지 않지만, 내가 알리려는 소식을 이해시키려면 최근에 내가 의식을 잃고 쓰러졌다는 걸 고백하지 않을 수가 없어요. 심각한 건 아니라고 장담해요. 의사인 당신에게 거짓말은 절대 안 통한다는 걸 알아요. 하지만 길에서 의식을 잃는 순간 엄청난 두려움이 밀려왔어요. 기절한 것이 무서워서가 아니라 당신에게 아직은 내 마음을 다 전하지 못했는데 어느 날 갑자기 나에게 무슨 일이 일어날지도 모른다는 두려움 때문에.

마농이 자고 있을 때는 내 집이 빈집 같아요. 2년 전 내 젊음을 되찾게 해준 당신이 없기 때문이겠죠. 나는 딸을 통해 대리만족하고, 딸을 행복하게 해주겠다는 일념으로 딸을 위해서만 살아가는 엄마일 뿐이었어요. 나는 마농의 생활 리듬에 맞춰서 하루하루를 살아가고 있었어요. 아침에 학교에 데려다주고 오후에 가서 데려오고. 우리는 손을 잡고 집에 들어가고, 마농은 내 옆에 앉아서 해질 때까지 그림을 그리며 놀았어요. 수요일마다 날씨가 허락하면 피크닉 준비를 하고 정원으로 나갔고요.

바캉스를 떠났을 때 일주일 동안 딸과 둘이서 잤어요. 마농의 아버지는 주말에만 와서요. 어느 여름날 오후, 아주 화창한 날이었어요. 바다는 잔잔했고 바람 한 점 없었죠. 밀려오던 잔파도가 우리 발밑에서 사그라졌죠. 해변에는 사람이 거의 없었고, 마농은 모래사장에 덩그러니 놓인 보트 안에 앉아서 샌드위치를 입이 미어져라 먹고 있었어요.

나는 책을 읽고 있었는데 등 뒤에서 한 남자가 말했어요. "저기 보트에 앉은 소녀가 이토록 아름다운 엄마의 딸이 아니었으면 혼내주려고 했는데."

나는 고개를 들다가 당신의 눈과 마주쳤고 따지듯 쏘아붙였어요. "그래서 뭐요?"

당신이 말했어요. "내가 아침 내내 청소해놓은 보트에다 소녀가 지금 빵 부스러기를 마구 떨어뜨리고 있어서요."

갔다고 생각했는데 당신이 얼마 후, 로제와인 한 병과 잔 두 개를 들고 다시 왔어요. 당신의 아들이 멀지 않은 훈련장에서 승마 레슨을 받고 있다면서 내 딸도 시켜보는 게 어떠냐고 제안했죠. 당신은 잘생겼고 올곧은 남자였어요. 당신의 눈이 내 안의 여자, 아주 오래전에 죽은 여자를 다시 태어나게 했지요. 그러면 뭐 해요, 사랑은 뜻대로 되는 게 아닌데.

나는 딸에게 승마 레슨을 받게 했어요. 우리는 날마다 벤치에 앉아서 우리 아이들을 바라봤고, 당신은 내 침묵을 존중해주었죠. 당신이 세심하게도 당신의 삶에 대해 한마디도 하지 않았기에 나도 그럴 수 있었어요. 우리가 함께 있는 그 순간들은 오롯이 현재였고, 우리의 시간이었죠. 어느 날 마농이 당신에게 다가가서 말했어요. "나는 엄마가 아저씨를 많이 사랑한다고 생각해요." 나는 얼굴이 빨개졌어요.

그다음부터는 당신도 알테니 생략해요. 내 사랑, 당신이 나에게 해준 것은 경이로운 선물이었다는 말을 하지 않을 수가 없어요. 마농은 어엿한 숙녀가 되었고, 당신 덕분에 나도 영원성이라는 걸 생각하게 되었어요.

현명하게 산다는 것은 정말 너무 어렵네요.

카미유.

마농은 밤새도록 어머니가 쓴 마지막 것까지 편지를 계속 읽었고, 자러 들어가려다 토마의 말을 떠올렸다.

그녀는 손가방에서 토마가 넣어뒀다는 편지를 찾았다.

동이 틀 무렵 그녀는 창문을 열었다. 그리고 바다에서 올라오는 물보라 냄새에 젖어들었다.

20

금요일, 오전 10시.

토마는 베이커 비치로 가고 있었다. 옆에 앉은 레몽이 아들의 손을 토닥였다.

"운이 좋구나, 날씨가 좋아."

토마는 잠자코 있었다.

"그래서 저녁 식사는 잘 끝났니?"

"더 좋을 수 없을 정도였죠."

"누구 덕분인지 궁금하네." 레몽이 천연덕스럽게 능청을 떨었다. "그래도 너무 마시더라. 하지만 어떻게 나무라겠어, 네가 좋은 와인을 선택해서 그나마 다행이었지."

"아빠가 와인 고르는 비결을 가르쳐줬잖아요."

"그랬나? 잊고 있었네."

"아빠가 많이 그리울 거예요." 토마가 중얼거렸다.

"나도 마찬가지야. 하지만 이제는 내가 너를 살펴줄 차례야."

"거기서 행복할까요?"

"걱정 마, 내가 처세에 능란하잖아. 일생을 바쁘게 뛰어다니며 살았어. 순간순간 소소한 행복과 네가 태어났을 때처럼 큰 행복을 누리기도 하면서. 내가 이 단기 휴가를 어떻게 얻었다고 생각하니? 근데 나보다 네가 더 능수능란한 거 아니?"

"자존심이 세다는 건 알아요. 누구한테 물려받은 거라서."

"그래도 너무 지나치지 않도록 조심해, 아들아."

택시가 해변에 가까워지다 베이커 비치의 텅 빈 주차장에서 멈췄다. 토마는 기사에게 기다릴 필요 없다고 말했다.

그는 차문을 열고 트렁크에서 여행 가방을 내리고 아버지에게 따라오라는 손짓을 했다.

그들은 모래사장을 향해 걸어갔다. 레몽이 주위를 둘러보다 모래언덕을 가리켰다.

"저 위가 좋을 것 같구나."

토마가 모래언덕을 오르기 시작했을 때 호주머니 안에서 휴대폰이 진동했다.

"어디야?" 마농이 물었다.

"베이커 비치." 토마가 대답했다.

"넉넉잡아 20분이면 가."

"나 혼자 있는 게 나을 것 같은데."

"네가 뭐 하려는 건지 알아. 네 편지도 읽었거든."

"그런데도 그런 글을 쓴 미친놈에게 전화한 거야?"

"어떤 피아니스트를 만났는데 그가 약속했어. 불가능하게만 보이는 이야기들이 간절히 믿고자 하면 사실이 될 수도 있다고. 그래서 그가 약속을 지키는지 보고 싶어졌어. 너는 내 엄마를 위해서 온 거잖아. 이번에는 내가 네 아버지를 위해서 가는 거니까, 기다려."

레몽은 모래언덕 위에서 수평선을 망연히 바라보고 있었다. 토마가 다가가서 옆에 앉았다.

"여자는 기다리게 하는 게 아니라면서도 우리는 여자를 기다리면서 인생을 보내고 있구나. 이러니 피곤하게 살 수밖에."

"이제는 통화하는 것도 엿들어요?"

"나는 아무 짓도 안 했어, 전자파가 알아서 들리게 해준 거니까. 이것 봐, 이상하다니까, 지금은 내 머릿속에서 음악 소리가 들려."

"내가 간밤에 작곡한 멜로디예요."

"이제는 작곡도 하니?"

"오래됐어요, 아무에게도 들려준 적이 없을 뿐이지……."

"왜 그랬어, 아주 아름다운 곡인데. 어떤 노래의 후렴구 같기도 하고. 제목은 생각해놨니?"

"고스트 인 러브." 토마가 대답했다.

레몽은 엷은 미소를 지으면서 아들을 쳐다봤다. 감정을 드러내지 않기 위해 아버지가 늘 써먹는 미소였다.

아버지와 아들은 나란히 앉아서 침묵을 지키고 있었다. 토마는 이따금 손목시계를 봤고, 레몽은 그때마다 마농이 달려오는 중이라며 걱정하지 말라고 했다. 시간이 흐를수록 레몽의 얼굴이 점점 밝아지고 있었다.

"왔다." 레몽이 갑자기 소리쳤다. "얼른 일어나서 그녀를 맞아주지 않고 뭐 하니? 바지 자락에 묻은 모래도 좀 털고."

마농은 검은색 바지에 흰색 블라우스, 허리에 벨트를 맨 차림이었고, 어깨에 멘 큼직한 리넨 가방이 멋스러움을 더해주고 있었다.

그녀가 모래언덕을 오르기 시작했고 이내 숨을 헐떡이면서 꼭대기에 이르렀다.

"전속력으로 밟았어." 그녀는 토마의 가방 옆에 자신의 가방을 내려놨다.

토마가 말없이 그녀를 쳐다보자 마농이 전날 밤의 키스를 돌려주었다.

"네 말이 맞았어. 전부 다 기억났거든. 간밤에 엄마의 편지를 다 읽었고. 네 편지도……."

그녀가 발치에 놓인 가방 두 개를 응시했다.

"…… 두 분의 소원을 이뤄주려면 어떻게 해야 하는지 모르겠어, 나는."

토마가 허리를 숙이고 아버지의 유골함을 꺼내자 마농도 따라 어머니의 유골함을 꺼냈다.

"유골함을 가지러 집에 갔었어, 이 마지막 여행을 위해서. 아빠는 아무 말도 들으려고 하지 않았고, 나는 아빠에게 선택의 여지를 주지 않았어. 많이 싸웠으니까 몇 주일쯤 나를 원망하겠지. 하지만 아빠는 괜찮아질 거야. 딸에게는 오랫동안 화를 내지 못하는 분이니까. 근데 무슨 선언서 비슷한 거라도 낭독해야 되는 거 아닌가?" 마농이 약간 걱정되는 얼굴로 물었다.

레몽은 토마에게 시간이 촉박하니 그럴 필요 없다고 눈짓을 보냈다. 하지만 이번에는 토마가 고집대로 밀고 나갔다.

"아무도 우리에게 두 번씩이나 부모님의 장례를 치르라고 요구할 수는 없어요. 우리는 훨씬 즐거운 의식을 치를 거예요."
"여기 계셔?" 마농이 물었다.
토마가 고개를 끄덕였다. 레몽이 그들을 쳐다보는 눈에서 초조함이 읽혔다.
"엄마는, 엄마도 보여?"
"아니, 하지만 아빠가 어머니도 곁에 있다는 신호를 주네. 이제 유골함을 열자. 아빠가 초조해서 발을 동동 구르고 있어."

그들은 조심스럽게 유골함을 열었다. 토마는 카미유의 유골함에 아버지의 유골을 붓고 나서 큰 소리로 선언했다.
"두 분이 우리에게 부여한 권한으로, 두 분은 영원히 하나가 되었음을 선언합니다."

마농은 신기한 듯 토마를 뚫어져라 쳐다봤다.

"두 분이 키스해도 된다는 말을 빠뜨렸어. 보통은 그러잖아." 마농이 덧붙였다.

그러자 토마는 아버지가 부탁했던 대로 잘 섞이도록 유골함을 흔들었다.

마농이 두 사람의 유골을 뿌리는 순간, 카미유의 실루엣이 해변에 나타났다.

여름 친구를 만난 카미유는 행복한 얼굴로 레몽을 와락 끌어안았다.

"내 생각에 키스는…… 이미 한 것 같아." 토마가 말했다.

자식들을 돌아보는 카미유와 레몽은 아주 행복해 보였고, 토마는 자신도 모르게 미소를 지었다. 마농은 토마에게서 시선을 떼지 않고 지켜보고 있었다.

그들의 실루엣이 차츰 흐려졌다. 완전히 지워지기 직전, 레몽은 카미유에게 잠깐 실례하겠다고 양해를 구했다. 아들에게 마지막으로 할 얘기가 있는데 의미 있는 말이 될 거라면서.

토마에게 다가온 레몽이 귀에 대고 속삭였다.

"아버지가 뭐냐는 네 질문에 끝내 시원하게 대답해주지 못했다는 거 알아. 명쾌한 대답을 찾는 데 왜 그리도 많은 시간이 걸렸는지 모르겠구나. 부끄러움은 꺼지라고 하고 내가 꼭 천국으로 갈게, 너를 사랑하니까. 아들아, 아버지라는 건 그런 거였어. 그리고 나는 영원토록 네 아버지로 있을게."

에필로그

비행기를 세 번 갈아타고 하루가 지난 뒤, 토마는 바르샤바 오페라하우스의 무대에 올라 피아노 앞에 앉았다.

이날 저녁 토마는 또 다시 라흐마니노프를 연주했다. 〈피아노 협주곡 2번〉이 이번에는 러시아 평원 너머 지구 반대쪽 캘리포니아, 베이커 비치의 한 해변으로 데려갔다.

토마는 2악장을 연주하다가 음 한 개를 잘못 쳤고, 지휘자의 따가운 눈총을 받았다.

토마는 객석 쪽으로 눈길을 주고 싶은 마음을 도저히 참을 수 없었다.

마농이 세 번째 열에 앉아 있었다.

옮긴이의 말

마르크 레비의 스무 번째 소설 『고스트 인 러브』. 작가가 아주 흥미로운 유령 이야기로 돌아왔다.

5주기에 유령으로 나타난 아버지. 세계적으로 유명한 피아니스트 토마는 환각 증세라고 확신하고, 연주회를 앞둔 스트레스와 불안 탓으로 돌린다. 하지만 유령 아버지는 토마에게 계속 말을 걸면서 따라다니다가 심지어 황당한 임무까지 맡긴다. 본인의 유골을 가지고 샌프란시스코에 가서 일생동안 남몰래 사랑했던 한 여자의 유골과 합쳐달라는데…….

아무리 유령 아버지라도 함께 비행기를 타고 세상 반대쪽으로 날아갈 수 있을까? 미치광이로 보일 위험을 무릅쓰고서라도? 정신과 의사를 찾아갈 정도로 혼란에 빠진 토마는 고민 끝에 아버지의 청을 받아들이기로 한다.

그렇게 해서 생전에 외과 의사였던 유령 아버지와 아들의 기상천외한 여행이 시작되고, 돌발 상황이 연속된다. 이번에도 마르크 레비는 때로는 웃음이 빵 터지게 하는 유머, 때로는 가슴을 찡하게 하는 감동을 선사하면서 독자를 '미친 여행' 속으로 빠져들게 하는 특기를 발휘한다.

부모의 역할에 대한 성찰과 어린 시절의 추억, 우정과 사랑을 그리면서 서로의 상처를 보듬고 치유해가는 과정을 담은 『고스트 인 러브』는 농담과 유머의 경계를 허무는 위트까지 담았다. 코믹하면서도 감동적이고, 가벼우면서도 진지하다. 특히 레몽과 토마가 만담하듯 툭툭 내던지는, 엉뚱하면서 재미있고 역동적인 대화에서 아버지와 아들의 관계에 대한 작가의 메시지를 엿볼 수 있다. 대화에는 부끄러움으로 인해 침묵으로 일관하면서 대화의 중요성을 간과했던 것이 회한으로 남은 아버지의 심정이 절절하게 녹아 있다. 실제로, 토마는 생전에 과묵하던 아버지가 수다쟁이로 변한 것에 놀란다.

잃어버린 시간을 만회할 수 있도록 덤으로 시간을 주려는 설정을 위해 어쩌면 필연적이었을 판타지라는 장치에 마치 음향 효과를 넣듯 라흐마니노프의 피아노 협주곡, 그 묵직한 선율로 깊은 울림을 더하면서 몰입도를 높인다.

'아버지가 뭐냐'는 아들의 질문에 선뜻 대답해주지 못하던 아버지의 독백, 그리고 마침내 아들에게 입 밖에 내놓은 마지막 말이 오래도록 가슴에 남을 것 같다.

"너에게 보내는 나의 미소 속에, 나의 눈빛 속에, 맛있는 음식을 해주고 싶은 나의 마음속에 있었는데. 아마도 아버지라는 건 그런 것일 텐데 그 순간에는 어떻게 말해줘야 할지 몰랐어." … "부끄러움은 꺼지라고 하고 내가 꼭 천국으로 갈게, 너를 사랑하니까. 아들아, 아버지라는 건 그런 거였어. 그리고 나는 영원토록 네 아버지로 있을게."

마르크 레비는 《파리 마치》와 인터뷰하면서 일성으로, "『고스트 인 러브』는 내 아버지가 아니라 세상의 모든 아버지에 대해 쓴 글"이라고 밝혔다. 마르크 레비의 인터뷰에 『그녀, 클로이』에 이어서 이번 소설에서도 일러스트레이터로 참여한 작가의 아내 폴린 레베크의 소감까지 덧붙인다.

첫 소설을 내놓은 지 19년이 지났고, 스무 번째 소설을 내놓았다. 성공한 작가로서의 여정에 대해 어떻게 생각하는지?

나는 결코 뒤돌아보지 않는다. 그러기에는 인생이 너무 짧다. 다른 사람들을 관찰하는 걸 중시해왔다. 사실, 글을 많이 쓴 것 같기는 하다. 해먹에 누워 빈둥거리는 건 내 취향이 아니다.

유령으로 등장하는 레몽이 당신의 아버지 이름과 같은데 아버지를 생각하면서 쓴 것인가?

물론이다. 그러나 소설 속의 아버지와 내 아버지는 많이 다르다. 내 아버지는 평생 한 여자만 사랑했고, 외과 의사가 아니라 출판인이었다. 그리고 작중 인물보다 훨씬 부끄러움이 많았다. 하지만 그건 중요하지 않다. 이 책은 내 아버지가 아니라 세상의 모든 아버지들에 대한 것이다. 아버지란 무엇인가? 정답이 없는 이 질문에 대한 해답을 찾는 데 도움이 되길 바라면서.

사랑과 저승에서의 영혼 결합을 그렸는데, 사후 세계를 어떻게 상상하는지?

이 작품은 코미디이고, 두 번째로 주어진 기회에 대한 해학적인 패러디이다. 유령인 레몽이 저승에 대해 "엄청난 사기"라는 말을 흘리는데, 물론 나의 희망 사항일 뿐이다. 그렇게 생각하면 위안이 되니까. 하지만 나는 모든 사람과 마찬가지로 사후 세계를 전혀 모른다!

이 작품은 거짓말과 비밀에 관해서도 다루고 있다. 부부에게 허용될 수 있는 거라고 생각하나?

잘 모르겠다! 사랑에 빠진 나는 영원한 숙맥이고, 그렇게 남을 생각이다. 사랑이라는 영역에서 나는 선생님이 아니라 학생으로 남아 있다가 죽고 싶다. 하지만 위대한 거짓말들이 있고, 인류사의 일부를 이루고 있지 않은가. 숭고한 사랑으로 인한 거짓말도 있다. 그러나 안심해도 된다. 나는 거짓말이 아주 서툴러서 금방 들통이 나기 때문이다. 어렸을 때 내가 거짓말을 하면 부모님이 대번에 알아채셨다. 진정한 참회는 자신의 잘못을 스스로 책임지는 것이다. 인간이 오직 진실만 말한다면 열정이라는 건 없지 않을까.

소설을 내놓을 때마다 베스트셀러가 되는데 비결이 있다면?

신작을 내놓을 때마다 늘 불안하다. 20년간 글을 쓰면서 계속 장르를 바꿔왔다. 스릴러, 로맨틱코미디, 판타지. 매번 위험을 감수하는 데 비결이란 게 있겠는가. 해마다 겨울 넉 달간 하루에 10시간에서 12시간의 리듬으로 글을 쓴다. 글 쓰는 것이 아주 즐겁다. 그래서 계속 열정을 가지고 일할 수 있는 것 같다. 스무 권의 소설들은 각각 나에 대한 발견이었다.

아버지로서 자식들에게 물려주고 싶은 것이 있다면?

호기심, 관용, 상상력, 행복을 느끼는 능력, 다른 사람들의 말에 귀를 기울이고, 잘난 체하지 않고 진지하게 처신하고, 관대하고 겸손하길 바란다. 자기 자신만을 중심으로 돌아가는 삶은 끔찍하게 지루하기 때문이다.

폴린과의 결혼 생활은 어떻게 성공했는지?

미친 사람이 아니고서야 정답이 있다고 주장할 수 있을까. 결혼 생활을 오래 지속하는 부부, 그건 마음의 지성이 만들어주는 작은 기적이다. 하지만 그걸 맹신하여 성공이라고 외치는 위험을 무릅쓰진 않을 것이다. 15년이 지난 뒤에 그때 다시 말하겠다(웃음). 내 부모님은 서로를 열렬히 사랑하셨다. 그냥 함께 사는 것이 아니라 애정과 열정을 다했고, 서로를 존중해주었다. 그러려면 서로 상대의 말에 귀를 기울여주어야 하고, 우선순위에 대한 의견을 일치시켜야 하고, 상대에 대해 고정된 이미지를 갖지 말아야 한다. 각자 변화해야 한다.

아내 폴린이 작품 속의 삽화를 그렸다. 공동 작업은 두 사람의 사랑을 다지면서 새로운 가치를 부여해주는 한 방법인가?

연애할 때 폴린이 작은 데생 몇 개를 그려줬는데 재능이 있다고 생각했다. 나는 그녀의 멘토가 아니라 그녀가 하는 일을 좋아하는 한 남자다. 출간된 내 소설을 보는 것보다 아내를 독려해서 그림을 그리게 한 것이 훨씬 행복했다. 처음에는 폴린이 자신 없어 했지만, 나는 그녀가 해낼 거라고 확신했다. 그녀의 삽화를 보는 것이 몹시 즐겁다.

남편의 소설을 위해 삽화를 그리면서 얻은 것이 있다면?

폴린 레베크: 큰 자부심을 얻었다! 남편이 99%의 작업을 했고, 나는 삽화를 그렸을 뿐이다. 남편이 소설을 쓰기 시작한 초반부터 나에게 요청했기 때문에 무사히 작업을 마칠 수 있었다.

두 사람에게 행복의 비결은 무엇인가?

스물세 살 때 마르크를 만났고, 엄마가 되면서 진정한 나의 자리를 찾았다. 사십 대가 되면서 한결 편안해지는 걸 느낀다. 특권을 누리고 있으니 앞으로는 다른 사람들을 도우며 살고 싶다. 마르크와 나는 같은 가치관을 갖고 있고, 같은 방향을 바라보고 있다. 상투적으로 하는 말이 아니다. 그는 훌륭한 인격을 갖추고 있다. 문제가 생겼을 때 우리는 대화를 많이 하고 앞으로 나아간다.

미래에 대한 확신은 있는가?

나는 운명론자다. 10년 후에도 우리가 함께할지는 모르겠지만, 그러길 바란다. 나는 아주 자유로운 사람이라서 그가 힘들어한다는 걸 안다. 나는 자유가 필요하고, 그는 내가 자유롭게 살게 해준다.

일러스트레이터로서의 꿈이 있다면?

개인적인 야망은 없다. 내 아이들이 성공하고 행복하길 바란다. 내 꿈은 순수하고 이상주의적이고, 아프리카의 아이들을 위해 봉사하고 싶다. 꿈이 있다면 장 자크 상페와 조르주 볼린스키처럼 사람들과 더 가까워지고, 그림으로 모든 걸 표현하는 것이다.

고스트 인 러브

초판 1쇄 2021년 3월 22일
초판 2쇄 2021년 4월 12일

지은이 마르크 레비 | **옮긴이** 이원희
펴낸이 박진숙 | **펴낸곳** 작가정신
편집 황민지 김미래 | **디자인** 이아름
마케팅 김미숙 | **홍보** 조윤선 | **디지털콘텐츠** 김영란 | **재무** 오수정
인쇄 및 제본 한영문화사

주소 (10881) 경기도 파주시 문발로 314
대표전화 031-955-6230 | **팩스** 031-944-2858
이메일 editor@jakka.co.kr | **블로그** blog.naver.com/jakkapub
페이스북 facebook.com/jakkajungsin | **인스타그램** instagram.com/jakkajungsin
출판 등록 제406-2012-000021호

ISBN 979-11-6026-226-1 03860